강릉
바다

강릉 바다

김도연 산문

교유서가

작가의 말

늙은 나귀를 타고 남녘땅으로 내려왔다. 나귀는 지난 십여 년 동안 나를 태우고 다녔는데 그 발걸음이 자그마치 30만 킬로미터를 넘었으니 고생이 이만저만 아니었을 것이다. 최근 들어 조금씩 지친 기색을 보인 터라 더 늦기 전에 나귀에게 제주도 구경을 시켜줘야겠다는 생각을 했고 그래서 가방에 짐을 꾸려 강원도를 떠나 남녘으로 가는 길을 달렸다. 정말 고마웠어! 고생 많았어! 천방지축 떠도는 나를 언제나 무사히 집까지 데려다준 노고를 잊지 못할 거야! 너에게 제주도의 푸른 유월을 보여줄게! 춥고 눈 많은 대관령과는 전혀 다른 곳이야! 남녘으로 내려가는 길 위에서 나는 나귀의 머리를 쓰다듬으며 그동안 하지 못했던 말들을 끊임없이 쏟아내다보니 어느새 완도 여객선

터미널에 도착했다. 그러나 아뿔싸!

제주도로 가는 배는 이미 떠난 뒤였다. 제주도로 가는 배는 하루에 한 척밖에 없었다. 예전엔 그렇지 않았는데……. 출항 시간조차 알아보지 못한 나의 불찰이었다. 걱정하지 마! 제주도로 가는 배가 완도에만 있는 건 아니야! 여수로 가자! 여수 밤바다 알지? 나는 다시 나귀를 타고 밤길을 달려 여수로 향했다. 남도의 무수한 날벌레들이 불을 밝힌 나귀를 향해 달려들었지만 나귀는 꿋꿋했다. 깊은 밤 여수 여객선터미널 인근에 도착해 숙소를 정하고 잠시 나귀와 헤어져 술집으로 들어갔다. 여수의 술은 달았다. 여수 밤바다는 황홀했다. 600여 킬로미터를 달려와 여수에서 자는 잠은 피곤한 만큼 달콤했다. 그러나 나는 다음날 아침 8시 조금 지나 제주도로 떠나는 배를 다시 놓쳤다. 여수에서 제주도 가는 배도 하루에 한 척밖에 없었다. 얼굴에 죽은 날벌레들이 닥지닥지 붙어 있는 나귀는 말이 없었다. 나도 할말이 없었다. 말없는 나귀를 타고 세차장으로 가 목욕을 시켜주는 게 전부였다. 나귀의 표정이 조금 풀어졌다. 주유소를 찾아가 나귀의 배도 가득 채워주었다. 나귀의 표정이 비로소 밝아졌다. 여기서 내일 배를 기다리느니 차라리 통영으로 가자! 거기 가면 제주도 가는 배가 있을 거야! 그뿐인 줄 알아? 통영은 한국의 나폴리라고 부를 정도로 아름다운 곳이야! 그렇게 나귀를 어르고 달래서 통영으로 갔다. 갔으나…… 통영

항엔 제주도로 가는 배가 아예 없었다. 나는 나귀에게 그 사실을 얘기하지 않았다. 호텔의 외양간에 나귀를 묶어놓고 동피랑 아래 중앙시장으로 달려가 멍게 안주로 소주를 마시는 게 전부였으니……

나는 나귀에게 정말 제주도 여행을 시켜주려 했던 것인가. 소주 한 잔, 초장 찍은 멍게 석 점. 나귀의 여객선 운임이 너무 비싸 마음이 변한 건 아닐까. 소주 한 잔, 멍게 넉 점. 나귀를 타고 남쪽을 떠도는 중에 마음이 변한 것인가. 소주 한 잔, 멍게 한 점…… 낮술에 취한 채 나는 통영의 거리를 서성거렸다. 백석의 시에 나오는 통영 처녀 난을 닮은 것만 같은 여자가 건네준 아이스커피를 쪽쪽 빨며 동피랑의 좁고 구불구불한 계단을 힘겹게 올라가다가 지쳐 주저앉았다. 결국 포구가 내려다보이는 호텔방의 침대 위에 초저녁부터 덜렁 드러누웠다. 내일은 나귀를 타고 어디로 갈까. 제주도로 갈 수 없을 것 같다고 얘기하면 나귀는 어떤 표정을 지을지 상상하며.

오늘 나귀와 나는 거제도를 한 바퀴 돌고 남해 독일 마을에 도착해 짐을 풀었다. 소시지와 감자튀김을 안주로 독일 맥주를 홀짝거렸다. 아잉거 우어바이세(Ayinger URWEISSE)를 마시며 이 글을 쓰고 있다. 강원도에서 쓴 글들을 멀고 먼 남녘땅에서 다시 들여다본다. 창밖에선 밤새가 울고 있다. 내일은 다시 눈이 펄펄 날리는 강원도로 돌아갈 예정이다. 늙은 나귀가 변덕이 심한 늙은 나를 이해해줬으면 좋겠다.

나는 내일 강원도로 돌아갈 수 있을까……

| 차례 |

작가의 말 _004

|1부| 세월은 약이 아니다

누에들의 방 _013
소쩍새 우는 밤 _017
저는 아주 천천히 어른이 되고 싶어요 _021
부모님 전 상서 _025
파울 첼란의 『죽음의 푸가』 _029
세월은 약이 아니다 _035
학교는 어디에 있는가 _039
보름달 아래서 _043
군대 이야기 _047
취한 말들을 위한 시간 _051
진부역 _055

|2부| 우리 모두 따사로이 가난했던 시절

심곡 헌화로 _061
뗄마을 _073
왕산 배나드리 _085
오대산과 대관령 _095
가시연 _099
강릉 바다 _109
주문진 향호 _121
정동진 _131

진고개 _143
십딩경 _153
밤재 _163
닭목령 넘어 피덕령 가는 길 _173
부연동 _183
숨어 있는 강원도의 거친 맛 _193

|3부| 성화대의 불은 꺼지고

그 시절 대관령에선 거의 모든 소년들이 스키선수였다 _201
입이 열 개라도 할말이 없었다 _209
길, 한 오백 년 _216
외등 _225
컬링, 돌과 돌이 박치기하는 소리 _232
그곳에 암자 한 채가 있네 _239
하늘을 날고 얼음 위를 달렸다 1 _246
하늘을 날고 얼음 위를 달렸다 2 _253
강릉, 조르바의 춤 _261
정선, 앞산 뒷산에 빨랫줄을 매고 살지요 _268
횡계에서 돌아오는 저녁 _275
이번에 정차할 역은 진부역입니다 _282
어떤 사랑의 시작을 위한 춤 _289
프리스타일 스키, 스키 크로스 _297
탑, 그 위에 뜬 달 _304
열일곱 장의 티켓을 둘러싼 단상들 _311

1부

세월은 약이 아니다

●● ●

누에들의 방

집에서 누에를 치던 시절이 있었다.

"아, 이게 말이 돼! 어떻게 부엌에서 잠을 잔단 말이야!"

부엌에서 잠을 자야 된다는 말을 들었을 때 나는 경악했다. 그것도 자그마한 누에들에게 내 방을 빼앗기다니. 졸지에 우리 집 누렁이로 신세가 바뀐 것 같았다.

"숙제할 게 많단 말이야!"

거짓말이 아니었다. 선생님은 숙제를 많이 내주셨고 그 숙제를 다 하려면 밤을 새워도 모자랄 지경이었다. 나는 평소와 다른 풍경으로 변해 있는 부엌을 훑어보았다. 멍석이 깔려 있었고 그 위에 방에서 끄집어낸 이불과 앉은뱅이책상이 초라하게 놓여 있었다.

"사람이 누에보다 못하단 말이야?"

"누에농사가 잘돼야 너희들 공부시키지."

"그래도 그렇지. 여기서 우리 식구가 잠을 잔다는 게 말이나 돼?"

"일주일만 참아."

"일주일이나!"

누에들이 차지하고 있는 방문을 열었다. 문 양편으로 설치한 시렁의 칸칸마다 잠박이 빼곡하게 들어차 있었고 잠박 안에서는 손가락만한 누에들이 뽕잎을 먹느라 한창이었다. 뽕잎 냄새와 누에들에게서 풍겨나오는 냄새에 현기증이 날 정도였다. 하루아침에 누에들에게 방을 빼앗기다니…… 좁쌀만한 알에서 나온 누에들이 이렇게 빨리 자라나다니 믿을 수가 없었다. 하지만 나는 치미는 화를 조용히 억눌렀다. 엄마는 누에고치를 팔면 축구공과 축구화를 사주기로 이미 오래전부터 약속했기 때문이다. 맹렬하게 뽕잎을 갉아먹고 있는 누에들에게 매서운 눈길을 보낸 뒤 방문을 닫았다.

"축구공이랑 축구화 사준다고 한 거 지켜야 돼."

"그래. 누나들 오면 밥 먹고 바로 뽕밭으로 오라고 해."

"걱정 마. 지난번처럼 도망치지 못하게 내가 진드기처럼 붙어서 감시할 테니까."

엄마는 뽕을 따러 뽕밭으로 갔고 나는 어두침침한 부엌에 깔아놓은 멍석에 앉아 숙제를 했다. 해가 지기 전에 숙제를 어느 정도 끝내는 게 좋을 것 같았다. 우리집은 아직 전기가 들어오지 않아 방에서는 등잔불을 켜고 부엌은 남포등으로 밝히고 있었기에 누나들이 돌아오면 등잔불 쟁탈전이 만만치 않았다. 앉은뱅이책상 역시 마찬가지였다. 시간이 흐르니 부엌에서 공부하는 것도 나름대로 운치가 있었다. 불을 때는 아궁이. 부뚜막. 솥과 가마솥. 물을 담아놓은 양동이. 엄마가 시집올 때 가져왔다는 찬장. 곡식들이 담겨 있는 고광의 단지들. 문 없이 부엌과 연결된 고광은 바로 내가 태어난 곳이었다(물론 기억나지는 않지만). 나는 학교에서 누나들이 돌아오길 기다리며 숙제를 하다 멍석 한편에 쌓아놓은 이불에 기대어 스르르 잠이 들었다. 뽕잎을 모두 먹고 마지막 잠을 자는 유월의 누에처럼. 아니 고치 속의 누에번데기처럼.

“아, 얘가 먼저 꼬드겼어!”

“먼저 가자고 말한 건 너야!”

“입 닥치지 못해!”

잠에서 깨어나니 누나들은 엄마에게 부엌 빗자루로 한창 얻어맞고 있는 중이었다. 뽕을 따기 싫어 아예 집으로 돌아오지도 않고 다른 곳으로 튀었던 모양이다. 부엌문 밖은 이미 어둑어둑해져 있었다. 나는 누나들에게 혀를 날름 내보여주곤 부엌을 나왔다. 아버지는 소에게 먹일 꼴을 지게 가득 진 채 집으로 돌아오고 있었다.

엄마와 아버지가 뽕잎을 다듬는 동안 누나들과 나는 멍석 위에 담요를 깔고 이불을 덮은 채 나란히 누웠다. 작은누나는 그때까지 훌쩍거렸고 큰누나는 코를 골았다. 벽에 걸린 남포등이 전설 같은 연기를 피워올리며 춤을 추는 밤이었다. 우리들은 마치 누에들처럼 뽕잎 위에 누워 잠을 자는, 나비가 되기 위해 꿈을 꾸는 누에 가족 같았다.

●● ●

소쩍새 우는 밤

지난 봄날은 원주의 백운산 아래 자그마한 농촌마을에서 한 계절을 보냈는데 그로부터 벌써 또 한 계절이 흘러갔다. 시간이란 게 어떤 때는 한없이 느리게 가는 것만 같았는데 요즘 들어서는 마치 하룻밤 자고 일어났는데 한 달이 훽 지나간 듯한 느낌에 사로잡힐 때가 많다. 어떤 까닭에 시간의 흐름이 느리거나 빠르게 느껴지는지는 모르겠으나 이렇게 어김없이 다시 찾아온 봄 앞에 우두커니 서서 지난봄의 그 새를 떠올린다.

같은 강원도지만 원주의 봄은 빨리 찾아왔다. 삼월이 시작되고 얼마 지나지 않아 빗방울이 떨어지더니 곧이어 새들의 울음소리가 들리기 시작했다. 바야흐로 짝짓기의 계절이 돌아왔다는 것을 알리는 소리였다. 난생처음 들어보는 기이한 새소리도 있어 깊은 밤이면 깜짝깜짝 놀라기가 예사였다. 내 고향 대관령보다 훨씬 다양한 새들이 다양한 소리로 울면서 짝을 찾고 있었다. 해가 지고 어둠이 내리면 숲은 온통 그들의 세상이었다. 그 소리들 중 압권은 단연코 그 소쩍새였다. 그 소쩍새는 지금 어느 산, 어느 골짜기, 어느 나뭇가지에 앉아 울고 있을까.

집을 떠나 봄날을 보낸 그곳은 예술가들이 모여 창작을 하는 공간이었다. 소설가, 시인, 동화작가, 화가, 만화가, 희곡작가, 시나리오 작가, 가수, 번역가 등등이 각자의 방에서 알을 품은 암탉처럼 둥지를 틀고 있었다. 뭐, 가끔은 술도 마시고 노래도 부르고 산책도 하지만 어쨌든 주된 목적은 창작이었다. 한 달, 두 달, 석 달 일정을 잡고서. 그런데 예상하지 못했던 새들의 울음이 밤마다 집필실 건물을 에워싼 채 떠나지 않고 있으니…… 그 울음은 당연히 간절했다. 애절했다. 왜 아니겠는가. 짝을 찾는 소리이니 오죽하겠는가. 사람의 귀엔 애절하게 들릴지 모르지만 아마도 그들 입장에서는 자신의 목소리 중 가장 아름다운 소리로 노래하는 것일 게 분명했다. 캄캄한 밤의 숲속에서 자기의 존재를 알리는 방법은, 내가 어느 나뭇가지에서 너를 기다리고 있다는 사실을 전하는 방법은, 끊임없이 울면서 노래하는 게 유일했다. 그러나 우리들의 귀로 들어온 그 소리는 심란했고, 왠지 우울한 기분에 사로잡히게 만들었으며, 결국 자판 두드리는 걸 멈추고 술잔을 쥐게 만들었다. 그 소쩍새의 역할이 지대했다. 만날 수 있다면 숲으로 찾아가 술 한잔 권하고 싶었다.

새들의 세계를 잘 아는 건 아니지만 보통 자정 무렵이면 짝을 찾는 일을 마치는데 유독 그 소쩍새만 남달랐다. 새벽까지 울었다. 다음날도 마찬가지였다. 간밤의 그 소쩍새가 분명했다. 하도 울어서 목이 쉴 정도였다. 짝을 구하지 못해서 그랬을까. 동이 틀 무렵 쉰 목소리로 간신히 울고 있는 그 소쩍새 때문에 처음엔 화가 치밀었지만 나중엔 연민을 느꼈고 급기야 동병상련의 감정까지 공유할 수 있었다. 그러니 어떻게 남의 일인 듯 여기고 소설을 쓸 수 있겠는가. 짝을 찾지 못한 그 처지를 동정하며 술잔을 기울여야만 했다. 한시라도 일찍 그 소쩍새가 짝을 찾기를 소원하며 잠을 청했는데 꿈속까지 쉰 울음소리가 따라오던 봄날이었다.

그 소쩍새의 울음이 사라지자 이번엔 천지사방에 봄꽃이 피어나기 시작했으므로 우리는 다시 절망의 구렁텅이에 빠졌다. 내년 봄 그 소쩍새는 또 어떤 울음으로 짝을 찾을지 궁금하다. 밤새워 간절하게 우는 소쩍새 다리를 붙잡고 취해갔던 그 밤들에서 벌써 한 계절을 건너왔다.

•• •

저는 아주 천천히
어른이 되고 싶어요

"왜 천천히 어른이 되고 싶은데?"

"고모, 왜냐면요. 그래야만 세뱃돈을 많이 받을 수 있잖아요. 돈 버는 게 너무 쉬운 것 같아요."

"네가 어른이 돼서 세뱃돈을 주는 것도 좋지 않아?"

"아니에요. 어른이 되면 돈 버는 게 너무 힘들 것 같아요."

"그걸 어떻게 알아?"

"아빠 엄마를 보면 알아요."

양의 해가 시작되는 설 연휴가 끝나고 친구와 전화통화를 하다가 들은 이야기다. 그 친구의 조카는 아직 초등학교에도 들어가지 않았다고 한다. 통화를 할 때는 웃었는데 전화를 끊고 나자 어떤 씁쓸한 기분을 떨쳐버릴 수가 없었다. 아이의 눈으로 본 지금 세상의 현주소인 셈이었다. 어른이 되면 돈 벌기 힘들다는 것을 눈치챈 아이는 아주 천천히 어른이 되고 싶다고 한다.

설 연휴가 끝났다. 우르르 몰려왔다가 우르르 떠나간 산골짜기 외딴집들엔 연로하신 부모님들만 남아 있을 것이다. 도시로 돌아간 자식들이 흘리고 간 물건들을 챙기며 한숨을 뱉어낼지도 모른다. 그들이 남기고 간 사연들을 곱씹으며 때론 미소를 짓고 때론 눈물을 훔칠지도 모르겠다. 자식들이 모두 한결같으면 얼마나 좋겠는가마는 세상은 불행하게도 그렇지가 못하다. 돈을 잘 버는 자식을 보면 흐뭇하겠지만 일이 잘 안 되어 그늘이 내려 있는 자식을 보면 당신의 일인 것처럼 마음 아파하는 게 부모일 것이다. 봄, 여름, 가을에 자식을 기르듯 키운 농작물을 팔아 마련한 돈으로 세뱃돈을 건네주는 그들의 마음을 손자 손녀들이 어찌 다 알겠는가. 그 돈에 묻어 있는, 그러나 겉으로는 보이지 않는 땀과 한숨과 눈물을. 그저 만 원, 이만 원, 삼만 원을 세며 즐거워하지 않겠는가. 아니면 예상했던 것보다 적은 액수에 실망의 기색을 감추지 못하고 툴툴거리지 않겠는가. 그게 꼭 요즘의 아이들에게만 해당되는 얘기는 아닐 것이다. 나 또한 세뱃돈의 많고 적음에 일희일비했던 일들이 기억 저편에 고스란히 자리하고 있으니……

어린 시절 설날을 기다리는 심정은 오로지 세뱃돈에 맞춰져 있었다. 추석에는 없는 세뱃돈. 섣달 그믐날이 지나기 무섭게 잠에서 깨어난 우리는 큰댁으로 차례를 지내러 가려고 걸음을 재촉했다. 차례를 지내고 어른들께 세배를 드리면 받는 세뱃돈. 1970년대를 지나던 당시에 오백 원은 평범했고 천 원은 무난했으며 오천 원은 행복한 액수였다. 우리는 한마을에 있는 가깝고 먼 친척들 집을 빠트리지 않고 모두 방문했다. 절을 하고 난 뒤 자리에 앉았을 때의 그 초조함과 흥분감은 이루 헤아릴 수가 없었다. 낙담도 없지 않았다. 어떤 친척은 세뱃돈 대신에 먹을 것만 내놓기도 했으니까. 목표로 삼았던 액수가 채워지지 않으면 친구들 집까지 방문하기도 했지만 성과는 미미했다. 그렇게 받은 돈으로 그동안 사고 싶었던 장난감을 샀을 때의 기쁨이란 정말이지 대단했다. 하지만 그런 설날은 우리들한테서 떠나간 지 이미 오래니.

그동안 많은 설날이 지나갔다. 우리들은 천천히 어른이 되고 싶었지만 그러지 못했고 농촌에 부모님만 남기고 대부분 도시로 떠나갔다. 이제는 부모님들의 생일이나 명절, 휴가 때만 고향을 찾아가는 세상이 되었다. 농촌 역시 많은 것들이 변했다. 잊을 만하면 구제역이 돌아 가축들이 살처분되었고 계속되는 외국 농산물 개방으로 우리 농산물의 경쟁력 확보가 시급한 과제가 되었다. 떠난 사람들과 떠나지 않은 사람들이 만나서 과거와 현재, 미래를 이야기하는 날들 중 하나가 아마도 설날일 것이다. 설날을 기점으로 또 한 해의 희망이 새롭게 시작되는 것일 게다. 그래서 하는 말이다. 우리들 대부분의 고향은 농촌이다. 비록 그 농촌으로 되돌아가지는 못한다 하더라도 그곳에서 살았던 소중한 날들을 잊지는 말았으면 좋겠다. 우리가 잊지 않는 것, 그게 농촌의 행복한 미래 중의 하나라고 나는 생각한다.

●● ●

부모님 전 상서

고향을 떠난 지 벌써 일 년이 흘렀습니다. 오십 문턱에 들어선 요즘은 정말이지 쿵쾅거리며 흘러가는 장마철의 개울처럼 세월이 흐르는 듯합니다. 뭔가에 쫓기는 것도 같고 또 뭔가를 더 많이 해야 한다는 조급함에 시달리기도 하는 날들입니다. 그러나 그 생각을 마저 끝내기도 전에 하루가, 한 달이, 한 계절이 훌쩍 지나가버리고 있으니. 마치 겨우 소주 한 병 마시는 사이에 일 년이 등뒤로 휙 달아난 기분이 몇 해 전부터 들곤 했습니다. 고향을 떠나 낯선 객지에서 사는 요즘은 더더욱 그런 기분에 휩싸일 때가 많습니다. 그럴 땐 어김없이, 시간을 가리지 않고 대관령으로 달려가곤 합니다. 당신들이 살고 있는 그 집으로. 대체 거기에 무엇이 있다고. 가면 이내 돌아갈 생각을 할 게 분명한데도 불구하고.

'부모님 전 상서'라 이름 붙인 이 편지는 또 얼마만인지요. 아마 제가 마지막으로 당신들께 편지를 쓴 것은 군복무 시절이었을 겁니다. 그것도 쓰고 싶어서 쓴 게 아니라 졸병 시절 위에서 쓰라고 해서 억지로 쓴 편지일 겁니다. 그 마지막 편지에서 지금까지 또 얼마만한 시간이 흘러왔는지요. 내무반에 앉아 처음으로 당신들께 편지를 쓰던 그때에도 끙끙거렸는데 지금도 마찬가집니다. 명색이 소설가인데 쓸 내용이 없어서는 아닐 겁니다. 하여 어쩔 수 없이 옛날과 같이 펜을 잠시 놓고 생각에 잠깁니다. 사실은 담배를 입에 물고서. 언젠가 본 드라마에선 늙은 아들이 돌아가신 부모님께 매일 밤 편지를 쓰곤 했는데 아무래도 저는 다정다감하곤 거리가 먼 자식인 모양입니다.

당신들이 살아온 삶을 간략하게나마 들여다봅니다. 농사를 짓는 산골 집에서 태어나 혼례를 올렸고 두어 번 이사를 한 뒤 지금의 집을 지었다고 들었습니다. 그 집에서 막내인 제가 태어났지요. 젖을 떼고 말을 배우고 숟가락으로 밥을 먹으면서 저는 나보다 먼저 그 집에 살고 있는 모든 것들을 살피기 시작했지요. 아버지와 엄마, 그리고 형과 누나 둘. 방 두 칸에 부엌 하나. 외양간과 헛간. 마당 귀퉁이의 변소. 소와 개 한 마리, 그리고 닭들. 그게 울타리 안의 전부였습니다. 울타리 밖에는 감자와 옥수수, 콩과 팥, 수수와 기장이 자라는 비탈밭이 산자락과 맞닿아 있었습니다. 그랬습니다. 당신들은 강원도 산골짜기에서 농부로 살아가는 젊은 부부였습니다. 산골짜기에 있는 집이라 전기가 들어오지 않아서 부엌에선 남포등을 켰고 방에선 등잔불이 어둠을 밝혀주었지요. 우리가 먹는 주식은 당연히 강냉이밥과 감자였고요. 그 모든 것들이, 제가 조금이나마 농사일을 거들어야 할 나이가 되기 전까진 세상에서 가장 아름다웠던 풍경이라고 아직도 기억하고 있습니다. 농사일은 정말 하기 싫었어요.

그렇게 출발한 그 집은 여태 그 자리에 있습니다. 물론 그 집은 헛간으로 변하고 마당에 새집이 지어졌지만. 비탈밭 역시 경지정리를 해서 반듯한 평지로 모습을 바꿨고요. 변한 게 그것뿐이겠어요. 젊은 부부였던 당신들은 어느새 팔십을 넘었고 팔십을 바라보고 계시지요. 당신들은 나이만 드신 게 아니라 등이 굽었고, 무릎이 아파 멀리 갈 땐 유모차를 밀거나 지팡이에 의지해야 합니다. 당연히 힘도 옛날 같지 않겠지요. 그런데도 당신들은 아직도 비탈밭에서 농사를 짓고 계십니다. 집 떠난 지 오랜 자식들은 명절이나 생일이면 찾아와 이구동성으로 말합니다. 몸도 성치 않으면서 왜 농사를 짓느냐고. 허리 꼬부라진 할머니가 벌면 얼마나 번다고 남의 집 품팔이를 다니느냐고. 그러다 다치면 어떡하느냐고. 이제 그만 쉬라고. 저야 뭐

입을 다문 채 술잔이나 기울였지요. 그러나 당신들은 그 말을 들은 척도 하지 않지요. 듣는 척하다가도 자식들이 떠나가면 다시 호미와 낫을 들고 밭으로 나가시지요. 아주 천천히.

고향으로 달려와 당신들이 살고 있는 집을 바라봅니다. 울타리 주변에서 자라는 과일나무들과 채소를 살핍니다. 밭으로 나가 당신들이 키우는 농작물들을 허리 숙여 쓰다듬어봅니다. 어두워지는 밭에서 허리를 구부린 채 걸어나오는 당신들의 흙 묻은 손과 얼굴에서 눈을 돌립니다. 저의 조급한 소설쓰기는 당신들의 백년 농사에 비하면 아무것도 아니라는 생각에 다다르면 온몸이 불덩이처럼 화끈거립니다.

●● ●

파울 첼란의 『죽음의 푸가』

대학 시절에 『죽음의 푸가』를 만났다. 최루탄이 터지고 깨진 보도블록과 화염병이 뒹굴던 날들이었다. 헬멧을 쓴 백골단이 먹이를 노리는 하이에나처럼 떼를 지어 우르르 달려가던 날들이었다. 나는 먼 언덕 위에서, 옥상에서, 술집에서 그 풍경을 훔쳐보았다. 안개처럼 날아온 최루탄 가루에 눈물, 콧물을 흘리며. 무섭고 부끄럽고 마음이 한없이 무겁기만 했던 날들이었다. 그 어느 날 펼친 시집 안에 이 시가 웅크리고 있었다. 어두운 골방에 숨어 있던 짐승의 눈빛과 날카로운 송곳니가 번쩍 빛을 내뿜는 것 같았다. 하지만 그게 다였다. 아무리 들여다보아도 무슨 암호의 나열처럼 보일 뿐이었다. 그럼에도 손에서 놓을 수가 없었다. 이 시에서 배어나오는 어떤 기운이 불안한 내 청춘을 고스란히 휘감은 채 놓아주지 않았다. 벙어리나 다름없었지만 나는 이 시를 읽고 또 읽었다. 새벽의 검은 우유와 공중의 무덤 하나, 뱀과 노는 한 사내, 밤이면 독일에 있는 애인에게 구애의 편지를 쓰는 사내, 삽으로 무덤을 파는 '우리'와 죽음의 무도곡을 연주하는 또다른 '우리', 독일에서 온 죽음의 거장, '우리'에게로 달려오는 사냥개와 납 총탄…… 끊임없이 반복되는, 악몽과도 같은 풍경. 나는 내가 누구인지 알 수 없었다. 뱀을 쓰다듬으며 애인에게 연애편지를 쓰는 '그'인지 검은 우유를 마시는 '우리'인지. 내가 누구인지 알기도 전에 졸업이었다.

새벽의 검은 우유 우리는 그것을 저녁에 마신다
우리는 정오와 아침에 그것을 마신다 우리는 그것을 밤에 마신다
우리는 마시고 또 마신다
우리는 공중에 무덤 하나를 판다 그곳에선 좁지 않게 누울 수 있다
한 남자가 집안에 살고 있다 그는 뱀과 더불어 논다 그는 편지를 쓴다
그는 날이 어두워지면 독일로 편지를 쓴다 너의 금빛 머리카락 마르가레테

그는 그렇게 쓰고 집밖으로 나간다 그리고는 별들이 반짝인
다 그는 자기의 사냥개를 휘파람으로 불러모은다
그는 자기의 유태인을 휘파람으로 불러낸다 지상에 무덤 하
나를 파게 한다
그는 우리에게 명령한다 자 무도곡을 연주하라

새벽의 검은 우유 우리는 너를 밤에 마신다
우리는 너를 아침과 정오에 마신다 우리는 너를 저녁에 마신다
우리는 마시고 또 마신다
한 남자가 집안에 살고 있다 그는 뱀과 더불어 논다 그는 편
지를 쓴다
그는 날이 어두워지면 독일로 편지를 쓴다 너의 금빛 머리카
락 마르가레테
너의 잿빛 머리카락 술라미트 우리는 공중에 무덤 하나를 판
다 그곳에선 좁지 않게 누울 수 있다
그는 고함을 지른다 더 달콤하게 죽음을 연주하라 죽음은 독
일에서 온 거장
그는 고함을 지른다 더 음울하게 바이올린을 켜라 그러면 너
희는 연기처럼 공중으로 올라간다
그러면 너희는 구름 속에 무덤 하나를 갖게 된다 그곳에선
좁지 않게 누울 수 있다

새벽의 검은 우유 우리는 너를 밤에 마신다
우리는 너를 정오와 아침에 마신다 우리는 너를 저녁에 마신다
우리는 마시고 또 마신다
한 남자가 집안에 살고 있다 너의 금빛 머리카락 마르가레테
너의 잿빛 머리카락 술라미트 그는 뱀과 더불어 논다

그는 고함을 지른다 너희들 한 무리는 땅속을 더 깊이 파고
너희들 다른 무리는 노래를 부르며 연주하라
그는 허리의 권총을 잡는다 그는 권총을 흔든다 그의 눈은
푸르다 너희들 한 무리는 더 깊이 삽질하고 너희들 다른 무
리는 무도곡을 계속해서 연주하라

새벽의 검은 우유 우리는 너를 밤에 마신다
우리는 너를 정오에 마신다 죽음은 독일에서 온 거장
우리는 너를 저녁과 아침에 마신다 우리는 마시고 또 마신다
죽음은 독일에서 온 거장 그의 눈은 푸르다
그는 납 총탄으로 너를 맞힌다 그는 너를 정확히 맞힌다
한 남자가 집안에 살고 있다 너의 금빛 머리카락 마르가레테
그는 자기의 사냥개를 우리에게로 몰아온다 그는 우리에게
공중의 무덤을 선사한다
그는 뱀과 더불어 놀며 꿈을 꾼다 죽음은 독일에서 온 거장

너의 금빛 머리카락 마르가레테
너의 잿빛 머리카락 술라미트

세월이 많이 흘렀다. 세월이 이렇게 많이 흘러서야 나는 비로소 내가 누구인지 알아차렸다. 나는 날이 어두워지면 애인에게 편지를 쓰던 사내가 아니었다. 나는 집에서 뱀과 노는 사내도 아니었다. 휘파람으로 사냥개를 부르고 무덤을 파게 하고 그 옆에서 무도곡을 연주하게 하는 사내가 아니었다. 권총을 휘두르다가 방아쇠를 당기는 사내도 아니었다. 그러나 나는 날마다 검은 우유를 마시는 '우리'도 아니었다. 무덤을 파고 동료의 장송곡을 음울하게 연주하는 그 '우리'는 더더욱 아니었다.

모호하기만 했던 시 한 편을 그 세월이 흐르는 동안 간신히 이해했건만 나는 여전히 오리무중이다. 그사이 안개 속에서 배 한 척이 천천히 가라앉았다.

세월은
약이 아니다

지난 봄날 나는 강원도의 어느 산골에 자리한 문인집필실에 입주해 있었다. 그곳에서 다른 작가들과 함께 글을 쓰고 산책을 하고 술을 마시며 봄날을 건너가던 중이었다. 때늦은 눈이 내리고 비가 내리고 마침내 봄을 알리는 목련이 하나둘 피었다. 어느 날 비가 눈으로 변해 아직 활짝 피어나지도 못한 목련이 얼어버렸고 그 참담한 모습을 목격한 시인, 소설가, 동화작가들은 아침부터 술잔을 기울여야만 했다. 그 얼마 후 제주도로 수학여행 가던 학생들과 일반인들을 태운 한 척의 배가 맹골수도(孟骨水道)에서 천천히 가라앉고 있었다.

그렇게 잔인한 봄여름이 지나고 가을의 문턱에 도착했다. 그 사이 무슨 일들이 벌어졌는지는 일부러 눈을 감고 귀를 막아도 모르는 사람이 없을 것이다. 말복과 입추가 겹친 날 세월호 특별법에 여야가 합의했지만 곧바로 유가족과 시민사회단체는 세월호 특별법 무효를 선언했다. 요지는 이렇다. 참극에 대한 1차 책임이 있는 집권세력이 진상조사위와 특검을 꾸리는 주도권을 갖게 되었다는 것. 진상조사위에 수사권과 기소권을 부여하지 않는 특별법 합의는 의미가 없다는 것. 게다가 대통령이 임명하는 특별검사가 무슨 조사를 제대로 할 수 있겠냐는 것이었다. 결과적으로 '기득권 세력에게 면죄부를 주고 동시에 축소, 은폐의 길을 열어줄 가능성이 높다'는 것이었다.

지난 넉 달 동안 우리는 착잡한 심정으로 텔레비전과 신문, 인터넷을 들여다보며 살아왔다. 술을 마시다가도 문득 이렇게 아무렇지도 않게 술에 취해도 되는 건가 하는 생각이 들어 서둘러 자리에서 일어났다. 가까운 사람들과 웃고 떠들다가도 문득 이 웃음이 과연 온당한 웃음인가 하는 생각이 들어 얼굴의 웃음기를 황급히 지우기도 했다. 복더위를 넘기기 위해 삼계탕집에서 닭 뼈에 붙은 고기를 게걸스럽게 뜯다가도 갑자기 죄송한 마음이 들어 젓가락을 놓고 슬그머니 자리에서 일어났다. 그들이 아직도 울고 있기 때문이었다. 그들이 아직도 차가운 바다 속에서 빠져나오지 못했기 때문이었다. 그들이 아직도 뜨거운 천막 안에서 아무것도 먹지 않은 채 눈을 부릅뜨고 있기 때문이었다. 결국 우리는 술냄새를 감추고 얼굴에서 웃음기를 지우고 입술에 묻은 기름기를 닦은 채 저잣거리를 떠나야만 했다. 혹시 우리의 불의(不義)로 인해 이 모든 일이 벌어진 것은 아닌가 하는 죄의식을 껴안은 채.

세월호를 둘러싼 온갖 의혹들이 세상에 떠다니고 있다. 동시에 사람들은 내 일이 아닌 것을 다행이라 여기며 조금씩 세월호를 잊어가고 있다. 잊지 않겠다고 했었지만 세월은 그렇게 놔두지 않는다. 세상은 너무나 빨리 돌아가고 새로운 사건은 마치 예정돼 있었던 것처럼 뻥뻥 터진다. 하지만 우리는 저 캄캄한 바다 속에 아직 남아 있는 아이들의 억울한 죽음이 외롭지 않도록 기억해야만 한다. 언제, 어떻게, 누가, 무엇을 잘못해서 그리되었으며, 또 누가 무엇을 감췄고, 누가 어떻게 꼬리를 자르고 달아났는지 하나하나 또렷하게 밝혀내고 머리에 새긴 뒤에야 비로소 다시 출발해야 한다. 그렇게 하지 않으면 우리 앞에 겉모습만 바뀐 세월호가 도착해 다시 침몰을 준비할 게 틀림없다. 그 세월호에 탑승할 여행객이 바로 나일지도, 당신일지도 모르기 때문이다. 그다음 세월호, 또 그 다다음 세월호, 앞으로도 똑같이 침몰할지 모를 무수한 세월호들에 우리가 오르지 않는다는 보장이 없기 때문이다.

세월은 약이 아니다. 세월이 약이 되어서는 안 된다. 여야가 합의한 특별법은 결국 세월이 약이라고 우기는 특검에서 한 발자국도 벗어나지 못할 게 틀림없다. 온갖 의혹들의 시비를 가리고 억울하게 죽어간 수많은 희생자들과 그 유족들, 그리고 국민의 아픔을 치유하는 길은 제대로 된 특검법을 만드는 것뿐이다. 그것만이 지난봄 채 피어나지도 못하고 떨어진 꽃들에게 우리가 해줄 수 있는 유일한 위로이며 동시에 미래에 대한 약속이다.

•• •

학교는 어디에 있는가

시월로 접어들기 무섭게 올해에도 어김없이 휴대폰 화면에 익숙한 문자가 떴다. '부족하지만 정성껏 준비한 ○○초등학교 동문체육잔치를 선후배 동문님들과 함께하고자 합니다. 오랜 불경기와 침체된 사회 분위기, 또 어떤 이유로 마음이 무거우시다면 오셔서 고향과 동문의 정을 함께 나누며 힘을 내셨으면 좋겠습니다.' 일을 하다가, 푸른 하늘을 쳐다보다가, 올해에는 유난히 붉은 저녁노을을 훔쳐보다가, 주머니에서 휴대폰을 꺼내 만지작거리다가 다시 물끄러미 들여다보는 문자가 바로 초등학교 동문회에서 온 소식이다. 오래전에 졸업한 학교로 놀러오라는 소식.

학교는 왜 자꾸만 우리를 부르는 것일까. 학교는 대체 무엇일까. 떠나온 학교를 떠올리면 마음이 따스해지는가, 아련해지는가, 얼굴이 화끈거리는가. 당신은 어떤 경우인가. 다시 학교로 돌아가고 싶은가, 아니면 학교 따윈 두 번 다시 돌아보고 싶지 않은가. 떠나온 학교를 생각하면 무엇이 제일 먼저 떠오르는가. 선생님인가, 친구인가, 좋아했지만 한 번도 좋아한다는 말을 꺼내지 못했던 그 누구인가. 학교는 왜 우리들 각자의 기억 속에 애증으로 자리잡은 채 틈이 날 때마다 부르는 것일까. 마치 당시에 마무리하지 못한 오래된 숙제를 제출하라고 요구하듯이. 초등학교, 중학교, 고등학교, 대학교…… 참 우리 인생에서 학교는 많고도 많다. 운이 좋아 이 네 단계의 학교를 모두 지나려면 자그마치 16년의 시간이 필요하다. 어쩌면 학교는 우리들의 또다른 고향인지도 모른다는 생각마저 들 때가 있다. 그러하기에 지나온 학교들에서 부르면 그때마다 만감이 교차하는 것인지도 모르겠다.

철수는 왜 거의 매일 지각을 한 것일까. 그 선생님은 풍금도 칠 줄 모르면서 어떻게 매번 음악시간을 진행했을까. 길동이는 나머지 수업을 하면서 어떤 기분이었을까. 그 선생님은 왜 그렇게 무뚝뚝했을까. 만동이는 힘이 약한 친구를 괴롭히고 때리면서 기분이 좋았을까. 그 어여쁜 여선생님은 산골 마을에 부임해와 살면서 동네의 시커먼 총각들이 득실거리는 밤이 두렵지 않았을까. 지린내가 진동하던 화장실은 왜 그리 무서웠을까. 학교는 어떤 이유로 대부분 공동묘지 자리에 세워져서 아이들을 공포에 떨게 만들었을까……

초등학교 시절은 그래도 아름다웠다. 중학생이 된 남학생들은 나이를 조금 먹었다고 점점 거칠어졌고 여학생들은 말이 없어졌다. 선생님들도 초등학교 때완 판이하게 달랐다. 여러 초등학교에서 모인 남학생들은 힘을 겨루려고 툭하면 싸웠다. 가출을 했다가 잡혀왔다. 선생님들의 몽둥이 굵기는 초등학교 시절과는 비교도 되지 않았다. 저 이가 과연 선생인가 의심이 갈 정도로 무지막지하게 때렸다. 그 와중에도 사춘기로 접어든 남학생들은 젊은 여선생의 치마와 가슴을 훔쳐보며 여드름을 키우고 짰다. 전날 술을 많이 마셨는지 자습을 시키는 선생이 허다했다. 물론 모든 선생님들이 그렇고 모든 학생들이 그랬었다는 얘기는 당연히 아니다. 학창 시절의 기억이라는 건 늘 어느 한쪽에 편중돼 있기 마련이다. 그런 면에서 볼 때 중학교보다 초등학교의 기억이 그나마 아름다운 편에 속한다. 고등학교와 대학은 슬슬 세상의 전쟁터로 발을 들이미는 것일 테니 말할 나위도 없다.

지금의 아이들이 다니는 학교는 어떤 학교일까. 어떤 철수, 길동이, 만동이들이 있고 어떤 선생님들이 교단을 지키고 있을까. 왕따니 자살이니 하는 말들은 어디서 흘러나오는 것일까. 우리는 우리의 아이들을 학교에 보내면서 어떤 당부의 말을 호주머니에 넣어주는 것일까. 선생님들은 어떤 마음을 보듬으며 학교로 가는 것일까. 지금의 학교는 어디에 있을까. 혹시 마음 아픈 한 아이를 교정의 울타리 밖에서 홀로 울게 하는 것은 아닐까.

그 옛날의 나도 누군가의 마음을 아프게 했는지도 모른다. 깊어가는 가을의 동문체육대회에 가면서 곰곰이 생각해봐야겠다. 미안하다는 말을 호주머니에 준비해야겠다. 그런데 정녕 학교는 어디에 있는 것일까.

보름달 아래서

추석이 지났다.

다행히 길은 그다지 막히지 않았고 날씨도 괜찮았다. 고향집은 여전했으나 부모님의 등은 조금 더 굽어 있었다. 누렁이는 앞다리를 들어 반겨주었고 살이 오른 흰 토끼들은 두 귀를 쫑긋 세운 채 빨간 눈으로 토끼장 밖의 웅성거림에 긴장을 늦추지 않았다. 지난봄 병아리였던 닭들은 어느새 중닭으로 자랐고 수탉은 자기가 거느린 암탉들을 건드릴까봐 부리부리한 눈으로 철망 앞에서 시위를 했다. 갓 낳은 따스한 달걀 하나를 손에 쥐어보고 싶었지만 수탉의 위세에 욕심을 접었다. 고향집에 오면 마치 순례를 하듯 하나하나 돌아보는 습관이 든 게 언제부터인지 모르겠다.

예년보다 일찍 추석이 찾아온 탓에 고추는 아직 반밖에 물들지 않았고 수수열매를 찾아왔던 새들은 양파 망이 씌워져 있는 걸 확인하고는 치사하다고 지저귀며 다른 밭으로 날아갔다. 품종개량을 한 것은 아닐 텐데 들깨줄기는 사람 키보다 컸다. 깨를 베고 옮겨서 털려면 꽤나 품이 들어갈 것 같았다. 나는 말라가는 옥수수수수염을 쓰다듬고 담장을 따라 뻗어간 머루 줄기에 매달린 검은 머루 알을 지그시 눌러본 뒤 겨우 네 알밖에 열리지 않은 사과나무에 애틋한 눈길을 주었다. 작년에는 한 집에 한 봉지씩 들고 돌아갔는데 올해는 한 알씩 가져가야 할 형편이었다.

집 뒤편 개울가에서 자라는 돌배나무는 이미 열매를 모두 떨어트린 채 잎이 말라가고 있었다. 돌배는 다른 과일과 달리 익기도 전에 열매를 툭툭 떨어트리곤 했다. 어린 시절 돌배를 줍다가 돌처럼 단단한 돌배에 머리를 맞은 적이 한두 번이 아니었다. 내 고향에서는 맛이 몹시 신 돌배를 심배라고 불렀다. 잘 익은 돌배라 하더라도 한 입 깨물면 그 신맛에 몸서리를 치는 게 돌배의 맛이었다. 그래서인지 다른 산열매보다 인기가 없었는데 최근에 들어와 돌배 술로 일약 주가가 치솟았다. 잘 담근 돌배 술은 외국의 와인보다 맛이 깊고 그윽하기 때문이다. 폭설이 내리는 길고 깊은 겨울밤, 구들장이 뜨끈뜨끈한 고향집 뒷방에 앉아 문밖의 눈을 내다보며 마시는 돌배 술의 맛을 어디에다 비교하겠는가.

뿔뿔이 흩어져 사는 식구들이 먼길을 달려와 모두 모이면 할아버지 할머니 산소에 성묘를 간다. 성묘 가는 길이 어렸을 때만큼 멀고 규모가 크며 왁자하지는 않지만 그래도 옛 기억을 떠올리며 산길을 달린다. 먹을 게 부족했던 그 시절, 한 시간은 걸어야 되는 성묫길이었지만 사촌들은 누구 하나 빠지지 않고 코를 흘리며 악착같이 걸었다. 성묘를 가야 맛있는 걸 먹을 수 있기 때문이었다. 벌에 쏘이고 넘어지고 개울을 건너다 물에 빠지면서도 조만간 입으로 들어올 음식들을 상상하며 힘들다는 내색조차 하지 않았다. 그렇게 우리는 그 세월을 건너 지금 여기에 도착해 자동차를 타고 십 분 만에 산소에 도착한다. 그러나 사촌들은 없다. 어른이 된 사촌들은 묘소를 바꿔 자기네 부모님 묘소에 성묘를 가기 때문이다. 어른이 된 딸들은 시댁의 산소에 성묘를 가기 때문이다. 당연히 예전처럼 서로 음식을 먹으려고 산소를 뱅뱅 돌며 법석을 떨지도 않는다. 그 그림자만, 그 기억만 산소 주변에 맴돌 뿐이다.

추석의 밤을 밝히는 보름달을 쳐다보았다. 보름달이 떴음에도 고향집으로 돌아오지 못한 사람들을 떠올렸다. 그들은 왜 고향으로 돌아오지 못했을까. 사업에 실패했을까. 형제들과 대판 싸운 게 아직 풀리지 않았을까. 명절에 때맞춰 부부싸움을 했을까. 고향에 가도 아무도 없으니 외국으로 여행을 간 것일까. 또 취업에 실패한 것일까. 결혼은 언제 할 거냐는 친척들의 위로가 지겨워진 것일까. 이유도 가지가지일 테고 변명도 가지가지일 것이다. 세상사 그렇고 그렇지 않은가. 달을 보며 소원을 빌었다. 저 깊은 바다 속에서 아직 돌아오지 못한 아이들이 하루빨리 부모의 품으로 돌아왔으면 좋겠다고. 이번 추석의 소원은 그것뿐이었다.

•• •

군대 이야기

집에 총을 든 헌병들이 들이닥쳤다. 그들은 나를 찾았고 나는 영문도 모른 채 트럭에 실려 끌려갔다. 트럭 안에는 민간인 복장을 한, 나처럼 끌려온 사람들이 침울한 표정으로 앉아 있었다. 나는 헌병에게 도대체 무슨 까닭으로 붙잡아가는 거냐고 물었다. 헌병은 귀찮다는 듯 서류를 뒤적이더니, 내가 군 시절 서류를 위조해 석 달이나 일찍 전역을 한 게 발각됐으므로 다시 군 생활을 해야 한다고 설명해주었다. 서류란 대학 1~2학년 때 받는 군사교육 이수증명서를 말하는 것인데 이런저런 이유로 그 수업에 F를 맞으면 3개월 혜택을 받을 수 없었다. 그래서 30개월을 꼬박 복무하는 것을 피하려고 이런저런 방법으로 그 서류를 위조해 제출한 뒤 3개월 먼저 전역을 하는 사병들이 있었다. 그러니까 트럭의 짐칸에 타고 있는 사람들이 모두 그렇게 해서 일찍 전역을 했다가 들통이 나 잡혀가고 있다는 얘기였다. 맙소사! 내가 전역한 지 몇 년이 지났는데. 당장 해야 할 일이 산더미처럼 쌓여 있는데. 가만, 저 인간은? 트럭 안쪽에서 나를 주시하는 사내가 있었는데 그는 전역하는 날까지 나를 괴롭혔던 Y병장이었다. 내 가슴은 쿵닥거리기 시작했다. 저 인간과 또 군 생활을 함께해야 한다니……

이것은 내 꿈의 일부다. 오랜만에 다시 군대에 끌려가는 꿈을 꾼 것이다. 꿈에서 깨어나서도 놀란 내 가슴은 한동안 진정되지 않았다. 왜 오래전에 사라졌던 꿈이 되살아났을까. 군대란 곳이 과연 무엇이기에 남자들의 기억 속에서 사라지지 않고 어떤 계기만 있으면 유령처럼 되살아나는 것일까. 군대에 대한 꿈은 이것 외에도 많았다. 소총을 잃어버리고 전전긍긍하는 꿈. 전역을 할 때가 된 것 같은데 도무지 제대특명이 내려오지 않는 꿈. 찾아가 항의를 하니 시국이 불안정해 한 달을 더 복무해야 한다는 꿈. 참 종류도 가지가지였고 그 까닭도 그럴듯해서 항의조차 할 수 없었다. 그런 꿈들에서 벗어나는 데는 꽤 오랜 시간이 필요했다. 물론 나는 군사교육 이수증명서를 위조하지도 않았고 현역 시절 총을 잃어버린 적도 없었으며 어처구니없는 제대특명 역시 받지 않았다. 선임에게 못 견딜 정도의 고통을 받은 적도 없다. 대부분의 병사들처럼 합리적이지 않은 일들에 대해 그저 묵묵히, 비겁하게 견딘 것인지도 모르겠다. 그렇기 때문에 뒤늦게 악몽들이 찾아온 것인지도 모른다.

텔레비전 화면으로 눈에 익은 철책선 풍경이 흐르고 있다. 나도 저들처럼 야간 근무를 섰고 밀어내기를 하느라 끝이 보이지 않는 계단을 올라가고 내려갔다. 대남방송과 대북방송을 지겹도록 들었다. 폭설이 철책을 덮을 정도로 내리면 며칠이고 제설작업에 매달렸다. 매일같이 산꼭대기에서 동해의 일출을 보며 막사로 돌아와 빵을 먹고 잠들었다. 어떤 밤에는 철책까지 접근한 산양을 만나 깜짝 놀란 적도 있었다. 그러다 제대특명을 받고 '추억록'을 한 장 한 장 채워나가다가 집으로 돌아왔다.

오래된 '추억록'을 찾아 펼쳤다. 함께 군 생활을 했던 선임과 후임들의 얼굴이 사진 속에서 하나둘 튀어나왔다. 그때 우리들은 어떤 노래를 부르고 어떤 꿈을 꾸며 저 산꼭대기의 날들을 건너갔던 것일까. 모두들 잘살고 있을까. 벌써 자식을 군에 보낸 이도 있을 것이다. 나는 '추억록' 속의 풍경과 텔레비전 화면 속 총기난사의 가슴 아픈 풍경을 흐린 눈으로 번갈아 바라보았다. 이십여 년이라는 세월이 흘렀지만 둘 다 틀림없이 우리들의 모습이었다. 이십여 년 전 같은 막사에서 생활했던 한 병사이기에 먹먹한 심정을 감출 수가 없다. 왜 이런 일이 되풀이되는 것일까. 이 악몽을 막을 방법은 정녕 없는 것일까. 어쩌면 우리는 알고 있으면서도 귀찮다고 쉬쉬하는 건 아닐까.

취한 말들을 위한 시간

어느 해 가을에 잣나무 숲을 지나간 적이 있다. 청설모 한 마리가 잣나무 우듬지를 바삐 오가며 잣송이를 따느라 분주히 움직였다. 대개 청설모는 잣 한 송이를 따면 입에 물고 나무를 내려와 안전한 곳에 보관하는 행동을 반복하는데 이 녀석은 다른 방법으로 잣을 따고 있었다. 잣을 따서 나무 아래로 떨어뜨린 뒤 어느 정도 양이 쌓이면 내려와 옮기는 방식이었다. 괜찮은 방법이긴 한데 다른 누군가에게 도둑맞을 위험이 다분했다. 아니나 다를까. 술안주로 잣을 좋아하는 나는 가방에서 비닐봉지를 꺼내 녀석이 딴 잣을 담기 시작했다. 당연히 나무 위의 청설모가 반응을 했지만 청설모의 말은 내가 알아들을 수 없는 외계어나 다름없었기에 개의치 않고 비닐봉지를 채워나갔다. 녀석은 뭐라고 한참을 씩씩거리다 다른 나무로 옮겨갔다.

또 어느 해 가을에는 고향 친구들과 산행을 떠난 적이 있다. 그때 누군가 어느 수컷다람쥐에 관한 이야기를 들려줬다. 그 다람쥐는 바람기가 심했는데, 먹을 것이 풍부한 계절에는 아리따운 첩을 서넛이나 두고 산다는 것이다. 당연히 먹을 게 많으니까 첩이 많아도 먹여 살리기가 쉽다. 그런데 이 녀석, 혹독하게 추운 겨울이 닥쳐오면 모두 정리하고 딱 한 명만 남겨둔다고 한다. 그것도 애꾸눈인 다람쥐를. 당연히 왜냐고 물었고 돌아온 대답은 이랬다. 눈이 애꾸면 한겨울의 굴속에서 잣이나 도토리를 반밖에 먹지 않을 거라고 판단했기 때문이란다. 음……

어느새 한 해가 저물어가는 12월이다. 올해 역시 많은 일들이 가깝고 먼 곳에서 벌어졌다. 누가 올 한 해를 한 문장으로 정리하라면 나는 이렇게 쓸 것 같다. '취한 말들을 위한 시간'이었다고. 이것은 이란의 바흐만 고바디 감독이 2000년에 만든 영화의 제목이다. 이라크와 이란의 박해를 받으며 양국의 국경지대에 사는 평범한 쿠르드인들에 관한 슬픈 이야기다. 소년가장이 된 주인공이 하는 일은 유일한 생존수단인, 국경을 몰래 넘나들며 밀수를 하는 것이다. 동생들을 먹여 살리기 위해. 워낙 추운 지역이라 눈으로 덮인 국경을 넘으려면 말〔馬〕에게 독한 술을 먹여야만 해서 붙여진 제목인데 시간이 흐를수록 그

말이 내게는 말(言)로 여겨지는 건 무슨 까닭인지 모르겠다. 아마도 올 한 해 이 땅에서 벌어진 많은 일들과 거기에 뒤따라오는 무수한 말들 때문인지도 모르겠다. 우리는 마치 취한 말들이 비틀거리고, 달려가고, 몰려오고, 쓰러지는 세상에서 간신히 살아가고 있는 것만 같다. 더 나아가 취한 배에, 취한 기차에, 취한 그 무엇에 실려 눈보라 일렁이는 세상을 건너가고 있다는 생각에서 벗어나기 힘들다. 일찍 가장이 된 영화 속의 어린 주인공도 눈보라 속으로 사라져 돌아오지 않은 채 영화는 끝이 났다. 정녕 그래야만 되는가……

그런데…… 지금껏 나는 취한 말들의 공격만 받으며 살았던 걸까. 나 역시 나보다 약해 보이는 누군가에게 취한 말들을 던져온 것은 아닐까. 그 말에 누군가 마음의 상처를 입고 아파했던 것은 아닐까. 다른 이들이 던진 취한 말에는 온갖 괴로운 표정과 신음을 토해놓곤 내가 던진 취한 말엔 모르는 척, 기억나지 않는 척, 대수롭지 않은 척 등을 돌려버렸던 건 아닐까. 내가 던진 말은 절대 취한 말이 아니라 진심을 담은 말이었다고 고집하며 서둘러 그 자리를 도망쳤다는 죄책감이 점점 자리를 넓혀가고 있으니. 취한 말뿐만 아니라 취한 행동까지 저질러놓곤 억지로 잊어버린 것은 아닌지 모르겠다.

그해 가을 나는 잣나무 우듬지의 청설모를 계속 따라갔다. 녀석이 떨어뜨리는 잣송이를 빠짐없이 비닐봉지에 담으며. 나무 위에서 방방 뛰며 고함을 치는 청설모에 대해 재밌어하며. 녀석이 견뎌야 할 길고 깊은 겨울은 눈곱만치도 생각하지 않은 채 그렇게 낄낄거리다가 제법 묵직해진 봉지를 든 채 잣나무 숲을 빠져나왔다. 그러곤 술자리가 벌어질 때마다 사람들에게 그 청설모 얘기를 들려주며 재밌지 않냐고 낄낄거렸다.

그들은 슬픈 눈으로 저 위의 다람쥐를 보듯 취한 나를 지그시 바라보았다.

•• •

진부역

평창 동계올림픽은 2018년에 열린다. 올림픽 유치에 두 번 고배를 마실 때부터 시작해서 어렵게 유치한 뒤까지 평창은 여러 방면에서 요동쳤다. 어떤 유명한 연예인은 올림픽 경기장 가까운 곳에 땅을 샀다가 언론의 뭇매를 맞고 한동안 활동을 접기도 했다. 땅 투기 비슷하게 땅을 구입한 이가 어디 그 사람뿐이겠는가. 경기장 근처 알짜배기 땅은 이미 외지인들의 소유가 된 지 오래였다. 비싼 가격으로 땅을 판 사람들이야 행복하겠지만 거기에서 제외된 대다수의 지역민들까지 행복할 수는 없을 것이다. 덩달아 치솟은 땅값 때문에 새 농지를 구입하거나 이사 갈 집터를 장만하는 것도 쉽지 않게 돼버렸다. 이래저래 들려오는 소식들을 접할 때마다 마음이 편치 않은 까닭은 대관령이 바로 나의 고향이기 때문이다. 고향 풍경과 고향 사람들이 올림픽이라는 소용돌이 속에서 따스했던 정을 잃고 몸과 마음을 다치지 않기를 바라기 때문이다.

동계올림픽을 준비하면서 평창은 지금 급속한 변화를 겪고 있다. 그 대표적인 것이 길이다. 어린 시절 마을에는 일제 때 개통한 신작로가 유일하게 큰 길이었다. 차가 지나가면 흙먼지 날리고 자갈이 튀던 그 길옆에 피어나던 코스모스의 벌을 잡으며 우리는 학교를 다녔다. 눈이 1미터씩 내리던 겨울이면 인근 스키장에서 나온 스노카가 눈길을 쌩쌩 달렸다. 자동차 꽁무니에 연결한 밧줄을 잡은 스키어들이 대관령에서 줄줄이 내려왔다. 스키어들을 흉내내다 지치면 우리들은 나무 스키를 타고 눈 덮인 비탈밭으로 올라가 내리달리다가 밭둑에서 멋지게 점프를 했다. 신작로는 70년대에 포장되었고 뒤이어 영동고속도로가 개통되었다. 고속도로는 마치 높은 성벽처럼 보여 산골 아이들을 깜짝 놀라게 만들었다. 우리들은 올라가지 말라는 고속도로로 올라가 지나가는 차들을 구경하고 잠시 멈춘 관광버스에서 내린 도회지 사람들을 신기한 듯 훔쳐보았다. 그렇게 시작된 고속도로는 점점 넓어지고 높아지더니 결국 마을을 반으로 갈라버렸다. 그 땅에 살던 사람들 또한 살 곳을 찾아 뿔뿔이 이사를 가야만 했다.

국도와 고속도로에 이어 지금 평창엔 또하나의 길이 만들어지고 있다. 그것은 바로 철길이다. 동계올림픽의 가공할 위력이다. 지금 영동고속도로를 따라 공사가 한창 진행되고 있다. 마을의 풍경이 또다시 바뀌고 있는 것이다. 진부역에서부터는 험준한 대관령을 넘기 위해 우리나라에서 가장 긴 터널이 뚫리고 있는 중이다. 고향에서 잠을 자는 날이면 땅 밑 저 아래에서 암반을 발파하는 공사 때문에 한동안 지진이 난 것처럼 집이 불안하게 흔들리는 것도 감수했다. 마을에 비로소 기차가 들어온다는 설렘으로 불안을 잠재워야 했다.

하지만…… 이제는 어린아이가 아닌 내가 올림픽을 둘러싼 이 모든 일들을 그저 신기한 눈으로 바라볼 수만은 없다. 올림픽의 이념은 무엇인가. 올림픽은 왜 이렇게 요구하는 게 많은가. 우리는 올림픽을 어떤 눈으로 보는가. 혹시 우리는 돈을 벌기 위해 올림픽이라는 거대한 울타리 뒤에 숨어 있는 것은 아닐까. 보다 빨리 서울에 가기 위해, 보다 빨리 서울에 있는 사람들을 불러들이기 위해 올림픽의 경기종목도 제대로 모르면서 올림픽 유치에 열광한 것은 아닐까. 어쩌면 우리집 땅값도 어마어마하게 오를지 모른다는 기대를 품고 깃발을 흔들었던 것은 아닐까. 이 거대한 모순 속에서 벗어날 수는 없다는 체념 아래 수백 년을 한자리에서 살아온 나무들이 베어지는 것을 애써 모른 척하고 있는 것인지도 모른다.

진부역은 동계올림픽의 주경기장으로 가기 위한 마지막 역이다. 역의 이름을 놓고 말들이 많다. 눈의 고장 평창은 동계올림픽을 인간이 아닌 천혜의 자연조건으로부터 얻었다. 그러나 모순되게도 그 자연을 파괴한 뒤 올림픽을 개최해야 한다. 그래서 하는 말이다. 동계올림픽으로 가는 마지막 역 이름을 오대산역으로 정했으면 좋겠다. 그게 여태껏 우리가 파괴한 자연에 대한 아주 작은 위로라고 본다.

2부

우리 모두 따사로이 가난했던 시절

•• •

심곡 헌화로

새천년이 시작되던 겨울날 나는 시골 마을의 작은 도서관에 앉아 새 소설을 구상하고 있었다. 춥고 외롭고 가난한 시절이었다. 창밖에 내리는 눈은 탐스러운 함박눈이 아니라 매서운 북풍에 이리저리 휘몰려다니는 눈보라였다. 바람이 텅텅 부딪치는 곳마다 눈이 쌓여 길을 지워버리기 일쑤였다. 도서관은 눈보라의 바다 한가운데에 있는 아주 작은 섬 같았다. 섬 밖으로 나가고 싶었지만 그곳은 내가 꿈꾸는 따스한 남국의 해변이 아니었다. 나는 딱딱한 의자에 앉아 딱딱한 책상 위에 놓인 노트북의 자판을 곱은 손가락으로 두드리며 소설의 처음을 이렇게 그려나가기 시작했다.

삼 일 동안 쉬지 않고 내리는 눈(雪)처럼 나는 이 작은 포구의 민박집 이층에서 잠을 자다 깨기를 반복하고 있다. 잠은, 그 속의 꿈은 일그러진 기억들이 들어오고 나가는 대합실 같다. 그 기억들은 아직도 온기가 남아 있다. 나는 벽에 걸린 액자에 고정된 시선을 힘겹게 옆으로 돌려 통유리 너머의 바다를 본다. 바다의 색깔은 네이비블루에 가깝다. 흩날리는 눈발이 그 색깔로 동요 없이 스며든다. 좀더 눈이 내리면 바다색은 코발트블루로 변할 것이다. 하지만 나는 무엇 때문에 바다의 색이 시시로 변하는지 정확히 모른다. 단지 변화를 거듭하는 무수한 결을 담고 있는 바다, 라는 이름밖에는. 그 점에서 바다는 그녀와 닮았다. 그녀와……

포구의 방파제에서는 낚시꾼들이 눈발을 맞으며 숭어 낚시를 하고 있다. 그들은 편광안경을 쓴 채 바다를 들여다본다. 사흘째 계속되는 같은 풍경이다. 숭어는 해수면 바로 아래에서 무리지어 회유하고 있을 것이다. 겨울의 동해안 숭어는 눈에 지방질이 끼어 주변을 잘 살필 수가 없다고 한다. 이를테면 눈먼 숭어다. 눈먼 숭어를 잡기 위한 낚싯바늘은 그래서 단순하고 폭력적인 형태를 취한다. 송곳니 같은 굵은 쇠바늘 여러 개가 입을 벌린 채 낚싯대에 매달려 출렁거리며 바다로 뛰어들 순간을 노리고 있다. 지난 사흘 동안 내 잠의 옆구리나 꼬리로 날아 들어와 꽂혔던 훌치기낚시의 육중한

바늘을 나는 묵묵히 바라본다. 비명조차 지르지 못했다. 순식간에 나는 바다를 떠나 허공으로 솟구쳐 입만 벌린 채 매달려 있었다. 그때 내 시야에 들어온 것은 허공을 채우는 눈송이가 바다로 내려와 담담하게 풀어지는 모습뿐이었다. 그 바다를 내려다보며 나는 입 밖으로 나가지 못하는 말을 중얼거렸다. 나는 숭어가 아니라 사람인데, 저들이 쓰고 있는 편광안경은 사람이 숭어로 보이는 것일까…… 이것은 너무 잔인한 사랑의 표현이야. 사랑은 이런 게 아니야. 하지만 내 혼잣말은 허공을 건너는 눈발에 매달려 내가 떠나온 바다 속으로 잠기는 게 고작이었다. 낚시꾼들은 잠 밖에서도 변함없이 바다에 몰두한다. 그들의 등허리에 긴장이 몰리는 것을 멀리서도 느낄 수 있다. 나는 벽에 걸린 액자에 다시 시선을 고정시킨다. 내 눈을 향해 아가리를 벌린 채 전속력으로 날아오는 주먹만 한 낚싯바늘! 눈을 질끈 감는다. 눈먼 숭어가 바다 밑으로 내려간다.

눈발은 그곳까지 들어오지 못한다.

그로부터 십오 년 넘게 세월이 지나 나는 강릉시 강동면 정동진의 남쪽이자 옥계면 금진의 북쪽인 심곡(深谷) 헌화로(獻花路)를 걷고 있다. 헌화로는 해안도로다. 심곡과 금진을 잇는 이 도로는 1996년 3월에 닦기 시작하여 1998년 11월에 완공되었다. 그러니까 그전까지는 길이 아니라 해발 60여 미터 안팎의 험한 해안절벽뿐이었다. 그 가운데에 심곡이라는 자그마한 어촌이 있었는데 밖에서 심곡으로 가려면 정동진에서 고개를 넘어가는 길이 유일했다. 높다란 해안절벽 사이에 숨어 있는 심곡은 그 옛날 전쟁이 났는지도 몰랐다는, 깊고 깊은 산속의 오지가 아니라 넓고 넓은 바닷가에 붙은 또다른 오지였던 것이다. 누가 심곡을 알았겠는가. 아마 강릉 사람들 중에서도 심곡을 모르는 이가 많았을 게 분명했다. 북쪽에서 내려오면 정동진에서 걸음을 되돌리고 남쪽에서 올라오면 금진항에서 뒤돌아서는 곳, 그곳이 심곡이었다. 바다를 끼고 달리는 영동선 기차도 심곡만은 어쩌지 못하고 깊고 긴 굴속으로 빠져나가야만 하는 곳, 그곳의 또다른 이름은 무엇일까 생각하며 나는 파도가 부서져 메밀꽃을 피우는, 바다의 아흔아홉 고갯길 같은 헌화로의 어느 굽이에서 잠시 걸음을 멈춘다.

심곡에 갈 때마다 나는 늘 어느 길로 갈 것인지 고민한다. 북에서 남에서 내려갈 것인가, 아니면 남에서 북으로 올라갈 것인가. 남들은 고민할 게 아닐 텐데 나는 늘 고민한다. 심지어는 도로변에 차를 세워놓고 커피를 홀짝이며 머리를 쥐어뜯은 적도 있다. 어느 길로 갈 것인가는 심곡에 어떻게 갈 것인가와 같은 얘기다. 그때그때의 기분에 좌우될 경우도 있고, 누구와 가느냐가 문제일 경우도 있고, 오래전 심곡에 두고 온 어떤 기억이 변덕을 부려 별안간 방향을 틀어버리기도 했다. 대관령을 넘을 때부터 시작된 갈등은 남강릉 나들목 직전에서야 결론이 났고 나는 내처 옥계까지 달렸다. 아마 강릉 사람들은 지형적인 위치 때문에 심곡과 관련된 어떤 사연이 있다 하더라도 나와 같은 고민은 하지 않을 것이다. 강릉의 옥계면과 강동면을 가르는 것은 저 백두대간에서 동쪽으로 뻗어나온 거대한 산줄기다. 동해고속도로, 7번 국도, 영동선 철로가 모두 그 높고 험한 산줄기를 넘기 위해 길고 짧은 터널을 뚫었다. 그 산줄기가 끝까지 자존심을 꺾지 않고 달리다가 까마득한 절벽 아래 바다로 투신하는 곳이 바로 심곡이다. 심곡은, 그러니까 흔들리지 않는, 변하지 않는 사랑인 것이다. 그 사랑으로 가는 길이 지금은 너무 많다. 차라리 예전처럼 하루에 두어 번 시내버스가 외길로 드나들어야 마땅하다. 그게 사랑에 대한 예의라고 나는 고집하지만 세월은 너무 많은 것을 한꺼번에 가져가버렸다.

심곡의 남쪽 옥계 해변에서 바라본 산줄기가 바다와 만나는 모습은 마치 거대한 전함처럼 보였다. 산줄기의 남쪽에 자리한 포구가 금진항이고 북쪽에 자리한 포구는 정동진이다. 그 중간에 숨어 있는 곳이 심곡항이다. 1월의 옥계 해변엔 아무도 없었다. 바람은 바다로 불고 진돗개 한 마리가 새끼를 데리고 백사장에서 어슬렁거렸다. 나는 두 마리 개를 좇아 부서진 조개가 햇빛을 반사하는 넓은 백사장을 눈길로만 서성거렸다. 진돗개는 이내 사라졌다. 코발트블루의 바다는 하늘과 백사장 사이에서 별 요동 없이 가끔 흰 메밀꽃만 피울 뿐이었다. 바람은 차갑지 않았다. 페인트가 바래가는 모터보트 한 대가 취객처럼 백사장에 쓰러져 잠들어 있는 걸 마지막으로 훑고 차를 몰았다. 길옆 가로등 기둥에 바우길, 해파랑길이라 적힌 표지판이 아래위로 나란히 붙어 있었다. 길은 점점 바다와 가까워졌다. 바람은 바다를 만나 무릎을 꿇고 파도는 한 겹, 두 겹, 세 겹 피었다가 스러지기를 되풀이했다. 백사장이 끝나고 해안절벽이 나타나면서부터 바람은 아예 자취를 감추었다. 저편에 금진항이 보였다. '헌화로'라는 글자를 매달고 있는 표지판이 머리 위로 지나가자 본격적인 해안도로가 시작되었다. 내 가슴은 조금씩 뛰기 시작했다. 오래된 사랑에게로 가까이 다가가고 있다는 신호였다. 나는 가지 않으려 하는 소를 재촉하듯 가속페달을 밟아 서둘러 심곡에 도착했다. 헌화로는 천천히 걸어야만 하는 길이었다.

자줏빛 바위 가에
잡고 있는 암소 놓게 하시고,
나를 아니 부끄러워하시면
꽃을 꺾어 바치오리다

바위절벽 아래 심곡으로 가는 헌화로는 폭풍이 치는 날이면 도로까지 파도가 덮칠 게 틀림없었다. 옥계 해변의 파도와는 사뭇 다른 파도가 바다에 아랫도리를 반쯤 담그고 있는 기기묘묘한 기암괴석들을 때리며 하얀 분말을 피워올린다. 조금밖에 걷지 않았는데 벌써 입안이 짭조름하게 변했음을 알 수 있다. 바위절벽 어디쯤에 꽃이 피어 있을까 헤아리기도 전에 허공으로 잠시 치솟았던 파도의 알갱이들이 쓸쓸하게 가라앉는다. 잠시 피었다가 지는 꽃처럼. 소를 몰고 가는 노인도 보이지 않는다. 바위 위에 앉아 쉬고 있는 수로부인도 찾을 수 없다. 자가용들만 바위절벽 저편에서 천천히 나타났다가 바위절벽 이편으로 천천히 사라진다. 바위를 때린 파도의 파편만이 굽이진 도로를 조금씩 적신다. 꽃은 어디에서 수줍은 듯 피어 그 은은한 향을 퍼뜨리는 것일까. 나는 고개를 뒤로 젖힌 채 절벽 곳곳에서 위태롭게 자리잡고 자라는 소나무들을 훑는다. 꽃도 부끄러운 듯 어디론가 숨은 모양이다. 아주 오래된 사랑이 그러한데 내가 더이상 무엇을 바란단 말인가. 그저 묵묵히 걸을 수밖에…… 겨울바다를 묵독할 수밖에…… 이루어지지 않은 나의 어떤 사랑을 소처럼 반추할 수밖에……

"나는 그래……"

방파제에서 숭어를 잡으려는 낚시꾼들은 남의 먹이를 노리는 하이에나를 연상시켰다. 테트라포드에 올라선 채 바다를 주시하는 그들의 뒷모습을 바라보던 알몸의 그녀가 입을 열었다. 나는 그녀의 등에 있는 점을 세었다.

"결혼하면 직장 같은 건 갖고 싶지 않아. 난 그만큼 준비했다고 봐. 학벌도 남 못지않게 갖췄고 머리도 좋아. 남자에게 그 정도는 요구할 조건이 된다고 봐. 돈 때문에 아등바등하는 결혼생활은 질색이야. 그렇게 살고 싶지 않아."

말을 마친 그녀는 순진한 눈빛으로 내 얼굴을 바라보았다. 나는 봉긋하게 솟은 그녀의 젖을 보며 천천히 고개를 끄덕였다.

"나는 그래. 내가 피자를 먹고 싶으면 피자를 먹어야 하고 바다에 가고 싶으면 바다에 갈 수 있어야 돼. 입고 싶은 옷이 있으면 사 입는 게 옳다고 봐. 돈 때문에 하고 싶은 일을 못한다고 생각하면 지긋지긋해. 자본주의 세상에서 돈을 무시한 사랑은 길게 가지 못할 거야."

하이에나를 연상시키는 숭어 낚시꾼들이 바다를 향해 번쩍

이는 훌치기낚시를 던지기 시작했다. 포구를 빠져나간 어선이 몰고 온 숭어떼였다. 그녀는 내 품으로 들어오며 물었다.

"그렇게 해줄 수 있어?"

바다로 날아가는 무수한 낚싯바늘은 하이에나의 번득이는 송곳니 같았다. 나는 고개를 끄덕였다. 그녀는 작은 소리로 중얼거렸다.

"불안해. 그렇게 해줄 수 없을 것 같아……"

가파른 바위절벽의 나무들은 필사적으로 자라고 있는 것 같다. 바위와 바위의 빈틈에 뿌리를 내린 키 작은 소나무들은 이게 내 사랑의 방식이라고 바다를 향해 노래한다. 잎 하나 없는 넝쿨은 암벽등반을 하듯 아예 바위를 온몸으로 껴안은 채 봄이 오기를 기다리고 있다. 봄이 와 잎이 피어날 때까지 손가락 하나 꼼짝하지 않을 태세다. 나는 그 기세에 눌려 절벽이 만든 그늘 속으로 부끄러운 얼굴을 숨긴다. 내 사랑에 불안해하던 그녀에게서 등을 돌리듯.

심곡의 해는 금방 떨어진다. 심곡에서 치는 파도는 가장 멋진 폼으로 부서진다. 심곡의 어떤 바위는 고대의 신호 같은, 문자 같은, 전언 같은, 사랑의 대화 같은 것을 등허리에 붙인 채 끊이지 않는 파도의 칭얼거림을 들어준다. 절벽과 바다 사이, 심곡의 한 굽이 한 굽이는 사랑의 1막, 2막, 3막의 변화무쌍함을 마치 파노라마처럼 보여준다. 심곡의 절벽은 여기가 세상 끝이자 사랑의 시작이라고 간곡하게 전하고 있다. 마찬가지로 심곡의 파도는 전속력으로 달려와 바위에 부딪혀 부서지며 이게 내 사랑의 찬란한 최후이자 더불어 시작이라고, 언제나 시작이라고…… 중얼거리다가 바닷속으로 자취를 감춘다. 심곡의 어떤 바위는 하루종일 시린 파도에 젖는 것이 내 사랑의 형식이라고 나지막하게 웅얼거린다.

한국의 아름다운 길 100선에 선정된 헌화로임을 알리는 조형물엔 '로'자가 사라져버렸다. 마치 누군가의 잃어버린 사랑처럼. 바위 위에 앉아 있는 갈매기 한 마리는 몇 번 고개를 끄덕이고 다시 바다를 들여다본다. 오래된 사랑의 경전을 암기하듯. 나도 걸음을 되돌린다. 지지고 볶는 사람들의 세상으로 가기 위해.

자그마한 심곡항엔 고깃배 한 척이 물결에 일렁이고 있다. 테트라포드에서 낚시를 하는 관광객들. 방파제에서 멀고 가까운 바다를 바라보는 사람들. 초병이 없는 해안초소. 빛바랜 연두색, 노란색, 붉은색 깃발을 매달고 있는 대나무들. 포구로 돌아오는 작은 배. 그 배에는 어떤 사랑이 실려 있을까 생각하며 방파제를 서성거린다. 저물녘의 심곡항을 떠나는 자가용들. 헝클어진 그물을 손질하는, 수건을 쓴 아주머니. 애인 앞에서 한 마리의 물고기도 잡지 못한 채 낚싯대를 접는 사내. 그들은 모두 어떤 꿈을 꾸며 다가올 밤을 맞이할지 궁금해하며 나도 심곡을 떠날 채비를 한다. 그 옛날의 내 모습을 떠올리며.

노끈에 묶인 라면상자를 들고 나는 그녀와 함께 민박집을 나선다. 방파제에는 낚시꾼들이 숭어를 노리고 있다. 바다의 색깔은 네이비블루에 가깝다. 흩날리는 눈발이 그 색깔로 동요 없이 스며든다. 좀더 눈이 내리면 바다색은 코발트블루로 변할 것이다. 하지만 나는 무엇 때문에 바다의 색이 시시로 변하는지 정확히 모른다. 단지 변화를 거듭하는 무수한 결을 담고 있는 바다, 라는 이름밖에는. 그 점에서 바다는 그녀와 닮았다. 현상할 수 없는 필름과 같은 그녀를……

정동진으로 방향을 잡고 심곡을 떠나려다가 나는 자동차의 브레이크를 밟는다. 창문을 열고 변변한 간판조차 없는 초라한 구멍가게를 들여다본다. 오징어. 덜 마른 오징어. 다시마. 반건조 오징어. 유리창과 나무로 만든 입간판, 종이박스에 써놓은 상품의 목록들이다. 뒤편엔 그 물건들이 갈고리에 매달려 있고 빵모자를 쓴, 주름이 자글자글한 할머니 한 분이 의자에 앉아 지나가는 차량들을 바라보며 추운지 연신 손을 비비고 있다. 나는 벌어진 입을 다물지 못한 채 아주 오래된 풍경에서 눈을 떼지 못한다.

마침내 나의 가장 오래된 연인인 수로부인을 만난 것이다!

•• •

뗍마을

7번 국도를 벗어나 정동진 방향으로 내려가다 만난 곳이 강동면 모전(茅田)삼거리다. 삼거리 옆에 차를 세우고 주변을 둘러보았다. 송담서원(松潭書院)과 단경골 휴양지가 십 리 너머에 있다. 아구찜과 매운탕이 주메뉴인 '청하식당'은 강동초등학교 앞에, '임남 한과'는 정감이마을 앞에 있단다. 언별리는 6~7킬로미터 떨어져 있다고 하니 모전리를 지나야만 된다는 얘기다. 나는 여러 입간판 중에서 가장 큰 것 앞으로 다가가 차례차례 마을의 정보를 훑어갔다.

'정감이권역'이라 알리는 모전1리 뗍마을 입간판엔 마을복지회관, 정감이마을 방문자센터, 잡곡 가공시설, 친환경농업단지, 정감이 등산로, 단경골 야생화정원, 단경골 야영장, 정감이

마을 능이버섯 토종닭백숙, 정감이 한우촌이 마을 곳곳에서 방문객을 기다리고 있다는 내용이었다. 모전리? 정감이마을? 뙐마을? 고개를 갸웃거리다가 별수없이 휴대폰을 꺼내 검색에 들어갔다.

모전의 모(茅)는 띠 모다. 띠는 볏과의 여러해살이풀. 줄기의 키가 30~80센티미터이고 원뿔형으로 똑바로 서 있으며 잎은 뿌리에서 뭉쳐난다. 5~6월에 이삭 모양의 흰색 또는 흑자색의 꽃이 가지 끝이나 줄기 끝에 핀다. 삘기라고 하는 어린 꽃이삭은 단맛이 있어 식용으로, 뿌리는 약용으로 쓴다. 들이나 길가에 무더기로 자라난다. 아, 다른 건 상상이 되지 않지만 삘기라면 알겠다. 어린 시절 논둑 밭둑에서 삘기를 뜯어 껌처럼 씹어 먹었던 기억이 아련하게 떠오른다. 그러니까 이 마을의 이름은 모전, 띠밭, 삘기 밭이란 얘기다. 그러다가 오랜 시간의 흐름 속에서 띠가 뙈로 변했다는 얘기였다. 과연 강릉사투리의 위력을 실감하는 순간이었다. 그럼 정감이마을은?

굴다리를 빠져나와 슬금슬금 마을로 들어갔다. 맨 먼저 만난 강동초등학교의 운동장은 놀랍게도 잔디로 뒤덮여 있었다. '슬기롭고 바르고 튼튼한 어린이'가 학교의 교훈이었다. 수업 시간인지 아이들의 모습은 보이지 않았다. 초등학교 앞을 서성거리면 왜 배가 고플까. 어린 시절의 기억 때문일까. 시간을 확인하니 벌써 점심시간이 지나 있었다. 나는 서둘러 식당을 찾아

두리번거렸다. 모전삼거리에서 찾아낸 식당과 조금 위쪽의 중국집을 놓고 잠시 갈등을 했다. 중국집 2층 옥상 난간에 걸린 간판은 마치 옛날 영화간판처럼 보였다. 중화요리라고 써놓은 큰 글자 옆에 두 남녀의 얼굴이 물감으로 그려져 있어서 쉽게 눈길을 떼기 힘들었다. 하지만 아침도 걸렀으니 첫 끼니는 밥으로 해결하는 게 좋겠다 싶어 식당으로 들어갔다. 아귀찜이 첫눈에 들어왔으나 2인분 이상만 가능했기에 주인아주머니의 추천으로 선택한 백반은 오 분도 지나지 않아 쟁반에 담겨 나왔다. 들깨가 들어간 미역국과 엄나물 무침, 그리고 큼지막한 고등어 대가리가 단연 눈에 띄었다. 고등어 대가리라…… 어린 시절, 내 고향 대관령에선 당연히 생선이 귀했다. 자그마한 고등어 한 마리를 구워 여섯 식구가 나눠 먹었는데 대가리는 늘 엄마의 몫이었다. 엄마는 고등어 대가리가 제일 맛있다며 먹었는데 나는 바보 같게도 그 말의 진정한 의미를 많은 세월이 지나서야 알았다. 늙은 주인 부부도 옆자리에서 늦은 점심을 먹고 있었는데 나는 허리를 구부린 채 젓가락으로 큼지막한 고등어 대가리를 차근차근 발라먹었다. 고등어 눈깔을 먹으면 눈이 밝아진다는 그 옛날 엄마의 말을 떠올리며…… 마치 엄마의 밭 같은 모전리 뗄마을에서 불현듯 만난 고등어 대가리에 눈시울을 적시며.

바야흐로 대통령 선거철이었다. 뗄마을에도 대통령 후보들의 선거벽보가 게이트볼 경기장 벽에 나란히 붙어 있었다. 다들 마치 약속이나 한 듯 봄날의 하늘과 뭉게구름처럼 환한 미소를 지은 채 오가는 사람들이 거의 없는 시골 마을을 바라보며 표를 구하고 있었다. 나는 뙡마을 복지회관을 한 바퀴 돌아 뒤편 경로당 쪽으로 방향을 잡았다. 경로당 옆에는 '착한 가격'이란 간판이 걸린 아담한 이발소가 창문을 열어놓은 채 손님을 기다렸다. 문득 이발을 할까, 하는 충동이 일었으나 경로당에서 흘러나오는 이야기에 홀려 포기했다. 경로당 처마 밑 댓돌에 엉덩이를 깔고 앉아 창문을 넘어오는, 이 마을에서 가장 오래되었을 목소리들을 훔쳐들었다. 가끔씩 화투짝으로 담요를 짝 내려치는 소리가 넘어왔다. 경로당 앞에는 유모차 석 대가 주차돼 있었는데 엉덩이를 끌고 가 들여다보니 정식 명칭은 '고령자용 보조보행차'였는데 짐칸까지 달려 있었다. 평생을 밭고랑에서 허리와 다리를 구부려 일한 대가인가…… 당신의 엄마, 나의 엄마처럼…… 다시 마음이 울적해지려 하는데 그런 걱정일랑 내던져버리라는 듯 화통한 소리가 창문을 넘어와 뒤통수를 때렸다.

"아우, 그냥 광 팔아!"
"패가 좋은데 아깝잖소."
"세상에 일확천금은 없어. 한 푼 한 푼 벌어야지."

"그렇게 살다가 게우 여까지 왔잖소. 죽기 전에 화투판에서라도 한몫 챙겨야지."

"아우, 말도 안 되는 소리 집어치우고 그냥 광 팔라니까!"

"아니, 집에가 왜 남의 일에 검은 콩 내놔라, 노란 콩 내놔라, 난리야?"

"옆에서 보기 답답하니 그러지."

"나 집에 가네!"

잠시 뒤 경로당 출입문이 열리고 허리가 잔뜩 구부러진 할머니 한 분이 걸어나왔다. 슬쩍 표정을 훔쳐보니 방금 전 대화의 주인공이 분명했다. 할머니는 보조보행차의 손잡이를 잡은 채 걸음을 떼어놓았다. 뒤이어 문이 열리고 다른 할머니 한 분이 뛰쳐나와 소리쳤다.

"아, 뭐 그딴 일 때문에 집에 가면 어떡하우?"

"가든 말든."

"두부는 가져가야지."

"고맙소. 남의 두부까지 챙겨주고."

"내일 또 오우야!"

할머니는 대답 없이 보조보행차를 밀며 좁은 그늘을 지나 눈

부신 햇살 속으로 천천히 걸어갔다. 점점 작아지면서. 나는 안다. 오늘 비록 사소한 일로 말다툼을 했지만 저 보살 같은 할머니가 내일 다시 경로당을 찾아오리라는 것을. 그게 평생을 밭에서 살아온 당신의 엄마고, 나의 엄마라는 것을. 할머니가 떠나고 오 분 남짓 시간이 흐르자 다른 할머니 한 분이 나와 보조보행차를 밀며 경로당 옆 치킨집이 있는 골목으로 걸어갔다. 그리고 또 얼마 뒤 나온 할머니가 한 대 남은 보조보행차를 밀며 떠나갔다. 경로당 주차장은 마침내 텅 비었다. 봄날 오후의 정적만이 가득했다. 가끔 제비 한 마리가 날아와 경로당 처마 밑에 앉았다가 사라졌다. 나도 자리를 떠나기로 했다. 어디로 가야 할까.

텃밭과 담벼락 사이로 뚫린 좁은 길로 차를 몰았다. 경로당의 할머니들보다 조금 젊은 할머니들이 밭에서 일을 하다 그늘 아래서 쉬고 있었다. 아주머니 한 분이 언덕길 옆 숲에서 호미로 나물을 캐는 걸 보았다. 둔지마을로 가는 길이었다. 숲은 온통 연둣빛이었다. 둔지마을엔 꽤 그럴듯한 자세로 서 있는 소나무들이 많았다. 그곳에 '정감이권역 농촌마을 종합개발사업 곶감 체험 방문자센터'가 있었다. 줄여서 정감이마을 방문자센터. 주차장 건너편에는 '정감이곶감 가공 및 판매장', 그 옆에는 '공정무역카페 마카조은'. 방문자센터에 먼저 들러 아리따운 여자분에게 농촌체험 휴양마을인 정감이마을에 대해 대충의 설명을 들었다.

강동면에 위치한 모전리, 상시동리, 언별리가 한데 모여 아름다운 농촌마을을 가꾸는 사업입니다. 단경골의 천혜자원과 언별리의 전형적인 농촌 모습, 선비의 고장인 상시동, 넓은 면적과 인적자원이 풍부한 모전을 중심으로 도시민을 유치하여 농촌소득과 연계하는 사업입니다. 여름이면 시원한 단경골의 여름밤축제와 송이축제, 녹색의 물결과 영양을 함께하는 보리축제, 강원도의 상징인 감자와 옥수수축제가 열립니다. 또한 모든 농산물을 유기농과 친환경 인증을 받아 믿고 살 수 있는 직거래장터도 개설할 계획입니다. 정감이마을 체험프로그램도 있는데 자연에서 즐기고 배울 수 있는 각종 재미난 일들을 경험할 수 있습니다. 대표적인 것으로 손모내기, 바다 김치 담그기, 벼 탈곡체험 등을 경험할 기회를 제공합니다.

방문자센터를 나오니 아까부터 코를 킁킁거리게 만들었던 커피 볶는 냄새가 더 진동했다. '마카조은' 커피 건물의 문을 열고 들어갔다. 마카는 강릉사투리로 모두, 전부라는 뜻이다. 모두 좋은 커피라. 마카조은은 남미, 아프리카, 동남아시아의 농부와 생산자의 노동 가치를 값지게 생각하고 정당한 대가를 지불하는 공정무역을 널리 알리려는 취지에서 출발했다. 소수만이 즐기는 좋은 세상이 아니라 마카 좋은 세상을 만들어가고 싶다고. 이런 마카 좋은 커피의 맛을 정치하는 사람들도 좀 마시고 깨달아야 하는데…… 볶은 커피 한 봉을 사려고 청했더니 주인장이 공짜로 한 봉지를 건넸다. 이렇게 고마울 수가. '커피는 나눔'이라는 카피에 고개를 끄덕이며 차에 올랐다. 선물 받은 한 봉의 커피에서 피어나는 기분좋은 향을 맡으며 정감이마을 등산로 입구로 이동했다.

모전리에서 언별리로 이어지는 등산로는 편도 십 리 길이었다. 걷는 건 포기하고 대신에 안내책자에 적혀 있는 등산로의 유래를 읽었다. 나는 늘 어떤 길에 얽힌 유래에 호기심이 발동한다. 그게 사실이든 만들어진 이야기든.

마을 김부잣집에서 머슴을 살고 있는 유총각이 있었는데 그 총각은 부지런하고 영리하고 참으로 성실하여 주인과 이웃들로부터 칭송이 자자했다. 사실 총각은 본래 양반이었는데 집안이 몰락하여 머슴을 살게 된 처지였다. 마침 김부잣집에는 예쁜 딸이 있었는데 서로 신분의 차이가 있지만 성실하고 잘생긴 유총각을 사모하게 되었다. 어느 봄날 김낭자는 뒷산에 나물을 캐러 가고 유총각은 나무를 하러 가게 되었다. 그런데 산에서 소나기를 만나게 되었고 소나무 가지 밑에서 비를 피하던 중 둘은 같이 도망가기로 결심하고 칠성산 깊은 계곡으로 들어가게 된다. 가는 도중 두 사람은 명주관아를 보면서 서로의 사랑을 확인한 뒤 이 길을 지나갔다고 한다. 그후 젊은 연인들이 이 장소에서 사랑을 언약하면 그 사랑이 이루어졌다는 유래가 내려온다.

유총각과 김낭자의 그다음은 어떻게 되었을지 상상하며 둔지마을을 내려왔다. 도망가기는 쉬우나 그뒤 실제로 숨어 사는 현실은 만만치 않았을 텐데. 이루어질 수 없는 사랑 때문에 도망쳤던 세상의 그 많은 연인들의 나중이 새삼 궁금해지는 봄날이었다. 하기야 그래도 좋다면 도망을 쳐야겠지. 그게 사랑의 운명이 아니겠는가. 그래서 길 하나가 새로 만들어지는 것이고. 다른 사람의 사랑 얘기를 모두 들으면 배가 고프다. 그렇기에 마을 부녀회에서 운영한다는 능이토종닭백숙이 강하게 유혹을 했으나 혼자서 먹기에는 양이 너무 많아 포기했다. 자, 또 어디로 가볼까.

차를 몰아 좁고 구불구불한 마을길을 거슬러올라갔다. 밭 옆을 지나고 집 앞을 통과하고 집 뒤를 돌아나가니 언별리 송담서원이 모습을 드러냈다. 산자락 아래에 자리잡은 아담한 서원이었다. 송담서원은 율곡 이이의 위패를 모시고 제사를 지내며 학생을 교육하던 곳이다. 문이 닫혀 있어 들어가보지는 못하고 서원 앞에 서 있는 고목의 가지에서 연둣빛 이파리 몇 잎이 돋아나 있는 걸 바라보다가 발길을 돌렸다. 마을을 벗어나 골짜기를 따라 계속 올라가니 언별리 산촌문화휴양관이 보였다. 골짜기 안쪽엔 산과 산을 건너가는 거대한 교각이 모습을 드러냈다. 동해고속도로였다. 교각 아래를 통과하면서부터 단경골 휴양지가 본격적으로 시작되었다. 나물을 뜯으러 온 차량들이 곳곳에 주차돼 있었다. 봄날은 누가 뭐라 해도 산나물의 계절이었다. 나물을 찾아 땀을 흘리며 산속을 쏘다니다가 개울가에 앉아 먹는 주먹밥 맛을 아는지? 그건 거의 꿀맛이었다. 단경골의 계곡물이 돌아나가는 바위들의 모습은 가히 절경이었다. 여름날 수박 한 덩이 들고 찾아와 계곡물에 발을 담그면 더 바랄 게 없을 듯싶었다. 길이 산길로 이어지는 지점에서 나는 차를 돌렸다. 다리를 건너고 작은 고개를 넘어 언별2리 장적골로 방향을 틀어 한 바퀴 둘러보고 다시 뗄마을로 돌아왔다.

뗄마을, 뗄지마을, 정(情)감이마을, 모전, 둔지마을, 내둔지, 돌펭이, 산두골, 장적골(장작골), 가마떼기…… 이 마을은 마을의 이름이 여러 개이거나 혼동되는 게 많다. 명칭 정리가 되었으면 하는 바람이 들었다. 이 마을엔 감나무가 많다. 아직 어리지만 가로수도 모두 감나무로 심었다. 어서 빨리 자라 가을이 되면 온 마을의 처마 밑이 곶감으로 붉게 물들었으면 좋겠다.

나는 다시 경로당 앞에 쭈그려 앉아 아이스크림을 핥아먹으며 그사이 새로 찾아온 할머니들의 얘기를 훔쳐들었다. 우리가 모두 따사로이 가난했던 시절, 세상 모든 엄마들의 고등어 대가리를 떠올리며.

●● ●

왕산 배나드리

황병산에서 발원한 송천(松川)은 대관령면 횡계 수하를 지나 도암댐에서 한숨 쉬고 다시 강릉 왕산의 바람부리, 배나드리를 향해 흘러간다. 배나드리에서 대기천과 만나 몸피를 키운 뒤 노추산 자락을 돌고 돌아 정선 종량동, 구절리, 아우라지로 들어간다. 그 송천이 구불구불 돌아가는 주변엔 산도 많고 숲도 무성하다. 발왕산, 고루포기산, 안반데기, 옥녀봉, 노추산…… 아름드리 붉은 소나무들이 장쾌하게 솟아 있고 하늘을 가릴 만큼 가지가 넓은 활엽수들이 그늘을 드리운다. 강원도 깊은 골짜기의 첫 기억을 간직한 송천은 그렇게 멀고 먼 서쪽으로 흘러가 한강이 되었다가 바다로 흘러든다.

물은 무엇인가를 떠내려보낸다. 한 시절 송천은 대관령 목장의 소똥을 둥둥 떠내려보낸다는 욕을 듣기도 했다. 그러나 오랜 시절 송천이 떠내려보낸 것은 사실 한양으로 보내는 목재였다. 강의 상류라 물의 양이 많지 않았기 때문에 산에서 벌목한 통나무를 그대로 흘려보냈다가 골지천과 만나는 아우라지에서 비로소 떼를 엮고 떼꾼이 그 위에 올라탔다. 먼 서울로 떼돈을 벌려고 떠나는 떼꾼들의 대장정이 시작되는 것이다. 그러니까 아우라지 상류의 사내들은 산판(山坂)에 가서 나무를 자르고 그 나무를 송천으로 운반한 뒤 물에 흘려보내는 일을 했다. 대관령에서 호랑이가 담배를 피우고 구미호가 아리따운 여자로 변하는가 하면 도깨비가 방망이를 휘두르던 그 시절 송천의 이야기를 소설(김도연 단편소설 「사람 살려」)로 쓴 적이 있다. 어느 여름밤 강릉에 살던 한량 김성기라는 자가 경포대에서 사고를 치고 머슴과 함께 대관령을 넘어 서울로 야반도주를 하는 이야기의 첫 부분은 이렇게 시작된다.

그리 멀지 않은 옛날, 그러니까 흥선 대원군이 임진왜란 때 불탄 경복궁 중건을 위해 강원도의 알짜 소나무들을 베어가던 무렵이었다. 바다 위에 뜬, 조금 이지러진 보름달은 하늘과 닿아 있는 듯한 대관령을 어둑하게 비추고 있었다. 온몸이 땀으로 범벅이 된 성기와 개똥이는 대관령 아래 가마골, 지금의 성산을 지나서야 달음박질을 멈추고 소나무 숲에서 겨우 숨을 돌릴 수 있었다. 강릉 땅의 손바닥만한 불빛이 저 멀리에서 반짝거리는 걸 발견한 성기의 입에서 절로 한숨이 새어나왔다. 불과 몇 시진 전까지만 해도 그 불빛 속에 자신이 머물렀었기 때문이었다. 경포의 백사장에서 모닥불을 피워놓고 술잔을 비울 때만 해도 온갖 산짐승들의 울음소리가 내려오는 무섭고 어두운 산속으로 쫓겨 도망치리라곤 상상도 못했었다. 하지만 이제 그곳은 당분간 돌아갈 수 없는 땅이 되고 말았다.

"되련님, 어데로 갈 건데요?"

"……한양으로 간다."

"이 오밤중에 대굴령을 넘자구요?"

성기와 개똥이는 대관령을 넘다가 구미호를 만나 간신히 목숨을 부지했지만 고개를 넘자마자 이번엔 도적떼를 만나 또 한바탕 곤욕을 치른다. 결국 성기는 산길을 버리고 송천을 따라 내려가는 물길로 길을 바꾼다. 나는 도암댐 수문이 보이는 벼랑 위에 차를 세우고 최근 장마로 불어난 물이 일제히 미끄러져 내려오는 장관을 카메라에 담았다. 물거품은 햇살과 함께 거대한 소금 꽃처럼 반짝거렸다. 수문이 보이는 자리는 평창군 대관령면과 강릉시 왕산면 대기리 바람부리(바람불이)마을의 경계지점이다. 아마도 바람이 많이 불어서 붙여진 이름일 게

다. 다시 차를 몰고 조심스럽게 벼랑길을 내려간다. 댐에서 바람부리마을을 지나 배나드리마을까지는 대략 이십 리 길이다. 그런데 송천을 따라 걷던 소설 속 성기와 개똥이는 어느 날 밤 높다란 바위 위에서 잠을 자다가 이번에는 집채만한 호랑이까지 만나게 된다. 아니, 두 사람은 거의 호랑이의 장난감이 되고 마는 지경에 이른다. 그러다가……

마침내 용기를 낸 성기는 물푸레나무 지팡이를 놓고 자리에서 일어나 의관을 단정히 한 뒤 뒷짐을 진 채 물 건너편으로 정중하게 말을 건넸다.

"이보시오, 호(虎)선생? 이거…… 서로 인사가 늦은 거 같소. 나는 영 너머 강릉에 사는 강릉 김씨 송림파의 후손인 김성기라고 하는 사람이오. 흠. 내 이번에 뜻한 바 있어 임금님이 계신 한양으로 가는 중인데 그만 피치 못할 사정으로 이곳에서 노숙을 하게 되었소. 헌데 갑자기 호선생께서 나타나 평생 보기 힘든, 산과 산을 그네 타듯 건너다니는 신기를 보여주셨으니 고맙기 한량없소이다. 후일 꼭 호선생의 신기를 글로 옮겨 세상에 알리겠다고 내 선비의 명예를 걸고 약속하겠소. 헌데…… 호선생이야 하루에 천 리 가는 게 우습겠지만 사람은 그렇지 않다오. 거기서 계속 그렇게 있으면 우리가 잠을 잘 수 없다오. 자면서 휴식을 취해야 내일 또 먼길을 걸을 힘을 얻을 수 있지 않겠소. 그래서 하는 말인데…… 뭐 특별히 더 보여줄 게 없고 꼭 거기에 있어야만 되는 연유가 없다면 밤도 깊었는데 자리를 비켜주는 게 어떻겠소?"

성기의 일장연설을 들은 호랑이는 대단히 귀찮다는 표정을 지으며 느릿느릿 자리에서 일어났다. 옷을 말리던 개똥이의 입이 다물어지지 않았다. 성기가 호랑이와 통하였다는 뿌듯함에 젖어 낙랑장송처럼 의연하게 서서 손을 흔들 준비를 하고 있을 때였다. 갑자기 벼락 치는 듯한 소리와 함께 호랑이는 순식간에 몸을 날려 성기의 머리 바로 위로 휘익 넘어가며 쓰고 있던 갓을 빼앗아갔다. 성기는 그대로 엉덩방아를 찧으며 주저앉았다. 넋이 나간 듯한 얼굴의 성기는 자신의 사타구니를 적시며 흐르는 뜨뜻한 오줌을 멈추게 할 수 없었다. 호랑이는 뒤편 바위 위에서 두 사람을 바라보더니 마침내 입을 열었다.

"산짐승들만 사는 첩첩산중에서 오랜만에 사람을 보니 반가워서 장난 좀 쳐봤어. 이 갓은 내게 선물했다고 생각해. 아, 나도 졸리니 그만 가서 자야겠다."

호랑이가 사라지자 숨죽이고 있던 다른 생명체들의 소리가 비로소 조심스럽게 되살아나고 있었다. 마치 숨어서 두 사람을 조롱하는 듯했다. 찌그러지는 보름달은 어느새 반대편 산을 넘어가는 중이었다. 성기는 참담한 얼굴로 화톳불 앞에 앉아 일렁이는 불꽃을 바라보았다. 젖은 옷이 마르면서 사타구니가 근질거렸다. 성기는 앉은 채 까딱까딱 졸고 있는 개똥이를 깨웠다.

"개똥아, 지금이 어떤 세상인데 사람이 이런 수모까지 당해야 하냐!"

"……이제 그만 주무세요, 되련님. 어차피 산속은 짐승들 세상이잖아요."

"내 언젠가 꼭 이 야만의 시대를 하나도 빠트리지 않고 기록할 것이다. 구미호의 꼬리를 자르고 산적들을 퇴치할 정책을 창안해서 조정에 상소할 테니 두고 봐라. 호랑이 입에서 인간의 말을 영영 빼앗아버리겠어. 사람이 쓰는 갓을 가져가서 지 놈이 대체 뭘 하겠다는 거야! 개똥아, 역시 한양으로 떠나길 잘했다. 강릉 땅에 처박혀 있었음 아무 생각도 못하는 바보로 살았을 거야. 우린 지금 암흑의 땅을 지나 빛이 있는 한양으로 가는 거야!"

"……예. 그나저나 오줌에 젖은 옷은 다 말랐어요, 되련님?"

송천의 곳곳에는 커다란 너럭바위들이 있다. 물 위에 서 있는 백로는 신선처럼 보인다. 아직 자그마한 돌배를 줄줄이 매달고 있는 돌배나무가 곳곳에 서 있다. 비탈밭에 심어놓은 콩밭의 풀을 홀로 매는 아주머니가 반갑지만 말을 붙이지 못한다. 바람부리 247번지라고 써놓은 주소 옆엔 빨간 우체통이 세워져 있어 깊은 산속 어딘가에 숨어 있을 집을 떠올린다. 혹시 소설 속의 호랑이가 쑥과 마늘을 먹고 사람으로 변해 살고 있을지도 모른다는 생각이 들자 잠시 등골이 서늘해진다. 건너편 산중턱에 자리한 발왕사 입구(대기리 산660번지)까지 갔다가 잠수교를 건너 되돌아온다. 첩첩산중 절간에서 용맹정진을 하는 스님을 방해하고 싶지 않기에. 송천의 오른쪽 왼쪽을 번갈아 털털거리며 달려가는 이 길은 평창 동계올림픽 아리바우길 구간(배나드리 – 바람부리 – 안반데기)으로 지정돼 있기도 하다. 정선, 평창, 강릉을 연결하는 아리바우길의 모든 코스를 언젠가 한번 걸어볼 날이 있기를 바라며 물길을 따라 내려간다. 소설 속 성기와 개똥이가 호랑이를 만난 뒤 비로소 요물과 산짐승이 아닌 사람을 처음 만나는 장소를 찾아서.

이튿날 성기와 개똥이는 물을 따라 내려가다가 배나드리 근처에서 산판꾼들을 만났다. 아니 그들보다 먼저 하늘을 향해 치솟은 붉은 소나무가 이 산 저 산에서 계곡으로 쓰러지며 내지르는 요란한 소리를 먼저 들었다. 간신히 암흑의 땅을 벗어났는데 곧바로 전장으로 들어선 기분이었다. 목도꾼들이 아름드리 소나무들을 나르느라 내지르는 목도 소리가 물소리를 지우고 있었다. 성기와 개똥이는 긴 장대를 이용해 바위에 걸린 나무들을 하류로 흘려보내는 건장한 체격의 사내를 따라 걸었다. 사내에게서 다디단 술도 몇 잔 얻어 마신 터라 성기의 발걸음은 한결 가벼웠다.

"그러니까 호랑이 아가리에서 용케 빠져나오셨구만! 운이 좋아도 엄청 좋았던 거요. 거긴 우리 같은 산사람도 웬만해선 안 가는 곳이오."

"그나저나…… 아우라지에 가면 뗏목을 얻어 탈 수 있습니까?"

"엽전만 있음 뭘 못하는 세상이겠소! 내가 바로 앞사공이우."

"아우라지에서 한양까지 뗏목을 타면 시간이 어느 정도 걸립니까?"

"요즘은 물 사정이 좋으니 넉넉잡아 열흘이면 갈 수 있을 게요. 아냐. 단양이나 충주까지만 가면 훨씬 빠른 배도 있을 테니까 이레면 되겠네. 클클! 근데 말이오. 호랑이한테 갓을 뺏겼을 때 되게 창피했겠구만. 다른 봉변은 안 당했소?"

성기와 개똥이는 입을 굳게 다문 채 비지땀을 흘리며 사내를 뒤쫓았다. 가끔 기억 속에서 따라오는 호랑이 때문에 화들짝 놀라 뒤를 돌아보며. 아름드리 소나무들은 서로 엉키고 걸렸다가도 용케 좁은 여울을 빠져나가고 있었다. 물길은 이름 그대로 구절양장이었다. 물집이 터져 따끔거리는 발바닥에 약초라도 붙이고 싶었지만 걸음이 워낙 빠른 사내를 놓치기 싫어 성기는 절뚝거리는 걸음을 멈추지 않았다.

마침내 배나드리마을에 도착한다. 배가 고프다. 배나드리마을에 하나밖에 없는 '선도식당'의 문을 열었지만 단체로 온 손님들로 바글거린다. 막국수 한 그릇 먹을 수 있냐고 물으니 할머니는 고개를 젓는다. 땡볕의 배나드리마을을 서성거린다. 노인회관은 텅 비었다. 옛날 마당이 넓은 식당이었던 물가 집엔 정적만 감돈다. 배나드리에는 나룻배가 없다. 콘크리트 다리가 배를 대신한다. 하기야 사라진 것이 어디 나룻배뿐이겠는가. 배나드리를 지나 정선 아우라지에 도착한 소설 속의 성기는 도깨비를 만나 밤새 씨름하고 뗏목을 타고 가다 물에 빠져 처녀귀신을 만나기도 한다. 하여튼 그 세월 속에서 호랑이를 비롯해 많은 것들이 사라져갔다. 많은 것들이 새로 생겨났다. 물만 변함없이 같은 길을 흘러가고 있다. 그런데 인간인 우리들은 호랑이, 도깨비, 처녀귀신, 구미호를 몰아내고 정말 잘 흘러가고 있는지…… 행복해졌는지……

배나드리에서 거룻배를 타지 못한 나는 구절리 방면으로 차를 몰고 얼마 내려가지 않아 노추산(魯鄒山) 모정탑(母情塔)으로 들어가는 입구를 찾아낸다. 이 길을 여러 번 지나다녔고 모정탑에 관한 이야기를 여러 번 들었지만 방문한 적은 없었다.

왜 그랬을까. 어떤 거북한 기분이 들었던 걸까. 모르겠다. 하지만 노추골의 돌탑들을 채 반도 보기 전에 나는 침묵한다. 돌탑을 이루는 돌의 무게 때문이 아니다. 돌탑의 숫자 때문도 아니다. 돌탑들을 모두 완성하기까지 걸린 오랜 시간 때문도 아니다. 아이 한 사람이 들어가 살기도 힘들어 보이는 작은 움막을 보아서도 아니다. 입구에 세워놓은 율곡 이이의 구도장원비(九度壯元碑)의 영향은 더더욱 아니다. 그럼 무엇 때문인가.

차순옥씨는 강릉으로 시집와 슬하에 4남매를 두고 지냈으나 언제부턴가 집안에 우환이 끊이질 않았다. 그러던 어느 날 꿈에 산신령이 나타나 노추산 계곡에 돌탑 3000개를 쌓으면 집안에 우환이 없어진다는 꿈을 꾸었다. 그후 그녀는 이곳에서 26년간 3000개의 돌탑을 쌓았다. 돌탑이 늘어날수록 집안은 평온을 되찾았고 2011년 9월 차순옥씨는 생을 마감했다.

제각기 다른 돌들이 모여 돌탑이 되었다. 쌓다가 무너졌을 것이다. 다시 쌓았을 것이다. 이윽고 돌담이 되었다. 돌 숲을 이루었다. 그것은…… 집 떠나간 자식들이 잘되기를 바라며 이 땅의 가장 낮은 곳에서 기도하는 어머니의 간절한 마음이 쌓아 올린 탑이었다.

●● ●

오대산과 대관령

나는 오대산과 대관령 사이에 있는 마을에서 태어났다. 조금 다르게 표현하자면 스님들이 살고 있는 절과 도시로 갈 수 있는 고개 사이의 마을에서 태어났다. 대부분의 사람들이 당연히 농사를 지으며 살아가는 산간벽지였다. 마을 한가운데에 길이 나 있는데 그 길은 강릉과 서울을 연결하는 6번 국도였다. 강원도 평창군 대관령면 유천리 경강로가 지금의 주소다.

어린 시절의 대관령을 기억하면 가장 먼저 떠오르는 게 눈이다. 대관령은 눈의 나라였다. 봄, 여름, 가을이 없는 지역이 아닌데도 대관령은 겨울만 있는 눈의 나라로 여겨졌다. 아침에 일어나면 방문턱까지 쌓였던 폭설. 한번은 정말 바람이 몰고 온 눈 때문에 문을 열 수 없을 정도로 눈이 많이 내린 적도 있었다. 겨우 문을 열어놓고 입을 쩍 벌린 채 바깥 풍경을 바라보았다. 온 마을이 눈으로 덮여 있었다. 연기가 피어나는 굴뚝만 삐죽 튀어나온 마을은 사진으로만 본 이국의 풍경 같았다. 나는 서둘러 옷을 챙겨 입었다. 내 키보다 더 높이 쌓인 눈 속으로 굴을 뚫어야겠다는 계획만으로도 이미 흥분해 있었다. 장갑을 끼고 장화를 신은 채 며칠째 내린 눈 속으로 삽을 이용해 굴을 뚫기 시작했다. 점심 무렵이 되어서야 굴속에 멋진 이글루가 만들어졌다. 그 안에 멍석을 깔고 책상과 화로, 담요까지 들여놓자 아늑하기 이를 데 없었다. 한마디로 근사했다. 친구들을 불러 자랑해야겠다는 생각에 나는 급히 굴속을 빠져나왔다. 그러나 전화도 없던 시절이었다. 건넛마을의 친구들 집은 며칠 동안 내린 길눈 속에선 멀고도 멀었다. 눈을 치워 길을 내면서 친구들 집까지 가려면 며칠은 걸릴 것 같았다. 그래도 가야만 했다. 나는 삽을 들고 벌써 마을로 가는 길을 치우고 있던 아버지를 따라나섰다.

대관령은 일 년 중 거의 다섯 달이 겨울이다. 세상을 하얗게 덮어주는 눈도 있지만 매서운 바람과 추위도 만만치 않다. 그 겨울 내내 우리들은 비탈밭에서 나무 스키를 타고 개울의 얼음장 위에서 아이스하키를 하거나 썰매를 타며 보냈다. 도무지 쉴 틈이 없었다. 대체 하루에 옷을 몇 번이나 적시는 거냐는 엄마의 잔소리에도 아랑곳하지 않고 그 겨울을 쏘다니느라 바빴다. 물론 우리들만 바쁜 건 아니었다. 어른들도 나름대로 길고 추운 대관령의 겨울을 꽤 바쁘게 건너가고 있었다. 아버지나 형들은 보통 눈이 쌓인 겨울에 한 해의 땔감을 준비하는 게 당시 대관령의 일상이었다. 나무를 많이 실을 수 있는 썰매인 발구를 이용하면 눈길을 오가는 게 수월했기 때문이다. 또 당시에는 겨울에만 땔감을 할 수 있도록 허가가 난 연유도 있을 것이다. 하여튼 그렇게 낮에는 나무를 하는 게 일이었다면 긴 밤은 마을 사람들이 모여 달보기(화투)를 치는 게 다른 일과였다. 어른들(주로 엄마들)은 거의 밤을 새워 십 원짜리가 오가는 달보기를 쳤다. 중간에 야참까지 해먹어가며. 그렇게 한 집에서 일박이일 달보기를 치고 남편 눈치가 보이면 다른 집으로 이동해 또 치고는 했다. 나는 눈이 펑펑 내리는 밤 그녀들이 달보기를 치며 꺼내놓는 지난 일 년 동안의 이야기들을 듣는 게 취미였다. 그 이야기들은 내 꿈속까지 따라왔는데 나는 그것들을 잊지 않으려고 애를 썼던 것 같다.

그 이야기들 속에서 나는 오대산의 절들과 고개 너머 강릉에 대한 소식을 접했다. 고개를 넘어 강릉이란 곳엘 가고 싶었고 머리를 빡빡 깎은 스님들이 살고 있다는 절도 마찬가지였다. 먼저 찾아간 곳은 오대산 월정사였다. 월정사는 태어나 처음 본 절이었다. 울긋불긋한 절은 무서웠다. 스님들은 신기했다. 우선 어마어마한 규모의 집 크기에 놀랐다. 탑도 부처님도 사천왕상도…… 모두 다 처음이었다. 그날 밤 당연히 이불을 적시고 말았다. 그 첫 만남의 강렬함은 이후 내 정신세계의 많은 부분을 차지해버렸다. 월정사 근처 여승들만 산다는 지장암 축대 위에 피어 있던 자목련은 아직까지도 내 마음속에 오롯하게 자리잡고 있으니. 대관령을 넘어 강릉과 바다 그리고 기차를 보고 싶다는 소원은 초등학교 4학년이 되어서야 성사되었다. 그러니까 내게 대관령은 쉽게 넘을 수 없는 엄청나게 큰 고개였다는 얘기다. 흙먼지 날리는 대관령 아흔아홉 굽이를 완행버스에 실려 처음 넘었고 마침내 강릉 차부에 내렸을 때 내 손에는 검은 비닐봉지가 덜렁거리며 매달려 있었다. 세 번씩이나 멀미를 한 내용물이 그 안에 담겨 있었으니……

풍경은 많이 달라졌지만 오대산과 대관령 사이에 자리한 마을에서 나는 아직 살고 있다. 떠났다가 다시 돌아온 것이다. 절과 고개 사이. 지리적인 위치도 그렇지만 그 마음의 위치가 나는 좋다. 내가 쓰고 싶은 글도 아마 그 길옆에 앉아 물끄러미 바라본 이야기일 것이다.

•• •

가시연

가시연을 보러 무작정 강릉에 왔습니다.

아니, 정확히 말해 가시연꽃을 보려고 온 것입니다. 가시연꽃을 아시는지요? 아마 당신도 모르시리라 짐작됩니다. 저 역시도 처음엔 세상의 많은 연꽃들 중 하나일 거라고 여겼거든요. 그보다 먼저 그동안 저는 연꽃에 별로 호감을 두지 않았던 편입니다. 아마도 연꽃을 둘러싼 너무 거대한 상징 탓일 겁니다. 사람들은 꽃을 있는 그대로의 꽃으로 보지 않고 어떤 의미 위에 올려놓으려고 애를 쓰곤 했잖아요. 더군다나 연꽃은 부처님이 깔고 앉아 계시는 꽃이잖아요. 그러니 아름답기는 하지만 저 같은 시장거리의 날건달은 감히 접근하기가 두려운 그런 꽃 중의 하나였습니다. 또 한 가지 이유는 연꽃이 아무데서나 피지 않는다는 겁니다. 먼 곳에 피어 있는 연꽃을 보려면 그만큼의 준비를 해야 했습니다. 아시다시피 세상의 날건달에게 부족한 것 중의 하나가 바로 준비란 것입니다. 연꽃이 피었다는 소식을 듣고 어찌어찌 보러 갈 준비를 하다가도 당장 무슨 일이 생기면 에이, 그깟 연꽃 다음에 보면 되지, 이러곤 바로 시장으로 달려나가곤 했으니까요. 시장은 연꽃보다 재미난 일들이 시시각각 벌어지는 곳이잖아요. 그렇게 어영부영 술에 취해 시장거리를 쏘다니던 중에 우연히 어느 책자에 들어간 사진 한 장을 보게 되었습니다.

물위에 뜬 둥근 연잎에 백로 같은 새 한 마리가 고고하게 서 있고 그 왼편엔 보랏빛 꽃잎에 둘러싸인 흰 꽃술이 오종종 모여 있는 아담한 꽃 한 송이가 무심코 눈에 들어왔던 것이지요. 둥근 연잎과 꽃대엔 가시가 숭숭 돋아나 있고. 연잎에 가시가 돋는다고? 아래에 있는 설명을 읽어보니 흰 새는 노랑부리저어새였고 둥근 잎과 꽃은 가시연, 그리고 가시연꽃이었지요. 연꽃에도…… 가시가 돋는구나. 열반에 든 부처님이 앉아 계시는 연꽃에도 가시가 돋는구나. 저는 책자를 펼쳐 가시연꽃에 대한 이야기를 읽지 않을 수가 없었지요. 그날은 제가 저에 대한 당신의 마음을 확인해보려다가 크게 데인 바로 그날이기도 했고요. 가시연꽃에 대한 이야기를 모두 읽은 저는 아무런 준비도 없이 강릉으로 떠났습니다. 제 눈으로 가시연꽃을 직접 보아야만 들끓는 마음을 조금이라도 가라앉힐 수 있을 것 같았기 때문입니다. 지금 생각해봐도 참 어처구니없는 강릉행이었습니다. 하지만 당신도 아시잖아요? 어떤 마음이란 건 때론 철부지 어린아이처럼 그렇게 천지사방 들뛰어 다녀야만 겨우 숨을 돌릴 수 있다는 것을.

강릉으로 향하면서 저는 제 마음의 꽃대에, 더불어 당신 마음의 꽃대에 돋아나 있는 가시들에 대해 조금이라도 이해하고 싶었지요. 그곳에서 왜 가시가 돋아나야 했는지 알고 싶었습니다. 그걸 알아야만 철조망처럼 얽혀 있는 머릿속을 정리할 수 있을 것 같았으니까요. 강릉으로 가는 내내 저는 당신의 마음속에 피어 있는 가시연꽃을 생각했습니다. 제 마음속의 가시연꽃도. 사이사이 한숨을 토해놓으며. 언젠가 당신은 제게 얘기했지요. 납득할 수 없는 저의 결정을 용납할 수 없어 남녘의 어느 절간에 들어가 일주일을 보낸 적이 있다고요. 그곳에서 졸음을 이겨내며 참선에 든 적이 있다고요. 죽비에 어깨를 맞으며 당신의 마음 저 깊은 곳에 자리한 방문을 열고 안을 들여다보려 애를 썼고 저라는 인간의 못된 심보에 대해서도 조금이나마 이해하려 했다는 얘길 들었을 때의 제 마음이란…… 세월이 흐른 지금 가시연꽃을 보러 무작정 강릉으로 가는 제 마음이 어쩌면 당시의 당신 마음이랑 같을지도 모른다는 사실을 단풍이 절정인 대관령을 넘으면서 비로소 깨달았던 것입니다. 그래요. 세상사라는 게 그런 것이겠지요. 당신이 건네준 가시연꽃 한 송이 들고 저는 대관령 아흔아홉 굽이를 돌고 돌아 강릉에 갔던 것입니다.

가시연꽃의 개화를 놓고 강릉 사람들은 50여 년 만의 부활이라고 입을 모아 말했습니다. 가시연꽃의 씨앗이 50년 넘게 땅속에 묻혀 있다가 피어났으니 그럴 만도 한 것이지요. 생각해보세요. 어떤 간절한 마음이 개화하지 못하고 50여 년 동안 땅속에 갇혀 있었다는 것. 아마 그 당사자가 저라면 울분을 삭이지 못하고 그대로 숯이 되어버렸을 겁니다. 저라는 인간은 그 세월을 땅속에서 견딜 자신이 없다는 것을 잘 알고 있기 때문입니다. 인간이라면 어떻게 간절한 마음을 그 오랜 세월 동안 묻어놓을 수 있겠어요. 그런 걸 보면 우리네 인간은 한 송이 가시연꽃보다도 못한 존재라는 걸 도리 없이 시인할 수밖에 없는 거겠지요. 경포호를 모자처럼 둘러싸고 있는 가시연 습지로 가까이 다가가면서 저는 속으로 끊임없이 물었지요. 당신을 향한 제 마음을 가시연처럼 오래도록 간직할 수 있느냐고…… 그런 사랑이 제게 있느냐고…… 당신은 이미 아주 먼 곳으로 떠나가 자취조차 남아 있지 않은데도, 그 마음을 귀하게 보듬으며 살아갈 수 있느냐고.

해맑은 가을 호수 옥처럼 새파란데
연꽃 우거진 곳에 목란배를 매었네
물 건너 님을 만나 연밥 따 던지고는
행여나 누가 봤을까 한나절 부끄러웠네

경포호의 동쪽 초당에서 살았던 허난설헌(許蘭雪軒)이 지은 채련곡(采蓮曲)을 중얼거리며 차에서 내리자 경포에는 때아닌 사나운 바람이 불어치고 있었지요. 가을날에 웬 태풍인가 싶어 휴대폰을 확인하니 일본 열도를 지나가는 태풍의 영향으로 동해안에 강풍주의보가 발령되었다고 했지요. 아니나 다를까, 경포호의 수면은 바다에서 불어온 바람으로 요동치고 있었습니다. 반세기 만에 개화한 가시연꽃이 무사하려나 걱정하며 가시연 습지 방문자센터로 걸음을 옮겼습니다.

"가시연꽃을 보러 왔다고요?"

저는 헝클어진 머리카락을 쓰다듬으며 고개를 끄덕였지요.

"엄청 늦게 찾아오셨네요. 아니면 엄청 빨리 찾아오셨거나."
"예?"
"가시연꽃은 대단히 민감하고 신비로운 꽃이에요. 보통 칠월

중순에서 구월 초순 사이에 개화하는데 일년생 식물이라 피는 곳이 일정치 않아요. 올해는 예외적으로 저쪽 경포천에서 피었어요. 사실 핀 게 아니라 부활한 거지요."

바다에서 불어오는 바람은 여전히 거칠었습니다. 경포호를 등진 채 혹시나 하는 마음으로, 그래도 기왕 여기까지 왔으니 가시연 습지를 조금이라도 봐야지 않겠냐고 다독이며 걸음을 옮겼지요. 떠나기 전 왜 가시연꽃의 개화시기가 언제인지를 따져보지 않았을까요. 당신이 늘 지적한 것처럼 아마도 그 까닭은, 어떤 생각이 떠오르면 아무것도 헤아리지 않고 무작정 달려가기부터 하는 저의 오랜 습성 탓일 겁니다. 제가 달려가면 하나둘 꽃잎을 떨어뜨리며 시들어가던 꽃도 일순간 되살아날 거라는 터무니없는 고집도 한몫 거들었겠지요. 가시연꽃을 찾아 그 앞에서 참회를 하면 돌아서버린 당신의 마음이 다시 보랏빛 꽃으로 피어날지도 모른다는 실오라기 같은 희망을 품었던 게 분명합니다. 그러했기 때문에 저는 반드시 가시연꽃을 찾아야만 했습니다. 아니, 찾으려고 애라도 써야만 했지요. 당신의 어떤 마음에 한 걸음 더 가까이 다가가려고……

예전의 경포호는 지금보다 두 배 가까이 넓었다고 합니다. 그 당시 가시연꽃은 경포호의 상류에서 서식했다고 하네요. 그런데 1960년대 들어 호수 주변의 습지를 농경지로 개간하면서부터 자취를 감추었던 것입니다. 그렇겠지요. 저 가난했던 60년대에는 습지에서 자라는 가시연꽃 한 송이보다 논에서 자라는 벼 한 포기가 더 귀중할 수밖에 없었겠지요. 선교장(船橋莊)으로 노 저어가는 배 한 척보다 밥공기에서 따스한 김이 모락모락 올라오는 이밥이 더 가치 있었을 것입니다. 그러니 누구도 가시연꽃의 사라짐에 대해 마음 아파하지 않았겠지요. 그렇게 사라졌던 가시연꽃이 오랜 시간이 흐른 뒤 습지의 복원과 함께 다시 꽃을 피웠으니 어찌 감동하지 않았겠습니까. 그 세월 속에서도 썩지 않은 채 언젠가는 꽃 피울 날만을 기다리며 땅속에서 인고하고 있었다니 우리네 인간의 시선으로 볼 때 어찌 경이롭지 않겠습니까. 인간이라면 일찌감치 포기했을 일을 아주 자그마한 씨앗 하나가 이뤄냈으니까요. 연꽃의 종자는 천 년이 지나도 발아가 된다는 얘길 들으니 제 마음속에 웅크리고 있는 변덕 많은 사랑이란 종자가 얼마나 한심해 보였는지 당신은 모르실 겁니다.

가시연 습지로 불어오는 바람에 마른 갈대들이 일제히 서걱거렸지요. 버드나무의 늘어진 가지들이 이리저리 뒤척였습니다. 수면을 덮은 개구리밥과 좀개구리밥이 바람에 밀려 습지의 안쪽으로 천천히 밀려가더군요. 하지만 습지에 박아놓은 나무말뚝 위에 서 있는 왜가리는 꼿꼿하게 서서 어딘가를 바라보고 있었습니다. 쇠물닭 무리는 바람이 불어오는 곳으로 유유히 헤엄쳐가고 있었고요. 가시연 발원지를 가득 덮은 수련의 넓은 잎들은 한데 모여서 바람을 이겨내고 있더군요. 흔들리는 것은 흔들리면서, 날아다니는 것들은 날아다니면서, 헤엄치는 것들은 헤엄치면서, 그렇게 다들 시월의 태풍이 토해낸 바람 속을 건너가는 중이었습니다. 저 역시 그렇게 습지의 탐방로를 앞으로 뒤로 걷다가 마침내 운정삼거리의 운정교 근처 습지에서 철 지난 가시연꽃의 꽃대와 연잎을 만날 수 있었습니다. 비록 꽃은 볼 수 없었지만 반가움은 꽃을 보는 것 못지않았습니다. 바람에 날려오는 빗방울을 등진 채 쪼그려 앉아 지난 계절에 피었을 꽃을 상상하는 것, 그 마음은 무엇일까요. 당신은 아시는지요?

반세기 만에 피어난 가시연꽃 한 송이 마음속에 모셔놓고 당신 생각을 오래 했습니다.

동해안의 석호는 대략 4천 년 전에 생성된 것으로 추정하고 있다 합니다. 그러니까 반만년 자연생태계의 역사를 담고 있는 자연사박물관이나 다름없으며 다양한 생명을 키워내는 곳이기도 하지요. 이곳으로 날아오는 겨울철새나 여름철새, 그리고 텃새나 나그네새의 이름들을 알려드릴게요. 원앙, 붉은머리오목눈이, 흰뺨검둥오리, 비오리, 고방오리, 흰죽지, 큰고니, 흰비오리, 민물가마우지, 뿔논병아리, 큰기러기, 청둥오리, 노랑부리저어새, 장다리물떼새, 알락꼬리마도요, 물수리, 개개비,

물총새, 검은댕기해오라기, 꼬마물떼새…… 참 이름도 알록달록하네요. 식물들의 이름을 볼까요. 갈대, 부들, 애기부들, 연, 왕골, 고마리, 마름, 가래, 붕어마름, 검정말, 좀개구리밥, 질경이택사…… 이런 식물들 사이로 어슬렁거리는 포유류들을 보세요. 고라니, 너구리, 삵, 족제비, 수달…… 그렇다면 습지 속에는 또 어떤 이름을 가진 물고기들이 헤엄치고 있을까요.

머리카락은 봉두난발로 헝클어졌지만 따스한 커피 한잔 들고서 자동차로 돌아왔습니다. 사실 그동안 꽤 여러 번 경포호와 경포 해변을 찾았지만 경포 습지는 이번이 처음입니다. 아마도 습지라는 낱말에 대한 저의 잘못된 인식 탓이었을 겁니다. 이 습지가 있음으로 해서 경포대에 다섯 개의 달이 뜰 수 있었다는 걸 이제야 알아차렸습니다. 우리들의 사랑 또한 그러해야 하지 않겠습니까. 어쩌면 저는 그동안 당신이라는 경포대, 당신의 치맛자락이 스쳤던 해운정, 경호정, 상영정, 금란정, 방해정을 기웃거리며 사랑을 노래한 것인지도 모릅니다. 당신의 발가락 사이로 스며드는 바닷물과 모래만이 사랑의 경전이라고 고집한 부끄러움에서 한동안 벗어나기 힘들 것 같습니다. 그래요…… 돌이켜보니 나이만 먹었지 철부지나 다름없는 날건달의 서툰 사랑이었네요.

차를 몰고 경포호를 돌았습니다. 바다는 사납게 뒤척이고 있었지요. 아주 옛날엔 저 파도가 경포호 깊숙한 곳까지 밀려들었겠지요. 민물과 바닷물이 만나 서로 밀고 당기기를 거듭했을 것입니다. 줄다리기를 하는 사이에 조금씩 모래톱이 생겨나고, 호수가 생겨나고, 경포대에 다섯 개의 달이 뜨고, 그리고…… 그 사랑을 잊지 못해 멀고먼 구만리장천을 날아 새들이 찾아왔겠지요.

당신에게 가시 숭숭 돋아난 가시연꽃 한 송이를 건네며 이 편지를 마칩니다.

●● ●

강릉 바다

옛날에는 경포대역이 있었다고 한다. 청량리역에서 출발해 밤을 새워 달려온 영동선 열차의 종착역이 지금의 강릉역이 아니라 경포대역이었다는 얘기다. 언젠가 강릉 출신의 시인으로부터 그 얘길 전해들었을 때 나는 그만 탄식을 하고 말았다. 왠지 근사하게 느껴졌다. 경포대까지 가는 기차. 바다와 호수 사이에 멈춰 서서 밤새 먼길을 달려와 여독을 푸는 기차와 그 기차에서 내려 바다와 호수를 향해 걸어가는 사람들. 역과 철로가 사라진 게 몹시 안타까워 그날 경포호 같은, 바다 같은 소주를 한 병 더 비웠던 것 같다. 1962년 11월 6일에 문을 열었다가 1979년 3월 1일에 문을 닫은 역을 그리워하며.

경포 바다로 가기 전에 먼저 경포호 주변의 누정(樓亭)들부터 엿보기로 했다. 고구마 모양을 닮은 경포호의 북서쪽에 경포대를 중심으로 자리잡고 있는 오래된 누정들은 옛날 시인묵객들의 단골 방문지였을 것이다. 관동팔경을 여행하는 나그네들이 누정에 올라 풍광을 노래하고 화폭에 담고 시로 읊는 모습들을 떠올리니 나도 마치 나귀 등에 올라탄 채 세상을 떠돌다 방금 경포호수에 도착한 기분이었다.

첫번째 도착지는 선교장이었다. 담장 너머로 본 활래정(活來亭)의 열어놓은 문에 바른 창호지가 희디희었다. 꼿꼿한 선비의 옷자락을 보는 것만 같았다. 활래정은, 맑은 물은 근원으로부터 끊임없이 흐르는 물이 있기 때문이라는 의미를 지니고 있다 한다. 경포호수가 예전에는 지금보다 커서 둘레가 30리나 되었기에 배를 타고 건너다녀서 선교장이라는 택호가 붙었다고 한다. 나는 맑고 맑은 창호지를 마음에 담은 채 매월당 김시습기념관을 지나 경포대에 올랐다. 경포호를 볼 수 있는 최적의 장소라는 걸 의심할 여지가 없었다. 봄이면 벚꽃이 눈을 가리고 달을 가리지만 여름이면 주변 소나무의 꿈틀거리는 기개가 더위를 쫓아내는 곳이었다. 단풍이 호수로 쏟아지는 가을이 가면 어느덧 가장자리부터 얼어가는 호수를 묵묵히 내려다보며 시린 눈발을 견뎌내야 하는 곳이기도 하다. 어느 계절에 찾아오는 게 좋을지 곰곰이 생각하며 뒤편 공원의 벽에 붙은 옛날 경포대 그림들을 흥미롭게 살폈다. 1788년 김홍도가 그린 경포대는 주변에 소나무들이 많고, 1738년 정선이 그린 경포대는 호수 가운데에 크고 작은 바위들이 있고, 조선 후기 이방운의 그림에는 호수에서 뱃놀이를 하는 사람들과 경포대에 앉아 노는 사람들, 뒤늦게 찾아가는 사람들이 보인다. 작자 미상의 그림에는 경포대와 그 너머 바다의 수평선에서 반쯤 떠오른 해가 보이고, 1919년에 호수 위에서 찍은 사진 속의 경포대는 왠지 나라 잃은 슬픔처럼 헐벗음이 가득하고, 1930년에 찍은 사진은 경포대 동산 아래 초가집과 그 옆 헛간이나 측간처럼 보이는 허름하고 누추한 작은 집이 왠지 짠한 기분을 자아낸다. 그렇게 이백여 년 시간 속의 경포대를 관람하고 내려왔다.

인근에는 경호정, 상영정, 금란정, 방해정이 이어졌다. 주련에 적혀 있는, 분명 멋진 내용일 시를 읽고 싶었으나 나의 한문 실력으론 역부족이었다. 작년에 강원대 김풍기 선생의 해석을 현장에서 들은 적이 있었으나 그사이 까마귀 수십 마리를 잡아먹었는지 머릿속은 온통 캄캄할 뿐이었다. 나 같은 까마귀들을 위해 요즘 말로 번역한 안내판이 있다면 얼마나 좋을까 툴툴거리고 더불어 부끄러워하며 누정 순례를 마치고 경포팔경의 하나인 홍장암(紅粧巖)에 도착했다. 돌아오지 않는 관찰사를 그리워하다 그만 호수에 몸을 던진 홍장의 전설이 남아 있는 바위에 올라가 그 서러움을 엿보려 했지만 내 마음은 이미 지척에 자리한 경포 바다로 가버린 지 오래였다. 바야흐로 해수욕의 계절이 돌아왔기 때문이다. 시간도 그렇고 하늘을 보니 온갖 구름이 기이한 모양을 이루고 있어 언제 소나기가 내릴지 알 수 없는 상황이었느니 이제 그만 옛날과 작별하고 비키니를 입은 피서객들이 물놀이를 하는 현재의 바다로 풍덩 들어가야 할 시간이었다.

주차장에 차를 대고 잠시 망설였다. 선글라스를 쓸 것인가, 말 것인가. 선글라스를 쓰지 않은 채, 비키니 입은 여자들을 말똥말똥 바라볼 용기가 내게 있을까, 없을까. 아냐, 선글라스를 쓰는 게 도리어 몰염치한 시선을 남발하는 게 아닐까. 결국 나는 심호흡 몇 번 하는 걸로 준비를 대신한 채 백사장으로 터벅터벅 걸어갔다. 신발 밑의 모래는 걸음을 옮길 때마다 조금씩 꺼지는 터라 왠지 속마음을 들킨 것처럼 뒤뚱거렸다. 소나무숲. 모래사장에 가지런히 줄 서 있는 비치파라솔. 모터보트. 참호처럼 쌓여 있는 고무튜브. 그 너머 모래 위에 앉아 바다를 바라보는 피서객들. 검게 그을린 피부와 탄탄한 근육질 몸매를 으스대는, 삼각팬티만 입은 안전요원들(수영복 팬티가 저렇게 작아도 된단 말인가!). 허공을 날아다니는 큰 공들. 바다와 모래사장이 만나는 곳에 몰려 있는 피서객들이 내지르는 소리들. 그리고 그 너머의 오리바위와 십리바위. 바위 옆의 작은 어선 한 척.

아, 맞아! 경포해수욕장의 상징이나 마찬가지인 저 바위가 있었지.

한때 경포해수욕장에서 수영 실력을 뽐내는 기준이 오리바위, 십리바위였다. 경포해수욕장에 와보기 전까지 나는 그 바위들이 해안선으로부터 진짜 오 리, 십 리 떨어져 있는 줄 알았다. 헤엄을 쳐서 오리바위까지, 십리바위까지 갔다가 돌아왔다는 얘길 들으면 기가 죽곤 했었다. 사실 어린 시절 대관령 골짜기의 개울을 막아놓은 보(洑)나 소(沼)에서 헤엄을 쳤던 나의 수영 실력은 형편이 없었다. 바위 위에서 뛰어든 탄력으로 반을 헤엄치고 나머지는 안간힘으로 채워도 고작 이십여 미터 헤엄치는 게 다였다. 그런데 파도가 넘실거리는 바다를 오 리, 십 리 헤엄쳐 갔다가 돌아왔다고 하니 직접 그 바위를 눈으로 보기 전까진 기죽어 살지 않을 수가 없었다.

오리바위, 십리바위는 저 앞에서 태연히 파도를 맞고 있었다. 하지만 아무도 헤엄쳐 가지 않았다. 바다가 너무 깊어진 탓일까. 그 바위 위에 앉아 노래를 부르던 세이렌이 사라진 것일까. 아니면 식인상어가 돌아다니는 것일까. 물론 아닐 게다. 안전사고를 예방하려는 단순한 이유로 그곳에 가지 못하게 관리하는 것일 게다. 그러나 나는 보고 싶었다. 햇볕에 탄 구릿빛 어깨를 가진 누군가가 얼굴을 오른쪽 왼쪽으로 돌리며 오른팔 왼팔을 번갈아 휘저어 십리바위를 왕복하는 그 아름다운 장면을.

신발과 양말을 벗어 양손에 든 채 해안선을 걸었다. 밀물이 발목을 적시고 썰물이 모래와 함께 발가락을 간질였다. 경포대의 풍광도 예전에 비하면 많이 달라졌다. 백사장과 붙어 있었던 여인숙과 여관들은 모두 사라졌다. 대학 시절, 연탄으로 난방을 하던 그 여관에서 친구들과 술을 마시며 백사장에 쌓이는 눈과 바다로 스며드는 눈을 한없이 바라보곤 했었는데…… 아침에 일어나보니 신발 밑창이 연탄불에 타버린 적도 있었는데…… 어느 겨울, 찬바람만 부는 한적한 해변을 홀로 걸어가는 여자를 멀리서 바라보곤 했었는데…… 나는 최근 새로 들어선 비치호텔을 올려다보며 맨발에 묻은 자잘한 모래를 털어냈다. 덥고 습도가 높은 날씨였다. 경포대를 떠나 강문으로 자리를 옮길 시간이었다. 신발을 신는 내 곁으로 빨간 비키니를 입은 여자가 물방울을 떨어뜨리며 지나가는 시간이기도 했다.

경포 해변과 강문 해변 사이로 민물이 흐른다. 경포호와 주변에서 흘러내려온 물이 바다와 만나는 곳이다. 그곳에 강문 솟대다리가 있다. 표석에는 송강 정철이 「관동별곡」에서 강릉을 노래한 부분이 새겨져 있다. 그러나 아무리 읽어봐도 내용이 이해되지 않았다. 하여 인터넷을 뒤져 그 부분을 찾아봤다.

신선이 탄다는 수레를 타고 경포로 내려가니/ 십 리나 뻗어 있는 얼음을 다리고 다려/ 큰 소나무들에 둘러싸인 채 마음껏 펼쳐져 있으니/ 물결은 잔잔하기도 하여 모래를 헤아릴 정도다/ 배를 띄워 정자 위에 올라가니/ 강문교 너머 동해바다가 거기구나/ 조용하다 이 기상, 넓고 아득하구나, 저 경계/ 이보다 아름다운 곳이 어디 있는가/ 홍장고사를 야단스럽다고 하겠다/ 강릉 대도호는 풍속이 좋구나/ 효자, 열녀, 충신을 기리는 문이 고을마다 널렸으니/ 태평성대가 지금도 있다 하겠구나

강문항 방파제에선 낚시꾼들이 민물과 바닷물이 만나는 곳에 낚싯바늘을 감춘 갯지렁이를 던져놓은 채 무엇인가를 기다리고 있고 강문 해변은 한가해서 좋았다. 어디선가 조개 굽는 냄새가 풍겨왔고 그 냄새를 지나치자 고소한 커피향이 차창을 넘어왔다. 그곳에서부터 소나무 숲, 솔밭이었다. 소나무 숲으로 구불구불하게 이어진 '바우길'을 사람들이 홀로, 둘이, 그렇게 셋이서 걷는 게 보였다. 천천히 드라이브를 하기에 적당한 길이 부드러운 뱀처럼 남동쪽으로 흘러가고 있었다. 송정을 지나 안목까지 이어진 길이었다. 해안철책 너머의 바다가 시원한 바람을 소나무 숲으로 보내는 오후였다.

안목으로 가는 소나무 숲은 신비로운 길이다.

소나무들은 모두 제각각의 포즈를 취한 채 하늘로 뻗어 있다. 언제 어느 시간에 보느냐에 따라 다르다. 해가 뜰 때, 해가 대관령을 넘어갈 때가 다르다. 안개가 촘촘히 들어와 있을 때, 비가 내려 줄기의 한쪽 면이 젖어 있을 때, 그 비 그치고 햇살

이 쏟아질 때가 다르다. 싸락눈이 내릴 때, 함박눈이 내릴 때, 마침내 폭설이 그친 다음날 해가 쨍쨍할 때가 다르다. 그리고 어둠이 내렸을 때…… 소나무들은 마치 백 명의, 천 명의, 만 명의 서로 다른 사람들을 보는 것 같다. 어둠 속에서 침묵하는 사람들. 묵묵히 각자의 생각에 잠겨 있는 사람들. 송정의 소나무 숲을 통과할 때마다 그 소나무들이 내게 어떤 말을 건네오는 것만 같고 그들이 어떤 비밀스러운 대화를 두런두런 나누는 듯해 당나귀처럼 귀를 쫑긋 세울 때가 많다. 바다 근처까지 밀려온 얘기들, 바다에서 비로소 시작되는 얘기들, 그러다 바닷바람에 흩어지는 얘기들, 밀려온 파도에 실려 왔다가 밀려가는 파도를 따라가다 모래 속으로 사라지는 얘기들…… 봄, 여름, 가을의 이야기들. 다가올 겨울의 이야기들. 소나무 숲의 긴 터널이 끝나는 곳이 안목이었다.

나는 맛있는 커피 한잔 마시려고 만 명의 사람들, 그들의 각기 다른 생각처럼 서 있는 소나무 사이를 빠져나와 안목에 도착했다. 그렇다. 안목 해변은 커피 거리로 변해가고 있었다. 코끝이 벌써 커피 향을 좇기 시작했다. 3층 외벽에 커피 내리는 남자의 모습을 그려놓은 'Coffee Cupper'. 2층 테라스에 빨간색 파란색 파라솔을 펼쳐놓은 'Coffee C.L'에는 노모를 모시고 온 딸이 커피와 팥빙수를 테이블 위에 놓고 있었다. '펠리체'의 2층 유리창엔 흰색 물감만으로 그린 그림들이 옹기종기 모여서 창밖을 내다보았다. 1, 2층 모두 바닥까지 기다란 유리창으로 처리한 'AM BREAD COFFEE'. 노출 콘크리트로 마감한 'BOSSA NOVA'는 거의 영업 직전 단계였다. 'L. Bean'의 2층 테라스에선 커피잔을 손에 쥔 연인이 바다를 바라보았고 그 옆 자리엔 한 살이 안 되었을 아기를 안은 가족들이 웃고 있었다. 테라스에 수양버들을 닮은 허브 화분을 줄줄이 놓아둔 'Albero'. 'STARBUCKS COFFEE'의 모녀는 커피잔을 앞에 놓고 각자의 휴대폰을 만지작거렸다. 그 옆 모던한 외양의 'KIKRUS COFFEE' 앞에는 쿠바 아바나에서 온 뮤지션을 닮은 초로의 사내가 입구에 서서 누군가를 기다렸다. 'Caffe bene'의 테라스에 앉은 젊은 사내는 팔뚝의 근육이 인상적이었고 그 옆자리에 서 있는 여자는 누군가와 오래 통화하는 중이었다. 커피 거리의 끝, 강릉항으로 가는 길과 솔바람다리로 갈라지는 삼거리에 자리잡은 'santorini'는 이국적인 건물인데 포인트가 되는 창틀과 파라솔을 코발트블루에 가까운 색으로 처리한 게 눈에 띄었다. 대충 둘러보았는데도 이 정도였다. 이제 나도 내 마음에 드는 가게를 골라 커피 한잔을 마셔야 할 시간이었다.

안목 바다, 파도가 달려와 숨을 고르는 자리에 한 여자가 자주색 가방을 왼쪽 어깨에 멘 채 바다를 바라보고 있었다. 커피 향은 쓸쓸했다. 안목 바다 위의 구름들은 새털구름이었다. 커피의 두번째 향은 종달새처럼 허공으로 치솟았다. 세 살쯤 된 아이가 두 손을 펼쳐 바닷물을 퍼담았다. 커피의 세번째 향은 고소하고 고소했다. 저편 강릉항에 정박해 있는, 울릉도로 가는 여객선 '씨스타3'은 육중했지만 날렵해 보였다. 난바다를 달려가는 여객선을 떠올렸다. 커피의 네번째 향은 깊고 무거웠다. 깊고 깊은 심해처럼 그윽했다. 나는 볶은 콩을 갈 때 확 피어오르는 향을 맡으며 자리에서 일어났다. 그때, 더치커피를 내리는 유리병에서 눈물 한 방울이 동그랗게 피어났다.

안목과 남항진을 연결하는 솔바람다리의 하늘에 펼쳐져 있는 구름이 장관이었다. 솔바람다리를 지나 바다로 스며드는 물은 강릉 시가지를 관통하는 남대천 물과 구정면 칠성산에서 흘러온 물이(그러니까 시골 물과 도시 물이) 만난 것이었다. 안목, 남항진, 염전 해변, 안인 해변을 연결하는 해안도로가 없는 걸 아쉬워하며 발길을 북쪽으로 돌렸다. 마지막 방문지인 허난설헌 생가 터가 있는 초당에 가기 위해서였다.

나의 집은 강릉 땅 돌 쌓인 갯가로
문 앞의 강물에 비단옷을 빨았어요

아침이면 한가롭게 목란배 매어 놓고
짝지어 나는 원앙새만 부럽게 보았어요

—난설헌 허초희, 〈죽지사 3〉(장정룡 역)

교산 허균의 누이이기보다 한 사람의 시인인 허초희(1563-1589)였다. 그 터의 마당 귀퉁이엔 능소화가 아담하게 피어 있었다. 초당에 가을이 오면 낮은 담장 아래로 그녀를 닮은 국화가 피어날 것이다.

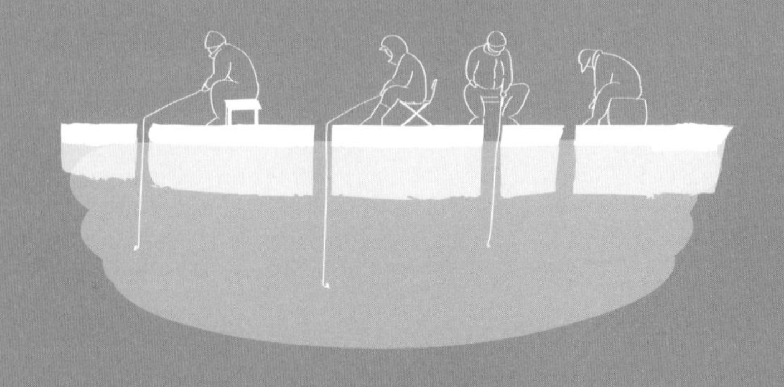

●● ●

주문진 향호

향호(香湖)에 갔습니다.

옛날 옛적, 사람들은 다음 세상을 위해 민물과 바닷물이 만나는 곳에 수령 깊은 향나무를 묻었다고 합니다. 아주 오랜 세월이 흘러 미륵보살이 다시 태어나면 그 향나무에 불을 피워 공양을 드리기 위해서. 매향(埋香). 그러니까 묻을 매에 향기 향인 것이지요. 주문진 향호에도 매향의 전설이 깃들어 있습니다. 향골의 천년 묵은 향나무를 호수에 매향했는데 나라에 경사스러운 일이 생기면 빛이 번져나왔다고 합니다. 빛뿐이었겠습니까. 이루 헤아릴 수 없이 그윽한 향도 함께 번져나왔겠지요. 혹독한 동장군이 물러가고 잠시 누그러진 이월의 어느 날, 쓰린 속을 달래며 저는 그렇게 슬그머니 향호를 찾아갔던 것입니다. 호수 속에 잠겨 있는, 진흙 속에 묻혀 있을 침향(沈香)을 찾아서.

아니, 어쩌면 제 안에 가득한 어떤 허기를 이기지 못하고 부랴부랴 달려갔던 것인지도 모릅니다. 아마도 그랬겠지요. 지금도 저는 정체불명의 허기와 갈증에 이리 치이고 저리 치이는 중이니까요. 귀밑머리가 하얗게 세어가는 나이가 되었음에도 침향만 맡으면 그 모든 갈증이 단번에 사라질지도 모른다는 가당찮은 기대를 품었던 것이지요.

주문진 향호는 강릉의 북쪽 7번 국도변에 있습니다. 조금만 더 올라가면 양양입니다. 향호에서 바다로 흘러드는 물은 향호 3교 아래로 흐르는데 옛날 다리와 새로 생긴 다리가 묘한 대조를 이루고 있습니다. 옛날 다리는 낚시꾼과 호수 주위를 걷는 사람들이 주로 이용합니다. 그 위편 주문진 청소년수련원, 향호삼거리, 갯마을식당, 칠공주 불고기, 커피숍, 군부대, 취적정(取適亭)과 소나무 숲, 그리고 논과 야산에 둘러싸인 자그마한 석호(潟湖)가 바로 향호입니다. 취적정 앞에 차를 세우고 잠시 호흡을 가다듬었습니다. 휴대폰 속의 지도 위를 눈으로 걷는 게 아니라 직접 몸으로 부닥뜨려야 하는 순간이었으니까요. 침향을 찾아 코를 벌름거리며. 혹시 아나요. 한겨울 추위와 눈을 헤치고 피어나 은은한 향기를 퍼뜨리는 홍매화라도 만나게 될지.

어라?

목도리를 단단히 두른 채 차에서 내려 나무 데크로 올라간 저는 한동안 우두커니 선 채 호수만 바라보았지요. 호수가 얼음장에 뒤덮여 있었던 것입니다.

음…… 아무리 천년 묵은 침향이라도 두꺼운 얼음장을 뚫고 향이 올라올 것 같진 않았습니다. 영동고속도로를 달리고, 진고개를 넘고, 뚝저구탕으로 배를 채우고, 7번 국도로 이동하는 동안 저는 한 번도 호수가 얼었을 거란 생각을 하지 않았지요. 그저 그 오랜 세월 동안 물밑 진흙 속에서 썩지 않고 향을 담금질하는 침향만 상상했던 것입니다. 아주 고되고 먼 길을, 마치 따가운 모래바람이 휘몰아치는 사막을 건너온 것만 같은데 눈앞의 풍경은 꽝꽝 얼어붙은 호수라니…… 조금 당황스러웠지요. 겨울이면 얼음이 어는 게 당연한 일이지만 미처 예상하지 못했던 터라 잠시 마음을 다독거렸습니다. 한 가지 생각에 취하면 다른 어떤 일상적인 현상에 대해선 무심한 저의 변하지 않는 성향에 다시금 한숨을 토했습니다. 그런다고 얼어붙은 호수가 녹을 리도 없겠지만……

옷을 두툼하게 입은 사람들이 얼음장 위에서 낚시를 하고 있었지요. 한 뼘 크기의 얼음구멍을 들여다보며.

얼음은 밖에서 보는 것과 달리 매우 미끄러웠습니다. 까딱 발을 잘못 옮겼다간 그대로 얼음판에 나가떨어질 것 같았습니다. 저는 신발을 얼음장에서 떼지 않고 썰매를 타듯 끌면서 낚시를 하는 사람들에게로 다가갔지요. 얼음의 색깔이 흐려 다행히 물속은 보이지 않았습니다. 낚싯대와 낚싯줄, 그리고 찌와 낚싯바늘이 연결된 채비를 한 낚시꾼들은 말없이 얼음구멍의 수면에 떠 있는 찌에만 신경을 집중했습니다. 할아버지도 있었고 아주머니, 아이도 있었습니다. 그들은 각자의 얼음구멍 앞에 앉거나 서서 물고기와의 만남을 기다리고 있었지요. 얼음장 아래에는 어떤 물고기들이 살고 있을까요? 그게 궁금해 몇 번이나 물어볼까 망설이다가 그만두었습니다. 투명한 플라스틱 통에 들어 있는 물고기도 처음 보는 물고기였지요. 은빛 비늘을 반짝이는 물고기들. 얼음구멍 속을 천천히 들락거리는 빨간 찌. 막막한 얼음판. 얼음판을 미끄러져가는 바람과 햇살. 저는 뒷걸음질하며 그들로부터 조금씩 멀어졌습니다. 멀리서 보니 그들은 마치 얼음장 위의 구도자들처럼 보였습니다. 혹 얼음이 깨지진 않을까 걱정도 되었습니다. 물은 또 얼마나 깊을까요. 언제까지 낚시를 하는 걸까요. 깊은 밤까지? 아침이 올 때까지? 어쩌면 물고기는 핑계고 사실은 다른 무엇을 낚으려는 건지도 모른다는 생각을 하며 미끄러운 얼음에서 마지막으로 발을 떼었지요.

얼음이 없었더라면 우리들이 어떻게 호수 위에서 낚시를 할 수 있을까요.

물론 배를 타면 되겠지요. 그렇지만 아무래도 배와 얼음은 성질과 느낌이 아주 다른 듯합니다. 향호 주위의 데크를 걸으며 호수 위에서 낚시를 하는 사람들을 새삼 다른 눈으로 보게 되었습니다. 어쩌면 얼음은 겨울의 혹한이 가져다준 선물일 수도 있겠다는 생각을 했습니다. 배가 없는 우리들이 언제 드넓은 호수 안쪽으로 들어가볼 수 있겠어요. 얼음이 없으면 그저 호수 밖에서 호수를 바라볼 뿐이지요. 호수에 떠 있는 청둥오리들을 부러워하는 게 전부겠지요. 호수 위를 날아가는 고니나 두루미를 눈길로 따라갔다가 되돌아올 따름이겠지요. 호수 속에서 유영하는 물고기들에 대한 상상만 펼치다가 이내 시무룩해지겠지요. 어쩌면 호수의 얼음장 위에서 낚시를 하는 사람들은 겨우내 호수의 얼음이 두꺼워지길 기다리며 몇 날 며칠 잠을 뒤척인 건지도 모릅니다. 밤마다 얼음장에 쩌렁쩌렁 금이 가는 소리를 들으며 가슴을 졸였을 겁니다.

그래도 봄이 오면 호수의 얼음도 녹겠지요.

향호를 반 바퀴 도니 다시 7번 국도를 달리는 차량들의 소리가 쌩쌩 스쳐지나갔습니다. 거기서 불어온 바람이 호수 주위의 갈대들을 흔들었지요. 7번 국도 너머는 주문진 해변입니다. 갈대숲에는 새들이 떨어뜨린 깃털들이 소복하게 쌓여 있습니다. 무엇인가 스스스, 스스스, 갈대를 긁는 소리에 자세히 들여다보니 갓난아기 주먹만한 크기의 어린 새떼가 가득 들어차 있었습니다. 갈대숲이 어린 새들의 유치원처럼 보여 웃음이 삐져나왔지요. 갈대 유치원인가요. 조금 자란 새들은 얼음장 위로 뛰쳐나와 종종종 걸어가고 있었지요. 넘어지지나 않을까 내심 걱정스러웠는데 용케 목표로 정한 곳까지 가서 의젓하게 주위를 둘러봐서 소리 나지 않게 박수를 보내주었습니다. 향호삼거리 근처에 있는 칠공주 불고기집으로 들어가고 싶은 마음을 억누르느라 좀 힘들기도 했습니다. 왜 안 그렇겠습니까. 일곱 명의 공주가 태어난 불고기집인데. 자동차를 끌고 오지 않았더라면 벌써 들어가 술잔에 막걸리를 따랐을 것입니다. 그 옆 향호대대의 정문을 지키는 군인아저씨는 어찌나 늠름한지 제 어깨가 다 묵직해진 기분이었지요. 향호를 한 바퀴 도니 소나무들이 예사롭지 않아 보이는 취적정 앞이었습니다. 강릉 사람들은 이 길을 '향호 바람의 길'이라고 부르더군요. 처음의 자리에 도착한 저는 얼음장 위에서 얼음구멍을 들여다보는 사람들을 다시, 물끄러미, 오래, 바라다보았습니다.

혹시…… 저 사람들은 물고기가 아니라 침향을 낚으려는 게 아닐까요?

향호를 떠나 상류의 향호지(香湖池)로 가려다가 차를 세웠습니다. 취적정 옆의 비석과 돌담에 둘러싸여 있는 소나무가 예사롭지 않아 보였기 때문입니다. 아니나 다를까, 그곳은 마을의 성황당(서낭당)이었습니다. 성황당 건물은 없고 대신에 신위를 모신 비석과 아름드리 소나무 네 그루가 서 있었지요. 비석의 뒷면은 한글로 새겨져 있어도 풀이하기가 어려웠는데 문구 중에 '침향자'라는 말이 보였습니다. 침향자가 무슨 뜻일까요? 향호에 숨어 있는 침향과 관계된 무엇일까요? 또하나 흥미를 끈 것은 그 옆의 비석들이었습니다. 강릉에는 예부터 정말로 계(契)가 많았던 모양입니다. 진종계(縝終契) 유적비를 보니 1906년 아홉 명의 계원으로 시작되었는데 1986년 80주년을 맞아 유적비를 세웠다는 내용이었지요. 또 목임계(睦任契)는 1913년 열여섯 명이 결성했고 1976년 63주년을 맞아 유적비를 세웠다고 하네요. 한마디로 대단했습니다. 필시 아직도 계모임이 유지되고 있겠지요? 계가 무엇입니까. 계원끼리 경제적인 도움을 주고받거나 친목을 도모하기 위해 만든 전래의 협동조직이라고 하네요. 낙찰계, 상포계, 친목계가 그것이지요. 경포호 주변의 누정에도 계모임과 관련한 문구들이 많이 있다고 들었는데…… 특이한 점은 가정주부들이 하는 계가 아니라 남자들이 하는 계가 강릉의 전통이라는 것입니다. 그 시절 강릉의 유림들이 누정에 모여 시를 읊고 계를 할 때 가정주부들은 무엇을 하며 지냈는지 새삼 궁금해졌습니다.

향호의 골짜기 안쪽은 전형적인 농촌이었습니다.

개울과 전답 그리고 야트막한 산자락 아래로 민가들이 이어졌습니다. 향기박물관은 문이 닫혔던 터라 차를 몰아 계속해서 서쪽 골짜기로 들어갔지요. 작은 갈림길이 나오면 어찌되었든 조금이나마 큰길로 차를 몰았는데 그 끝에 향호지의 제방이 보였지요. 그러니까 향호리에는 향호와 향호지, 두 개의 호수가 있었던 것입니다. 저수지를 따라 이어진 시멘트 길은 마치 미로처럼 느껴져서 대낮인데도 덜컥 겁이 날 정도였지요. 산자락을 돌고 돌다가 만난 향호지는 또다른 풍경을 선사하며 절로 감탄을 불러일으켰지요. 누군가 정성 들여 세워놓은 돌탑도 여러 기 있었고 텔레비전 프로인 '나는 자연인이다'에 나올 법한 움막도 볼 수 있었습니다. 저수지 주변에는 수령 깊은 버드나무 군락이 물에 잠긴 채 허공을 어루만지고 있었고요. 하지만 길을 잃은 저는 저수지 입구 근처의 이정표에서 본 봉화대며 장군바위, 성황당, 그 어느 곳도 찾지 못한 채 울퉁불퉁한 비포장도로를 만나 자동차 밑바닥을 벅벅 긁히다가 결국 멈춰 서고 말았습니다. 제가 갈 수 있는 길 끝에 도착한 것입니다.

되돌아가야 할 지점에 선 것이지요. 지나온 인생의 많은 지점에서 겪었던 일이라 그다지 서운하진 않았습니다. 그나마 차를 돌릴 수 있는 공터를 제공한 누군가의 산소에 고마워했을 뿐이지요.

사람들은 향호의 얼음장 위에서 여전히 얼음구멍을 들여다보고 있었습니다. 사람들과 멀리 떨어진 얼음장 위엔 고니 한 마리가 가만히 서 있었지요. 고니도 낚시를 하는 것일까요. 멀리 있어서 고니 옆에 얼음구멍이 있는지는 확인하지 못했습니다. 카메라로 고니의 모습을 찍는데 이번엔 덩치는 비슷하지만 부리가 조금 짧고 잿빛과 검은색이 섞인 새 한 마리가 찾아왔지요. 그 새들은 마치 오랜 친구인 것처럼 얼음장 위에서 명상에 잠겨 있었습니다. 해가 대관령 쪽으로 기울자 얼음장이 반짝거리기 시작했지요. 갈대는 누렇게 물들고.

집으로 돌아가야 할 시간이 되었는데 걸음이 떼어지지 않았던 건 무슨 까닭일까요. 대관령 너머엔 눈보라가 치고 있다는 문자메시지가 속속 들어오고 있는데…… 가만, 내가 왜 향호를 찾아왔지?

옛날 옛적, 사람들은 다음 세상을 위해 민물과 바닷물이 만나는 곳에 수령 깊은 향나무를 묻었다고 합니다. 이 땅 서남쪽의 어느 갯벌에선 1700년 전 백제시대에 매향된 침향나무가 발견되었다고 합니다. 그 크기가 워낙 커서 중장비까지 동원해 파내었고, 발굴자는 처리를 고민하다가 절에 시주를 했습니다. 평소 어머니의 불심이 지극하셨던 게 그 이유랍니다. 주지 스님은 고민 끝에 그 침향나무로 미륵불과 아미타불, 약사여래불을 조각해 극락전에 안치했답니다. 그랬군요. 주문진 향호와 관련된 자료를 뒤적거리다가 찾아낸 기사입니다. 그래서 더더욱 향호를 찾아가고 싶었던 것인지도 모릅니다. 매향된 나무는 오랜 세월이 흐르면 침향이 되고 그뒤 스스로 물위로 솟아오른다는 전설이 있다고 합니다. 그러니 어찌 발걸음을 서두르지 않았겠어요. 오래전 향호리의 사람들도 향호에 매향을 했으니 말입니다.

봄이 오겠지요. 꽃이 피겠지요. 향호를 덮은 얼음도 조금씩 녹겠지요. 누가 알겠어요? 오래전 이 마을 사람들이 매향했던 나무가 봄이 오면 향호의 수면 위로 떠오를지…… 그러면 제 마음의 오래된 허기와 갈증이 봄날 눈 녹듯 풀릴까요?

●● ●

정동진

소년은 운동장보다 넓은 강릉역 광장에 서 있었다.

소년의 얼굴은 잘 익은 참외처럼 노랗게 익어 있다며 일행이 웃으며 한 마디씩 말해주었다. 약이 올라 뭐라고 대꾸하고 싶었지만 힘이 없어 말조차 꺼낼 수 없었다. 소년은 태어나 완행버스를 처음 타고 비포장의 대관령을 넘었고 당연히 아흔아홉 굽이의 대관령을 내려오는 동안 멀미를 세 번이나 한 터였다. 마침내 강릉 차부에 내렸을 때엔 두 다리가 후들거려 제대로 서 있을 수조차 없었다. 차부 앞에서 삶은 계란이 들어 있는 핫도그 하나를 먹고 나서야 겨우 움직일 힘을 조금이나마 얻은 터였다. 소년은 누나와 이웃사촌들을 따라 기차역을 향해 비척비척 걸었다. 그런데 이상한 길이었다. 길옆 둑 아래의 하천은 지저분했고 다닥다닥 붙어 있는 2층, 3층의 건물들 뒷모습은 묘한 분위기를 풍겼다. 빨래를 한 수건과 알록달록한 여자 속옷들이 노끈에 줄줄이 걸려 있는 그 풍경을 훔쳐보며 소년은 걸음을 빨리했다. 여름이라 그런지 하천에선 멀미를 불러오는 들척지근한 냄새가 피어오르고 있었지만 역시 기차를 처음 타러 간다는 흥분을 눌러버릴 만큼은 아니었다. 그렇다. 때는 1970년대 중반, 아직 영동고속도로가 완전히 개통되지 않았던 어느 여름이었다.

소년은 마침내 누나와 형들과 기차를 탔다.

강릉에서 삼척 가는 기차였다. 비둘기호 기차였다. 기차에서는 녹 냄새가 났다. 낡고 반들반들한 초록색 의자에는 그 의자에 앉았던 많은 사람들의 흔적이 남아 있었다. 의자는 회전이 가능해서 앞 사람과 마주보고 앉을 수도 있었다. 창문은 버스와 달리 위로 올려야만 열 수 있었다. 이윽고 출발을 알리는 방송과 기적 소리가 울렸다. 기차를 타본 친구들에게서 얻은 정보에 의하면 기차는 버스와 달리 평평한 길, 철로 위를 달리기 때문에 절대로 멀미를 하지 않는다고 했다. 그 까닭은 오르막 내리막이 없고 급하게 굽잇길을 돌지 않기 때문이라 했다. 강원도 첩첩산중, 세상의 고갯길이란 고갯길은 다 우리 동네에 몰려 있는 것만 같았기에 어른 아이를 막론하고 차를 탔을 때 가장 골치 아픈 게 바로 차멀미였다. 그런데 기차를 타면 멀미를 하지 않는다니…… 이미 대관령을 내려오면서 세 번의 멀미로 온갖 창피를 다 떨었던 전력이 있는 터라 소년의 마음은 적잖이 안심이 되었다. 소년은 창 쪽으로 자리를 잡고 앉았다. 창문을 열었다. 교과서와 소년잡지에서나 보았던 기차는 철커덕 철커덕 쇳소리를 내뱉으며 강릉 시내를 가로질러가고 있었다. 열어놓은 창문으론 상쾌한 바람이 들어오고. 더욱이 그 기차는 어느 지점부터는 바다와 만난다고 하니 소년은 역시 처음 보는 바다를 기대하며 창밖으로 머리를 내민 채 두리번거렸다. 소문대로 기차는 길었다. 활처럼 구부러진 철로를 달리는 기차의 차창 밖으론 소년처럼 머리를 밖으로 내민 촌놈들이 한둘이 아니었으니……

맙소사! 소년이 탄 기차에는 수레에 먹을 것들을 싣고 통로를 오가는, 움직이는 가겟방도 있었다.

누나와 형들은 삶은 달걀과 사이다를 샀다. 오! 달리는 기차 안에서 시시각각 모습을 달리하는 바깥 풍경을 바라보며 참깨가 섞인 소금에 찍어 먹는 달걀의 맛이란. 철커덕철커덕 기차바퀴가 레일 위를 구르고. 목이 막혔을 때 마시는 사이다의 그 톡 쏘는 맛. 다시 기차바퀴는 철커덕철커덕. 갑자기 나타난 캄캄한 터널. 열어놓은 창으로 들어오는 메케한 연기의 냄새. 다시 환해진 세상. 소년은 당시 유행하던 빙과류인 쭈쭈바를 빨며 그 낯설고 신기한 기차에 감탄했다. 손가락을 하나씩 구부리며 연이어 나타나는 터널의 수를 헤아렸다. 그러던 중 기차 안에 있던 누군가가 소리쳤다.

"이야, 바다다!"

소년은 깜짝 놀라 기차 안을 두리번거렸다. 아뿔싸! 바다는 반대편 유리창 밖으로 펼쳐져 있었다. 당황한 소년은 부랴부랴 처음 보는 바다를 맞이하려고 통로를 가로질러 달려갔다. 바다는, 그동안 말로만 무수하게 들었던 바다는, 소년의 첫 바다는 기차 바로 아래 바위에 부서지는 파도에서부터 출발해 까마득한 수평선까지 파랗게 펼쳐져 있었다. 소년의 가슴은 급하게 두방망이질 치기 시작했다. 말문을 잃은 채 나타났다가 사라지기를 반복하는 바다를 읽고 또 읽었고, 먹고 또 먹었고, 그 냄새를 맡고 또 맡았다. 그러다가 문득 소리쳤다.

"어, 기차가 왜 뒤로 가지?"

서로 마주볼 수 있게 된 기차의 자리를 순간 잊어버린 소년의 머릿속은 갑자기 헝클어졌다. 그 방향감각을 바로잡기도 전에 창밖으로 얼굴을 내민 소년의 입에선 뱃속으로 들어가 물로 변한 쭈쭈바가 기차의 속력에 힘입어 화려한 꽃을 피우며 입

밖으로 쏟아져나왔다. 그뿐이 아니었다. 그 꽃은 서너 자리 뒤편에서 밖으로 머리를 내밀고 있던 아이의 얼굴을 고스란히 뒤덮고 말았으니……

기차가 소년의 부끄러움을 달래줄 겸 잠시 멈춘 곳은 정동진역이었다.

정동진역.

그 여름으로부터 사십여 년이 지나 소년은 다시 정동진에 도착해 있었다.

소년의 모습이 달라졌듯이 그 사십여 년의 시간 동안 정동진 또한 옷을 갈아입은 채 바로 옆 바다에서 달려오는 파도를 맞이하고 있었다. 정동진은 서울에서 똑바른 동쪽 방향에 자리잡고 있다 해서 조선시대에 정동진이라 이름 붙였다고 한다. 그 사실이 그렇게 중요한가. 아니면 단지 당시의 측량기술이 획기적으로 발달한 기념으로 명명을 한 것은 아닐까. 서울의 정동쪽이 그렇게 중요할 까닭은 아무리 생각해도 찾기 힘들었다. 그랬더라면 정서진(正西津), 정남진(正南津), 압록강 어디에 정북진(正北津)이라는 지명도 생겨났을 게다. 다른 곳에 비슷한 지명들이 없는 것을 보면 정동진(正東津)이라는 지명은 어떻게, 누가 만지작거린 것일까. 이 지명을 만든 사람을 만날 수 있으면 얼마나 좋을까 생각하며 나는 굴다리 옆에 차를 세우고 먼저 정동진 해변으로 방향을 잡았다. 굴다리 옆에는 정동진의 유래를 알리는 표석을 강릉시에서 세워놓았다.

> 강릉시 강동면 정동진 마을은 고성산(高城山)이 있어서 고성동이라고 불렸다가 그후 '궁궐(경복궁)이 있는 한양에서 정동쪽'에 있는 바닷가란 뜻에서 정동진이라고 했다. 정동진역은 세계에서 바다와 가장 가까운 역으로 기네스북에 올라 있으며, 1994년 방영되었던 SBS 드라마 '모래시계'의 배경으로 방영되면서 화제를 불러일으킨 곳으로, 매일 청량리역에서 정동진역 간 해돋이 기차가 운행되고 있다. 주요 해산물로는 꽁치, 가자미, 전복 등이 있으며, 청정바다에서 채취한 정동미역은 조선시대 임금님께 진상했을 정도로 그 맛이 뛰어나서 관광객에게 큰 인기를 얻고 있다. 주변 관광지로는 모래시계공원, 등명락가사, 통일공원, 하슬라아트월드, 안보등산로, 썬크루즈호텔, 정동해안단구(천연기념물 제437호), 헌화로, 심곡 산책로 등이 있다.

이 글만 보면 정동진이라 명명한 까닭이 '정동미역'에 있을 것만 같다. 미역국을 좋아한 어느 임금이 물었을 테지. 이 미역을 어디에서 채취하였는가? 그 얘기가 고개를 넘고 넘어 강릉에 도착했을 것이다. 거기에 측량술까지 보태져서 정동진이라 이름 짓지 않았을까. 고개를 끄떡이며 나는 백사장 입구의 바다 쪽으로 열려 있는 포장마차로 들어가 멍게 한 접시를 주문했다. 파도는 끊임없이 백사장을 향해 밀려왔다가 사라지고 등 뒤에선 기차가 지나가는지 철길이 덜커덩덜커덩 노래를 불렀다. 새해 첫날 일출을 보기 위해 정동진을 가득 채웠던 사람들을 떠올리며 나는 멍게를 천천히 씹었다. 정동진 멍게의 첫맛은 쌉쌀했으나 뒷맛은 달고 달았다.

고성동이라 불리던 정동진은 조선시대에 어떠한 연유로 정동진으로 이름이 바뀌었다. 세월이 많이 흘러 철길이 깔리고 정동진역이 생기면서 크게 변모한 것으로 보인다. 정동진역은 1962년 11월 6일 옥계 경포대를 연결하는 32.9킬로미터 구간이 개통되면서 보통역으로(역사는 그해 11월 8일 준공) 출발해 여객과 화물 운송을 담당했다. 석탄산업이 시작되면서 인근의 강릉광업소를 비롯해 5개의 탄광에서 연간 30만 톤의 무연탄이 생산되자 그 발송을 맡게 되었다. 당시의 인구는 5천여 명에 달했으나 이후 석탄산업합리화 정책으로 인구가 2천여 명도 안 되는 작은 마을로 변했고 1996년에는 기차이용객이 줄어들어 여객취급을 중지했다. 그러니까 소년이 이 역을 지나가던 시절에는 여객과 화물 운송으로 성황이었는데 이후 에너지 정책의 변환으로 시나브로 잊혀져가는 역이 되었던 것이다. 그 역을 되살린 게 '모래시계'라는 드라마였다. 이후 정동진은 세상에 알려지기 시작했고 IMF 시절 국민들의 시름을 달려주는 전국 최고의 해돋이 명소가 되면서 관광객들을 불러모으기 시작했다. 새로운 정동진이 태어난 것이었다. 강릉 사람들의(동해안 사람들까지 포함해서) 기억에 남아 있던 정동진은 천천히 사라지고…… 아마도 옛날의 정동진을 아는 어떤 사람들은 지금의 정동진에 대해 인상을 찌푸릴지도 모르겠다. 허나 어쩌겠는가. 지금의 정동진은 또다른 누군가에게 꿈으로 자리하고 있으니. 나는 옛날 정동진역 역사 앞에 우두커니 서서 바다와 철로, 곧 출발할 기차를 바라보며 서성거렸다. 그 옛날의 소년은 어디에 있을까를 생각하며.

옛 정동진역 역사 왼편 벽에는 이곳을 다녀간 이들의 소원이 그림과 함께 기록된 벽화가 있다. 그 벽은 각자의 작은 소원이 모여 한 폭의 커다란 그림을 이루고 있다. '엄마, 아빠, 형아, 동생, 우리 가족 사랑해요! 정동진 바다에서.' '사랑하는 딸! 무럭무럭 건강하게 자라다오. 아프지 말고.' '가족 나들이. 우리 가족 모두 행복하길.' '金家네 두 번째 정동진 여행.' '할머니 사랑해요!' '엄마와 딸의 여행 2탄, 기차 타고 정동진에서.' '독도는 우리 땅!' '아직도 솔로다!' '○○아 사랑해. 나랑 살아줘서 고마워!' '산림기능사 실기시험 합격기원!' '행복한 삶 엮어가는 사랑하는 사람들과 함께 다녀갑니다.' 이렇게 많은 이야기들이 옛 정동진역사의 벽에 붙어서 촛불처럼 빛을 밝히고 있으니 옛날의 정동진을 그리워하는 나 같은 사람의 서운함 정도는 아무것도 아닌 것이다. 나는 벽화의 빈칸에 그 옛날 기차를 처음 타고, 바다를 처음 보며 삼척으로 향하던 어느 소년의 모습도 그려 붙이면 어떨까 상상하며 역사를 떠났다. 등뒤에선 세 시에 출발하는 청량리행 무궁화호 열차의 승차를 알리는 목소리가 바닷바람에 실려 떠다녔다.

모르는 사람들이 의외로 많아서 하는 말인데 한때는 강릉에서 삼척 가는 열차가 있었다. 강릉에서 서울 가는 열차와는 분위기도 사뭇 달랐다. 삼척선인지 동해선인지는 기억나지 않지만 그 열차는 정말이지 강원도 동해안 사람들의 땀과 눈물이 배어 있는 열차였다. 그 열차의 객실은 온갖 물건과 사람들로 넘쳐났었다. 각종 해산물이 담긴 고무다라이(큰 대야, 함지박)들이 비린내를 풍기며 강릉과 삼척 간의 크고 작은 역들에서 오르내렸다. 그 비둘기호 열차는 바다와 포구를 끼고 살아가는 사람들의 발이나 다름없었다. 그 열차 역시 세월에 밀려 사라졌는데 어느 날부턴가 아름답게 옷을 갈아입고 다시 나타났다. 그 바다 냄새, 비린내 물씬했던 열차가 '바다 열차'로 이름을 바꿔 정동진과 삼척을 오가고 있다는 소식을 접한 지 꽤 됐는데 나는 아직 그 열차를 타보진 못했다. 그 구간을 오가던 옛날의 열차에 대한 의리 때문인지도 모르겠다. 그놈의 의리 때문에 나는 또다른 정동진이 어디엔가 있을 것이라는 고집을 버리지 않은 채 차를 끌고 이 골목 저 골목을 들락거리다가 정동초등학교 근처 성황당 옆에서 멈췄다.

정동진 바다로 흘러드는 개울은 모두 두 개다. 그 두 개울의 사이에 있는 마을. 정동 농협, 정동 보건진료소, 정동진2리 노인회관, 근사한 풍경의 성황당, 정동교회, 정동초등학교가 있는 마을의 골목으로 걸어서 들어갔다. 아니나 다를까. 그 골목 안에는 건전지, 주류, 잡화, 문구, 우표를 파는 오래된 슈퍼가 있었다. 화분이 놓여 있는 이용소도 보였다. 이발사인 듯한 분이 낯선 나를 한참이나 바라보고 있어서 괜히 조바심이 났다. 길은 좁아졌다가 넓어지고 양편의 집들은 낮은 지붕을 골목으로 펼쳐놓았다. 자그마한 창은 밤이 오면 따스한 불빛을 골목으로 흘려보낼 것이다. 그곳은 또다른 정동진이었다. 두 개의 번화한 정동진 사이에 숨어 있는 이 오래된 풍경의 정동진 때문에 비로소 숨통이 트이는 것 같았다. 나는 정동초등학교 교문 옆에 서 있는 키가 큰 나무 두 그루를 한참이나 바라보았다.

정동진은 강릉의 남쪽에 있다.

정동진 백사장에 가면 무수한 발자국들이 찍혀 있다.

철로 옆 소나무 한 그루가 그 발자국을 가만히 내려다보고 있다.

그 옛날 소년도 정차중인 기차 안에서 바다 쪽으로 휜 소나무를 바라보았을 것이다.

당신의…… 정동진은 어디에 있는가.

●● ●

진고개

진고개 고갯마루는 오대산 동대산과 노인봉 사이에 있다. 진고개가 말을 한다면 아마 자기 이름에 붙은 고개에 대한 불만부터 털어놓을 게 틀림없다. 왜 영(嶺)이 아니라 고개냐고 툴툴거릴 것이다. 고개나 영이나 고유어와 한자어의 차이일 뿐 뜻은 다를 게 없다고 해도 쉽게 고개를 끄덕거리진 않을 것 같다. 고갯마루의 높이가 해발 960미터인 진고개는 가까이 있는 대관령보다 더 높음에도 어떤 연유에선지 고개로 이름이 굳어졌으니 말이다. 하지만 이름 뒤에 재가 붙고, 고개가 붙고, 영이 붙고의 문제는 어쩌면 자존심에 관한 부분일지도 모른다는 생각도 든다. 길을 떠나 고개를 넘는 우리들 역시 비슷할지도 모른다. 재나 고개라고 하면 괜히 얕보고 가속페달을 붕붕 밟아

댈 수도 있으니까.

전국적으로 폭설과 혹한이 몰아치는 어느 토요일 정오에 진고개 고갯마루에 도착했다. 하지만 폭설은 서해안에 집중되었고 정작 눈의 고장인 강원도엔 몇 점 흩날리다가 멈춘 상황이었다. 대신에 서쪽에서 몰려온 칼바람만 고갯마루 나무들의 가지를 일제히 동쪽으로 '앞으로나란히' 시키고 있었다. 손이 얼고 얼굴이 얼고 발가락이 얼어붙는 날씨였다. 새벽이면 영하 20도를 가볍게 돌파하는 게 태백준령의 겨울이다. 나는 주변을 둘러볼 엄두도 못 내고 서둘러 '진고개 정상 휴게소'로 몸을 피했다. 겨울 고개에서 봄을 상상하기란 쉬운 일이 아니라고 투덜거리며.

토요일인데도 휴게소는 한산했다. 북극에서 몰려왔다는 한파 탓이었다. 주말이면 등산객들이 타고 온 관광버스와 자가용으로 북적거리는 휴게소 주차장은 썰렁하다 못해 텅 빈 채 차디찬 회오리바람만 이리저리 몰려다니고 있었다. 진고개 정상은 오대산 노인봉, 그리고 소금강으로 이어지는 등산로의 출발지이자 도착지이다. 북쪽 동대산과 남쪽 소황병산으로 가는 등산로는 자연휴식년제에 묶여 등산객들의 출입이 금지돼 있었다. 나는 화목난로 옆에 서서 뜨거운 컵라면 국물을 훌훌 마셔가며 지난 시간들 속에서 내가 넘어가고 넘어왔던 진고개의 봄, 여름, 가을, 겨울을 떠올리려 애를 썼다. 등산일 수도 있고,

여행일 수도 있고, 가장 중요한 밥벌이일 수도 있고, 아니면 그저 시간을 때우려 했던 것일 수도 있는 그 각각의 날들을…… 그리고 또 궁금했다. 당신은 언제, 어떻게, 무슨 일로 신발 바닥에 진흙이 쩍쩍 묻어나는 저 고개를 넘었는지……

강원도 강릉시 연곡면 삼산리와 평창군 대관령면 병내리 사이에 위치한 고개이다. 지형적으로는 백두대간의 동대산(1436m)과 노인봉(1338m) 사이에 위치하고 있다. 진고개를 한자화해서 니현(泥峴)이라고 하는데, 『조선지도』와 『대동여지도』에는 이 한자식 지명이 나와 있다. 고개 이름은 비가 오면 땅이 질다는 데서 유래했다고 전해지고 있다. 진고개는 강릉시 연곡천 하곡(河谷)-진고개-평창군 오대천 지류 하곡을 잇는 지질구조선상에 위치한다. 그러므로 진고개를 잇는 도로는 주위가 주로 산지들로 이루어져 있음에도 불구하고 두 하곡은 일직선상으로 연결되어 있다. 그러나 이 고개는 고도가 매우 높기 때문에 연곡천 하곡은 진고개에 가까워질수록 경사가 점차 급해진다. 그래서 이 고개를 통과하는 도로는 하곡을 따르게 되어 있음에도 불구하고 하곡 내에서 도로의 굴곡이 심하다. 진고개 정상부에는 진고개휴게소가 있고, 연곡천 쪽에는 송천약수터가 있다.

『한국지명유래집』(국토지리정보원)에 실려 있는 진고개에 대한 설명이다. 그러니까 진고개는 강릉과 평창의 경계선이고, 옛날에는 진흙 고개였고, 연곡천과 오대천 지류의 분수령(分水嶺)이기도 하다는 얘기다. 또하나는 고개 정상부의 경사도와 굴곡이 무척 급하다는 게 지형적인 특징인 셈이다. 특히 진고개의 동쪽이. 나는 휴대폰 속의 진고개를 덮고 중무장을 한 채 휴게소를 나왔다. 몸과 맞부딪치는 진고개를 겪기 위해서.

하지만 역시 추위는 만만찮았다. 휴게소 오른편 계곡에 자리한, 지금은 사람들이 살지 않는 '독가촌'과 뒤편의 빈 밭 사진을 몇 장 찍었는데 손가락이 곱아올 정도였다. 자동차로 달려가지 않고서는 배겨낼 수가 없었다. 휴게소 왼편에 자리한 '경찰전적비'는 자동차의 유리문만 열고 사진을 찍었다. 안내판에는 1949년 7월 1일 오대산 일대에 침투한 100여 명의 무장공비들, 그리고 1952년 3월 12일 침투한 6명의 무장공비들과 전투를 벌인 내용이 적혀 있었다. '경찰전적비'는 무장공비들과 전투를 벌이다 산화한 경찰관들의 넋을 기리는 비였다. 어디 그뿐이겠는가. 당시 초등학생이었던 이승복 가족을 죽음으로 몰고 간 1968년의 울진삼척지구 무장공비 침투도 이곳과 멀리 떨어지지 않은 계방산 자락에서 벌어진 일이었다.

그 여파로 백두대간 산골짜기 곳곳에 흩어져 있던 화전민들이 대부분 마을로 내려오게 되었고 그렇게 해서 생겨난 마을이 바로 '독가촌'이었다. 서쪽에서 진고개로 올라오는 고갯길 주변의 산들 곳곳에 군락을 이루고 있는 낙엽송 숲들은 바로 그 화전민들이 산에 불을 놓아 밭을 일구었던 자리들이다. 나라에서는 등기가 안 되어 있던 화전(火田)에 낙엽송을 중점적으로 심었는데 진고개에도 그 흔적들이 고스란히 남아 있었다. 아마 그게 그리 멀지 않은 옛날 오대산 깊은 골짜기와 해발 1000여 미터의 진고개 고갯마루 근처에서 살아가던 화전민들의 운명이었는지도 모른다는 생각이 들었다. 그들은 지금 모두 어디에서 어떤 삶을 살고 있을까. 아직도 산에 불을 놓던 꿈을 꾸고 있을까. 무장공비들이 지나가는 깊고 어두운 밤, 온 가족이 부둥켜안은 채 무서움에 떨던 그 기억들은 이제 모두 사라져버렸을까.

고갯마루에서 살았던 사람들의 고단했을 삶을 뒤로하고 고개를 넘기 위해 길로 들어섰다. 진고개는 1991년에 포장이 되었다고 한다. 그 이전은 비포장도로였다는 얘기다. 비포장이었을 때 진고개를 넘어본 적이 있는지 생각해보았지만 잘 기억이 나지 않았다. 진고개는 완행버스나 직행버스가 다니지 않는 고개다. 가끔 대관령이 막힐 때나 우회해서 가는 도로이다보니 자가용을 이용하지 않고는 넘나들기가 쉽지 않았다. 언제 처음 진고개를 넘었는지는 그래서 감감했다. 고개 너머 영서사람들이 자가용을 타고 진고개를 넘는 건 주로 주문진에 가기 위해서다. 아니면 강릉의 북쪽 도시들로 가기 위해서거나. 고개 너머 사람들이 주문진에 간다는 것은 해산물을 사러 간다는 얘기나 거의 마찬가지다. 주문진 포구에 가면 내륙에서는 볼 수 없었던 해산물들이 무궁무진하니까. 그래서 예전엔 주문진 포구에 가서 해산물도 사고 오징어회에 술까지 몇 잔 걸치고 슬렁슬렁 넘어오던 고개가 바로 진고개였다. 고개 막바지의 급경사에 다다르면 긴장이 돼 결국 마신 술이 모두 달아나버리곤 했지만. 그래도 대관령보다는 한산하고 인간미가 풀풀 넘쳐나던 그런 고갯길이었다. 옛날 옛적에는……

과연 진고개 정상에서 송천약수터까지의 길은 어지럽고 현란했다. 천천히 내려가란 얘기였다. 봄날엔 나무들이 뿜어내는 연둣빛 이파리들을 구경하고 산벚나무가 산자락 곳곳에서 꽃망울을 터뜨리는 황홀함에 입을 벌리다보면 빨리 달릴 이유가 없어지는 것이다. 여름이면 초록의 잎들이 온 산을 뒤덮는 장관에 흐릿했던 눈이 맑아진다. 가끔 해일처럼 밀려오는 안개와 폭우에 갇히면 비상등을 깜박이며 천천히, 거북이처럼 고갯길을 내려가면 그만이다. 고갯마루에서부터 하루에 몇 걸음씩 내려오는 단풍의 계절이 오면 그 단풍과 어울리는 음악을 틀어놓고 단풍의 걸음걸이를 따라 운전을 하면 그 또한 제격일 것이다. 폭설이 내리면 고갯길은 통제될 수도 있으나 그래도 진고개의 눈이 못내 보고 싶다면 스노타이어에 체인을 감고 앞에서 가는 차와는 가능한 한 멀찌감치 떨어져서 운전하면 평소 보기 힘들었던 장면을 보게 되는 행운을 누릴 수도 있다. 나무들은 변덕이 심해 두터운 눈옷을 껴입었다가 금세 벗어버리기 때문이다. 이 모든 것들은 고갯길을 천천히 내려가고 올라가야만 볼 수 있다. 진고개는 천천히 가라고, 천천히 가면서 나무들의 사계와 언뜻 스쳐가는 산짐승들의 살림살이를 엿볼 수 있는 길이자 우리가 살아오면서 놓친 것들을 되돌아보라고 권유하는 고갯길이다. 이런 것들은 빨리 달리면 절대로 만날 수가 없는 것들이다.

물론 빨리 달리다가 만날 수 있는 것들이 아주 없지는 않다. 진고개는 한 시절 교통사고로 악명이 높은 길이었다. 1999년 8월 브레이크 파열로 사망 7명, 2000년 5월 브레이크 파열로 사망 6명, 2000년 7월 역시 브레이크 파열로 중상 여러 명, 2005년 5월과 9월 브레이크 파열로 다수의 중경상…… 사람들은 진고개를 '마의 고개'라고도 부른다. 겨울의 폭설과 빙판, 초봄까지 내리는 눈, 여름의 폭우, 가을의 단풍인파…… 그리고 급경사와 심한 굴곡까지 더해져 그동안 크고 작은 교통사고가 끊이지 않았기 때문에 붙여진 이름이리라. 그런데 꼭 그것 때문일까…… 꽃을 보고, 단풍을 보고, 바다를 보고, 떠오르는 해를 보고, 회를 먹을 생각에 부풀어 우리는 그동안 아무 생각 없이 너무 무시무시한 속력으로 고갯길을 넘었던 것은 아닐까. '전방에 급커브 구간입니다. 안전운전 하십시오.' '전방에 야생동물 출현 구역입니다. 주의하세요.' '전방에 이동식 카메라가 있습니다. 과속에 주의하세요.' 내비게이션이 계속해서 당부에 당부를 했지만 우리는 들뜬 마음으로 깔깔거리며 달리기만 했던 것은 아닌지 모르겠다.

해발 960미터, 해발 900미터, 해발 800미터, 해발 700미터…… 숨가쁘게 내리달리던 고갯길이 얼추 끝나는 길옆에 첫 민가가 나타났다. '송천약수집'이라 쓴, 글자가 지워져가는 허름한 간판을 귤빛 함석지붕 위에 얹어놓고 있는 식당이었다. 벽에는 토종닭, 막국수, 감자전, 메밀전, 도토리묵이라고 큼지막하게 써놓은 메뉴판이 붙어 있었다. 건너편은 송천약수터로 가는 길이었고, 이 식당은 아마 옛날부터 진고개를 넘던 사람들이 이용하던 마지막 주막이었을 것이다. 술도 팔고 밥도 팔고 잠자리도 팔던 주막집. 차에서 내리자 의외로 바람은 잠들었고 겨울 햇살만 지붕에 가득 널려 있었다. 약수터에 들러 약수 한 국자를 들이켰다. 옆의 개울은 꽝꽝 얼어 있었는데 약수가 나오는 우물만 얼지 않은 게 신기했다. 어떤 성분이 들어 있기에 약수는 한겨울에도 얼지 않을까. 겨우내 하루에 한 국자씩 약수를 마시면 우리들 몸과 마음도 추위에 얼지 않을지도 모르겠다는 생각을 하며 다시 차에 올랐다.

진고개를 내려와 '구지교'란 이름을 지닌 다리를 건너자 사람들의 마을이 시작되었다. 띄엄띄엄 민가와 빈 밭이 보였다. 아직도 쪼그라든 감을 매달고 있는 감나무가 반가웠다. 펜션과 카페와 토종닭을 파는 식당들이 줄지어 나타났다. 연곡천을 따라 서 있는 소나무들은 어느 한 그루 가릴 것 없이 그 자태가 만만찮았다. 소나무와 감나무, 전나무 사이에 사람들이 살고 천주교 주문진성당 삼산 공소의 자그마한 종탑이 아름다웠다. 폐교가 된 삼산초등학교는 양떼목장으로 변해 있었다. 각각의 골짜기에 자리잡은 작은 암자들에선 스님이 목탁을 두드리고 있다고 표지판이 알려주었다. 짧은 겨울 해가 태백준령을 넘어가면서 햇살을 길게 늘어뜨리는 시간, 나는 소금강 가는 길과 연곡 주문진 강릉 방면으로 가는 길이 갈라지는 삼거리에 차를 세웠다. 그리고 나는 또 무엇을 보았던가. 내 어린 시절 어느 국회의원의 별장을 보았고 까마득히 높은 산을 넘어가는 부연동 입구에서 잠시 망설이기도 했다. 내가 알던 어느 선배가 소금강이 작은 금강산이라 생각하지 못하고 소금으로 된 강인 줄 알고 일부러 찾아갔었다는 기억까지 떠올리다보니 슬슬 배가 고파왔다. 컵라면 하나에 의지해 험하고 험한 고갯길을 기웃거렸다니……

늦은 오후에 연곡 읍내에서 '뚝저구탕' 한 그릇을 비우고 다시 진고개로 향했다. 해가 지고 있었다. 선글라스를 썼다. 진고개 길에는 돌과 바위들이 유달리 많았다. 그래서인지 어떤 집들은 아예 그 돌들을 모아 울타리를 쌓기도 했다. 한 시절 강릉 일대의 토종닭들이 연곡 삼산리로 모두 모여들었다는 풍문이 도는 토종닭 전문 식당들을 지나쳤다. 해가 산맥을 넘어가자 짙고 서늘한 그늘이 진고개로 내려왔다. 해발 700미터, 800미터, 900미터…… 오른편 멀리 동대산의 완만한 산봉우리가 눈에 들어왔다. 왼편 멀리 지는 햇살이 걸려 있는 노인봉 정상이 잠깐 보였다가 사라졌다. 다시 봄이 오면 강릉 경포에서 피기 시작한 벚꽃들이 손잡고 이 고갯길을 오를 것이다. 그러다 어느 날은 때늦은 봄눈과 만나 화들짝 놀라기도 할 것이다. 산맥을 넘어가는 고갯길이란 늘 그렇듯 예측불허의 인생과 비슷한 것인지도 모른다.

저멀리 고갯마루 바로 아래, 지게에 이불과 솥을 진 사내와 머리에 커다란 보따리를 인 여자가 어린 자식들과 함께 걸어가는 게 보였다. 나는 눈을 비볐다. 삶의 터전에서 밀려나 새로운 터전을 찾아 고갯길을 넘는 사람들이었다. 먼 시간을 거슬러와 그들이 얼어붙은 내 마음의 밭에 따스한 불을 지피고 있었다. 화전이었다.

●● ●

삽당령

봄날 아침 즐거운 고민에 빠졌다. 삽당령에는 어떻게 갈 것인가. 머릿속에 삽당령으로 가는 여러 길들이 떠올랐다. 나는 동행자가 가장 만족할 만한 길을 찾느라 낑낑거렸다. 왜냐하면 동행자는 삽당령이 처음이었기 때문이다. 원주의 토지문화관 집필실에서 강릉의 삽당령까지 가는 봄날의 여행은 비록 처음이 아니더라도 흥분되기 마련이었다. 두 달 동안 집필실에 처박혀 자판을 두드리고 술잔을 만지작거렸으니 왜 그렇지 않겠는가. 더군다나 아리따운 소설가와의 동행이니. 삽당령 역시 두근거리는 마음으로 우리를 기다리고 있을 거라 생각하며 보수공사가 한창인 영동고속도로를 달렸다. 횡계에서 나와 용평스키장 옆 도암댐 방면으로 운전대를 틀었고 이윽고 피덕령 입구에서 심호흡을 했다. 피덕령, 안반데기, 대기리, 닭목령, 오봉리…… 그리고 성산 먹거리촌에 도착해 고갯길을 오르기 위한 힘을 얻으려고 식당을 기웃거리다가 '성산 옛집'에 들어가 대구머리찜을 주문했다. 성산은 대구머리찜이 유명하다는 주인의 이야기를 들으며.

성산은 대관령, 삽당령, 닭목령, 보현사 방면으로 가는 길목에 있는 마을이다. 고개를 넘으려면 준비를 단단하게 해야 한다. 성산삼거리에 우뚝 서 있는 초록의 이정표를 올려다보았다. 오른쪽으로 가면 횡계, 진부이고 왼쪽은 태백, 임계, 노추산 모정탑 길이었다. 당연히 우리는 왼쪽을 택했다. 배롱나무 그늘 아래에 고래처럼 생긴 바위가 엎드려 있는, 강원도 유형문화재 45호인 오봉서원(五峰書院)을 먼저 찾았다.

이 서원은 공자, 주자, 송시열의 영정을 모시고 제사를 지내며 학생들을 교육하던 곳이다. 함헌이 사신으로 중국에 갔다가 공자 진영을 가져와서 1556년에 서원을 건립하고 공자의 진영을 모셨고, 1782년 주자의 영정을 모셨으며, 1831년에는 송시열의 영정을 모셨다. 오봉서원에는 묘우(廟宇), 전랑(前廊), 신문(神門), 강당(講堂), 좌우재랑(左右齋廊), 풍영루(風詠樓), 서책고(書册庫), 대문이 있다. 사액서원과 같이 토지 3결을 국가가 지급하였으며 서생은 20명을 모집하여 교육하였다. 1868년 서원철폐령에 의해 철폐되었다. 1902년 철폐된 오봉서원 자리에 다시 단을 쌓고 9월 상정일(上丁日)에 제향하기 시작하였다. 1914년 집성사(集成祠)를 중건하였고, 그후 칠봉사, 강당 등을 건립하였다. 1806년에 건립한 오봉서원기적비와 1856년 건립한 묘정비가 있다.

한 시절 영동의 수재들이 모여 남대천을 내려다보며 유학을 공부하던 오봉서원을 나와 오봉댐으로 접어드니 그야말로 화창한 봄날이었다. 수면 위에선 산에서 내려온 온갖 꽃들과, 하늘에서 내려온 흰구름들이 그야말로 만화방창(萬化方暢) 어우러져 또다른 풍경을 연출하고 있었다. 그러니 어찌 공부만 하겠는가. 몰래 서원을 빠져나와 동학들과 술 단지 짊어지고 꽃 피는 산골짜기로 소풍을 가야 하지 않겠는가. 가서 술잔에 꽃잎을 띄워놓고 만취해야 마땅했다.

호수 옆으로 이상하게 생긴 바위를 지나자 다시 이정표가 나타났다. 왼쪽은 우리가 내려온 대기리, 왕산, 노추산, 커피박물관으로 가는 길이고 오른쪽은 태백, 임계로 가는 길인데 그러자면 삽당령을 넘어야 했다. 우리는 오른쪽 길로 내쳐 달려 호수가 내려다보이는 말구리재 쉼터에 차를 세웠다. 뭔가 이상했다. 말구리재? 여기서부터 삽당령이 시작되는 게 아니라는 말인가. 과연 아니었다. 오봉댐을 휘감고 돌아가는 고갯길은 삽당령이 아니라 말구리재였다. 다소 참담한 심정으로 나는 쌍고치처럼 생긴 호수를 떠나 고갯길로 차를 몰았다. 다시 나타난 이정표에는 '태백 80km, 하장 52km, 임계 25km'라고 적혀 있었다.

강원도 강릉시 왕산면 송현리와 목계리 사이에 위치한 고개이다. 남북으로 놓여 있는데, 서쪽에는 대화실산(1010m)과 매봉산이 있고, 동쪽에는 두리봉(1038m)이 있다. 『신증동국여지승람』, 『여지도서』, 『대동여지도』, 『증수임영지』, 『관동읍지』에는 삽현(鈒峴), 『증보문헌비고』에는 삽당령(揷堂嶺), 『강릉시사』나 고갯마루의 표석에는 삽당령(揷唐嶺)으로 표기되어 있다. 사료의 기록을 통해서 고개 이름이 일찍부터 쓰이고 있음을 엿볼 수 있지만, 지명의 한자표기가 변천되어 온 상황은 알려져 있지 않다. 『신증동국여지승람』과 『증수임영지』에 "강릉부 서남쪽 60리에 있으며, 정선으로 가는 길이다."라고 적혀 있다. 이 고개의 양쪽 골짜기는 강릉시의 도마천과 정선군의 임계천 하곡을 잇고 있다. 그래서 예부터 강릉과 정선을 오가는 길로 이용되었다. 지금은 35번국도가 이 길을 지나고 있으며, 강릉-정선-태백으로 통하고 있다. 『조선지도』, 『청구도』, 『대동여지도』에는 삽운령(揷雲嶺)이라 표기되어 있고, 『대동여지도』에는 삽현(鈒峴)과 삽운령

(揷雲嶺)이 따로 적혀 있다.

왕산 면사무소가 있는 마을에 도착해 휴대폰으로 검색을 하니 이렇게 알려주었다. 아담한 모습의 왕산우체국, 그 뒤편의 보건소가 이웃해 붙어 있는 면소재지는 자그마했다. 지나가는 사람들도 별로 없었다. 그런데 이 자그마한 왕산면은 가끔 텔레비전 '9시 뉴스'에 등장하기도 한다. 바로 폭설이 내렸을 때다. 영동지역에 기록적인 폭설이 내리면 어김없이 고립되는 지역이 바로 왕산면이다. 헬기에서 촬영한 화면을 보면 누구나 입이 떡 벌어질 수밖에 없다. 드문드문 떨어져 있는 집들은 지붕밖에 보이지 않는다. 폭설에 갇힌 사람들은 고작해야 마당에 쌓인 눈밖에 치우지 못하고 있다. 제설차량이 오려면 며칠이 걸리기도 하는 곳이다. 내게 강릉 왕산은 그렇게 인식된 지역이었다. 그게 어디 폭설뿐이겠는가. 폭우와 우박, 그리고 매서운 한파가 몰아치는 곳…… 그러니까 지금껏 나는 왕산이 오봉댐에서 시작되는 삽당령 중간에 자리잡은 마을인 줄로 알고 있었던 것이다. 쯧쯧. 한심한지고.

삽당령으로 가는 길에 예맥아트센터라는 표지판이 눈에 띄어 차를 멈췄다. 왕산면 목계리 왕산초등학교 목계분교를 리모델링한 곳이었다. 안내문을 보니 1963년에 설립해 1995년에 폐교가 된 초등학교였다. 폐교 사유는 학생 수 감소. 졸업생 수는 총 322명이었다. 교정 화단의 전나무 사이에 아직도 이승복 동상이 서 있는 게 인상적이었다. 강원도의 산골 마을 초등학교들이 공통적으로 처한 현실이 바로 폐교였다. 폐교가 되었거나 될 예정. 이 마을에서 자라난 아이들의 추억이 담겨 있는 곳. 부디 그 폐교가 새로운 추억의 공간으로 되살아나길 바라며 교문이 닫혀 있어 들어가볼 수 없는 옛날 목계분교를 떠났다.

목계리에서 삽당령으로 올라가는 길 주변의 밭에는 엄나무가 많이 심어져 있었다. 엄나무는 개두릅을 채취할 수 있는 나무다. 가시가 많은 엄나무. 강릉에서 가장 높은 지붕 같은 마을인 왕산의 밭에서 대량으로 재배하는 엄나무였다. 개두릅의 맛은 두릅에 결코 뒤지지 않는다. 유명하기는 두릅이 한 수 위지만 맛으로 따지면 당연히 개두릅이다. 봄날 들기름과 간장으로 무친 개두릅의 쌉싸래한 맛을 어찌 잊겠는가. 개두릅은 길고 긴 겨울을 건너온 산골 사람들에게 밥맛을 확 살려주는 자연의 선물이다. 그게 개두릅뿐이겠는가. 두릅을 위시해서 참나물, 각종 취나물, 싸리나물, 냉이, 달래, 돌나물, 씀바귀, 쑥, 미나리, 머위, 방풍나물, 원추리…… 삽당령 아래 목계리 사람들은 그중 개두릅을 주요 작물로 택한 것 같았다. 그렇게 우리는 엄나무의 잎이 피어나는 삽당령 고갯길을 돌고 돌아 고갯마루에 도착했다.

여기는

삽당령 정상입니다.

해발: 680m

삽당령 고갯마루는 아름드리 낙엽송들에 둘러싸여 있었다. 그렇다면 여기도 옛날엔 화전민들이 개간한 밭이었다는 얘기다. 갑자기 마음이 짠해졌다. 그들이 떠나간 자리에 심어진 낙엽송들이 고갯마루의 주민이 되어 살아가고 있는 풍경 속으로 천천히 발걸음을 옮겼다. 삽당령 정상은 백두대간 등산로 석병산(石屛山)과 닭목령의 중간에 있다. 삽당령에서 닭목령까지는 12.7킬로미터다. 백두대간을 완주하는 등산객들에게 삽당령은 식량을 전달받을 수 있는 중요한 보급기지다. 삽당령 고갯마루에는 특이하게 성황당도 있었다. 가까이 가보니 과연 그 내력도 애절했다.

조선 영조 재위 시절(1724-1776) 당시 삽운령이라 불리던 이곳 삽당령으로 갓 시집온 새 신부(경북 안동 출신)가 밭일을 마치고 물동이를 이고 샘물을 길으러 나갔다가 밤이 되도록 돌아오지 않아 마을 사람들이 온 골짜기를 뒤지며 찾기 시작했는데 3일이 지나 찾게 된 새 신부는 헝클어진 머리만 남아 넓적한 바위 위에 놓여 있었다. 이에 마을사람들은 호랑이에게 화를 당했다고 생각했으며, 너무나 처참하고 괴이한 모습에 새 신부의 한이 깊을 것이라 여기고 시신을 수습하고 그 위치에 신각(성황당)을 세워 억울하게 호랑이에게 목숨을 잃은 새 신부의 혼을 위로하는 한편 삽당령을 오르내리는 길손의 안녕과 우마차의 무사고를 기원하며 매년 음력 8월 초정일이 되면 익히지 않은 제물과 황소의 머리 및 주요부위를 마련하여 마을 원님을 모시고 성황제를 지내어 오늘날까지 이어져 오고 있다.

갓 시집온 신부를 물어간 호랑이라…… 신부는 얼마나 원통했을까. 신랑은 또 얼마나 통곡을 했을까. 가족들은…… 삽당령 고갯마루로 그 슬픔이 서린 서늘한 바람이 불어오는 것만 같았다. 우리는 고갯마루 동쪽에 있는 허름한 '정상 주막'으로 걸음을 옮겼다. 외벽에 써놓은 메뉴엔 생강차, 꿀차, 율무차, 라면, 커피, 갓전병, 동동주, 칡즙이 있었다. 신부를 애도하는 동동주 한잔을 마셔야만 했다.

'정상 주막'은 한마디로 독특했다. 벽에는 태극기와 달마도가 걸려 있었다. 넓은 달력 뒷면에 공들여 쓴 글씨도 걸려 있었다. '꽃의 향기는 천리를 가지만 사람의 덕은 만년 동안 향기를 풍긴다네.' 또하나. '어떤 시대적 변화가 있더라도 사람은 사람이어야 한다. 흔한 것일수록 귀하게 여기고 소중히 하라.' 모자를 쓴 주모의 표정 또한 예사롭지 않았다. 아니나 다를까. 주막 한쪽엔 작은 신당이 차려져 있었다. 고갯길을 넘는 사람들, 백두대간을 걷는 사람들, 고갯마루 근처에서 살아가는 사람들의 안녕을 산신에게 기원하는 신당이었다. 동동주가 시원했다. 칡즙이 달았다. 그 옛날 정선, 나전, 여량, 임계, 고단을 지나 삽당령을 넘어 강릉으로 가던 사람들이 떠올랐다. 그들이 무사히 돌아오기를 바라며 부르던 노래도 떠올랐다. '우리집의 서방님은 잘났든지 못났든지/ 얽어매고 찍어매고 장치다리 곰배팔이/ 노가지 나무 지게 위에 엽전 석 냥 걸머지고/ 강릉 삼척으로 소금 사러 가셨는데/ 백봉령 굽이굽이 부디 잘 다녀오세요.' 그 시절 그들도 호랑이가 무서웠을 것이다. 삽당령을 넘어가는데 고갯마루에 앉아 담배를 피우고 있는 호랑이를 본다면 기겁을 하지 않을 이가 과연 있을까. 꽁지가 빠져라 도망을 친다 하더라도 어찌 호랑이를 따돌릴 수 있겠는가. 그때 저멀리 불을 밝힌 주막이 있다면……

삽당령 너머는 왕산면 송현리다. 송현리는 곰취가 유명하다. 곰취는 요즘 같은 시대에 대표적인 웰빙 작물이다. 더군다나 송현리는 겨울철 영동지역의 해양성기후와 여름철 고랭지 기후가 만나는 곳이다. 그만큼 곰취가 맛있다는 얘기다. 곰취로 삼겹살을 싸서 먹어본 사람은 안다. 그 고상한 맛을. 거기에 소주 한잔을 곁들인다면 금상첨화다. 해발 700미터에 육박하는 삽당령 사람들이 친환경농법으로 재배한 곰취의 향을 꼭 한번 음미해보시길 권한다. 개인적으로 나는 곰취를 좀 독특하게 먹는 버릇이 있다. 깊은 밤 달걀을 삶아 칼로 반 토막을 낸 뒤 고추장을 찍어 곰취에 싸먹는데 봄밤 그만한 안주를 따라올 안주는 달리 없다고 본다. 아, 달걀은 노른자에 분이 날 때까지 푹 삶아야 한다. 송현리 다음 마을은 고단리다. 고단리는 어쩌면 강릉에서 가장 먼 곳일 게다. 고단리에는 전국 최고의 감자 채종포(採種圃) 단지가 있다. 감자원종장이라고도 하는 채종포는 한마디로 씨감자를 생산하는 곳이다. 우리는 강릉농협 고단 지점 건너편 '고단 막국수'라는 식당에 들어가 시원한 막국수를 먹고 삽당령을 떠났다.

산벚꽃이 피어나는 봄날이었다.

●● ●

밤재

밤재로 떠나는 출발지점을 어디로 잡아야 근사할까? 대관령 옛길, 옛 영동고속도로의 굽이굽이를 내려가며 고민을 하다 정한 장소는 옛날 강릉 차부였다. 강릉 차부에서 출발한 시외버스가 옥천동 사거리에서 왼편으로 틀어 남대천의 강릉교를 건너 병무청 지나 바로 남쪽으로 내달리는 그 길…… 어린 시절 삼척 가는 기차를 놓치면 강원여객을 타고 몇 번 내려가보았던 바로 그 길을 이용해 밤재를 찾아가기로 마음먹었다.

하지만…… 역시나 주먹구구로 떠난 길은 강릉 시내를 벗어나면서부터 조금씩 틀어지기 시작했다. 공군비행장 입구를 지나 염전이 사라진 안인 염전 해변에 도착해 화력발전소의 굴뚝을 바라보며 된장으로 끓인 망치탕을 후룩후룩 퍼먹는 데까지는 나무랄 데가 없었다. 요지로 치아 틈에 낀 망치 살점을 끄집어내면서 남쪽으로 향하는 길들을 노려보았다. 왼쪽은 안인 포구를 지나 바닷가를 따라 등명, 정동진으로 가는 길이었기에 아예 염두에 두지 않았고 다리 건너 개울을 따라 이어진 오른쪽 길로 접어들었다. 그곳으로 가면 옛 영동고속도로와 만난다. 역시 옛 영동고속도로를 포기하고 그 옆길, 모전 임곡으로 향하는 길을 택했다. 밤재는 그 길이 높은 산과 만나는 곳에서부터 시작될 것이라고 고개를 끄떡이며. 길은 개울을 따라 계곡을 구불구불 돌아갔다. 폐교가 된 임곡초등학교가 보이고, 바위에 새겨놓은 숲실마을이라는 절골 이정표를 지나고, 임곡2리 마을회관 겸 영동탄광 현장사무실을 통과하고, 임곡2리 경로당 앞에서 잠시 숨을 고르고, 잡초만 무성한 시내버스 임곡종점과 그 옆 산불감시초소마저 저 뒤편으로 사라지자 뭔가 슬슬 불안해지기 시작했다. 이 길이 맞나…… 기이하게 구부러진 활엽수림 사이에 자리한 성황당, 뱀처럼 도로까지 뻗어 들어오는 칡나무 줄기들, 그리고 마침내 아스팔트길이 끝나고 비포장도로가 모습을 드러냈다. 그 길 끝에 마치 기다렸다는 듯이 할머니 한 분이 앉아 땀을 닦고 있었으니…… 강아지 두 마리와 함께.

"이 길이 밤재 가는 길 아닌가요?"

"아냐. 밤재는 저 아래 주유소 있는 데서 옛날 영동고속도로로 꺾어야 돼."

"여긴 차가 넘을 수 있는 고갯길이 없나요?"

"걸어가는 길뿐이야."

강아지 두 마리는 외지사람을 만나서 반갑다는 듯 꼬리를 흔들었으나 나는 대략 난감했다. 매번 알량한 기억만 믿고 준비 없이 떠나는 이 기질은 팔자인가, 지병인가를 한탄하며 길옆의 나무그늘 아래에 주저앉아 휴대폰으로 고갯길 공부를 뒤늦게 시작했으니…… 그 결과 내가 주저앉아 있던 곳은 바로 화비령(花飛嶺) 아래였다.

강원도 강릉시 강동면 임곡리, 모전리와 산성우리 사이에 위치한 고개이다. 지형적으로 말하면 청학산(377m)과 괘방산(260m) 사이에 있는 고개로 지금은 그 옆을 동해1터널이 지나고 있다. 『신증동국여지승람』에 화비현(火飛峴)이라 표기되어 있고 강릉부 남쪽 35리에 있다. 고개의 흙이 검어서 불에 탄 것 같은 까닭에 화비라 이름 지은 것이다. (…) 이 내용으로 보아 이 지역만의 독특한 토양의 색깔에서 지명이 유래하고 있음을 알 수 있다. 지금은 모두 폐광되었지만 이 일대에는 강릉광업소, 구룡탄광, 강원광업소, 화성광업소 등의 여러 석탄광산이 소재하고 있었다. 『조선지도』, 『청구도』, 『대동여지도』에도 나와 있다. 『조선지도』에는 비화령(飛火嶺)이라 표기되어 있는데 잘못 적힌 듯하다. 현재는 한자 표기를 화비령(花飛嶺)이라 하는데, 지명에 화(火)를 쓰면 불길하다는 속설 때문에 화(花)를 썼다고 한다. (『한국지명유래집』 중부편, 2008)

아, 이제 알겠다. 강릉시 강동면과 옥계면 접경지역의 지도를 봐도 확연히 알 수 있었다. 지난번 길에서처럼 바로 앞에 있는 말구리재를 삽당령의 일부라고 착각을 한 거였다. 지명의 유래를 밝히는 부분에서 고개의 흙이 검다는 표현이 인상적이었다. 그것은 지표면까지 솟아나온 석탄이 분명했다. 노두(露頭)였다! 먼 옛날, 산불이 일어나 석탄에 불이 붙어 오래도록 꺼지지 않고 타올라 화비령(火飛嶺)이라 했는지도 모르겠다. 나는 석탄에 옮겨붙은 불보다 더 뜨거운 폭염 속을 달려 옛 영동고속도로, 지금의 7번 국도로 헉헉거리며 올라갔다. 곧이어 길이가 522미터인 동해1터널이 나타났다. 화비령의 동쪽, 어쩌면 화비령의 땅속을 통과하는 터널일 것이다. 오르막과 내리막, 그것은 터널이 있든 없든 고갯길의 운명이다. 인생의 어떤 비유이기도 하다. 그래서 우리는 고갯길을 넘으며, 터널을 통과하며, 우리네 인생을 곰곰 되짚어보는 모양이다.

화비령의 내리막길은 산성우리(귀나무골)였다. 국도에서 빠져나와 그 골짜기로 들어갔다. 멀리 산과 산을 건너가는 동해고속도로의 높다란 교각이 보였다. 요즘의 고속도로는 어지간해선 고갯길조차 허용하지 않는다. 산이 높으면 긴 터널을 뚫고 다음 산으로 가기 위해 높고 긴 다리를 놓는다. 길옆의 풍경조차 허용하지 않는다. 출발지와 도착지만 있을 뿐이다. 어느 것이 좋은지 나는 모르겠다. 빨리 가는 게 좋은 인생인지, 구불구불 고갯길을 오르고 내려가는 게 좋은 인생인지…… 뭐, 각자의 취향대로 살면 되는 거겠지만…… 산성우리 골짜기도 어느 지점에서부터 좁은 비포장도로로 모습을 바꿨다. 산불감시초소 앞에서 나는 차를 돌렸다. 산성우리의 물은 정동진으로 흘러가는 모양이다. 화비령과 밤재의 골짜기 골짜기에서 흘러내려온 물이 합쳐져서 바다를 찾아가고 있었다.

다시 7번 국도로 돌아오니 길옆의 이정표가 보였다. '삼척 32km, 동해 20km, 옥계 5km'. 나는 돌아오는 길을 밤재로 정하고 가는 길은 옛 영동고속도로 밤재 구간을 선택했다. 도로 왼쪽으로 정동진과 옥계를 연결하는 영동선 철로가 보였으나 기차는 지나가지 않았다. 오르막길에 차를 세우고 산세를 구경하며 내심 기차가 지나가길 기다렸으나 허사였다. 호랑이가 지나가지 않은 게 천만다행이라 여기며 다시 길을 떠났다. 화비령과 밤재는 마치 형제 같은, 아니 쌍둥이 같은, 사이좋은 고갯길이란 생각이 들었다. 고개를 오르자 저만치에 동해2터널이 모습을 드러냈다. 터널을 통과하며 옛사람들의 이야기와 전설을 떠올렸다.

조선 후기의 허목(許穆 1595-1682)은 그의 기행집에서 "화비령(火飛嶺)의 남쪽에 지명이 정동(正東)이라는 곳이 있는데 동해 가의 작은 산이다. 산은 전부 돌이고 산의 나무는 모두 소나무인데 춘분에 산에서 동쪽을 바라보면 해가 한가운데에서 떠오른다. 옛날에는 동해신의 사당이 있었으나, 중고(中古)에 양양(襄陽)으로 옮겼다. 산세가 기이하고 험준하며 신령스러워서 나무 한 그루라도 베면 한 마을에 재앙이 일어나므로 고을 사람들이 신으로 받들어 섬기고 전염병이 돌 때면 그곳에 기도드린다. 화비는 재의 이름이니 명주(溟州, 강릉의 옛 이름) 남쪽에 있다"라고 소개했다. 강릉 남쪽으로 정동진과 화비령, 괘방산 등이 한 고을에 모여 있는데 허목의 설명은 오늘날에도 그대로 적용된다.

김첨경이 강릉부사로 있을 때 강릉 남쪽 강동면에 화비령이라는 큰 고개가 있고 정상에 산신당이 있었다. 재임 중 이 고개에 호랑이가 나와 사람을 해하는 사건이 발생하였기에 부사가 피해를 그대로 볼 수만 없어 화비령 산신당에 축문을 지어 제사를 올렸다. 그 축문이 신을 칭송하고 기복만을 한 것이 아니고 신을 공갈 협박하는 내용도 있어 이채로웠기에 전문을 임영지에 등재하였던 것으로 보인다. 그 축문에서는 호랑이를 산신의 사자로 보고 호랑이의 작폐를 곧 산신의 의도로 여기고 있다. 그 내용을 요약하면 "백성들이 해마다 정성을 다해 제향을 올리고 있는데 무엇 때문에 호랑이를 시켜 이러한 작폐를 하는가. 만약 앞으로도 이러한 작폐가 있으면 내가 거느리고 있는 군인을 동원해 호랑이를 잡아 죽일 것은 물론 산신각 자체를 불질러버릴 것이니 그리 알라"는 것이다. 신을 협박하고 공갈하는 축문이 또 있는지는 알 수 없으나 필자는 이 김첨경 부사의 화비령 산신당에 고한 축문이 처음이자 마지막이며 과문한 탓인지는 몰라도 다른 데서는 보지 못하였다. 고을 사람들이 숭앙하는 신앙의 당처를 작폐가 계속되면 불살라버리겠다는 축문을 지어 화비령 산신에게 고한 부사의 목민관으로서의 심회를 짐작할 수 있다. (최승순 강원대 명예교수)

옛날 이 두 고개에는 호랑이가 자주 출몰했던 모양이다. 강감찬도 이 고개에서 호랑이와 겨뤘다는 전설이 내려오는 것을 보면 그만큼 험준했다는 얘기일 것이다. 그게 어디 옛날에만 국한된 일이겠는가. 바다까지 내달린 험준한 산세 때문에 현대

사에서도 크고 작은 일들이 빈번하지 않았던가. 그나마 옛날의 고갯길은 무서웠지만 어떤 낭만이라도 있었다. 하지만 어느 순간부터 이 고갯길은 남과 북의 살벌한 전쟁터로 변했다.

1950년 6월 25일 해가 뜨기 약 한 시간 전인 이른 새벽 강릉 남쪽 정동진리의 해변 마을인 등명동에 갑자기 수많은 북한군이 나타나 마을주민들을 강제 동원하여 마을 옆 해안에 접안한 수송선에서 하역한 탄약과 보급품을 뒷산으로 운반시켰다. 뒷산 중턱에는 북한군이 이미 개인호를 파놓고 경계 태세를 취하고 있었다. 그때가 6월 25일 새벽 네시를 전후한 시간이었고 따라서 북한군의 선발대가 상륙한 시간은 그보다 1시간 전이었을 것으로 짐작되었다. 그렇게 하여 해두보를 확보한 적의 육전대는 발동선과 범선으로 주력부대를 상륙시켰고 등명동 남쪽 10킬로미터 지점인 옥계면(玉溪面) 도직리(道直里)에 일단의 선박이 접안을 시도하였으나 수심관계로 실패하고 겨우 3명만 상륙시킨 후 등명동으로 북상하여 본대 선단과 합류하였다. 등명동 해안에 상륙을 완료한 적의 1개 연대 규모는 산성우리(山城隅里)에 있던 대한 흑연무연탄 주식회사 강릉광업소를 급습하여 숙직중이던 경리과장이자 대한청년단 강릉군단 총무부장이던 심경섭(沈景燮) 이하 4명의 직원을 납치하고 밤재에 1개 대대를 배치한 후 주력은 강릉을 향하여 북상하기 시작하였다.

지난 20일부터 사흘째 무장공비와 군부대 간에 교전이 벌어졌던 강릉시 강동면 정동진리 화비령에서는 군경 합동수색대가 22일 오전께 잔당 공비소탕에 박차. 익명을 요구한 군 관계자는 이날 어제저녁부터 화비령 야간 매복 작전에 투입됐는데 오늘 새벽 산중턱에서 공비 한 명이 '끝까지 투쟁하겠다'고 소리치는 것을 들었다며 수색부대가 야간에는 움직이지 않고 매복 작전을 펴는 것을 알고서 그렇게 과감한 행동을 하는 것 같다고 풀이. 이에 따라 수색부대는 공비들이 낮에는 비트(비밀아지트)에 은신해 있다 밤에만 활동하는 것으로 보고 이날 오전 다시 정동진리에서부터 정밀 수색을 펼치며 화비령 정상으로 압박해 들어가는 작전을 구사. (1996년 9월 강릉지역 무장공비 침투사건 관련 신문기사)

동해2터널을 나오니 옥계면 낙풍리였다. 험준한 산을 통과한 고속도로, 철길, 국도, 지방도, 해안도로는 모두 옥계에서 모였다. 나는 자그마한 면소재지를 어슬렁거리며 중국집을 찾았지만 모두 휴일이었다. 대신에 장거리 '달래분식'에서 장칼국수 한 그릇을 비우고 다시 처마에 제비집이 많은 장거리를 돌아다녔다. 옥계 주수천과 멀리 보이는 한라시멘트, 옥계역, 옥계 성당을 둘러보았다. 농협에 들러 옥계막걸리 두 통을 확보한 뒤 다시 자동차에 시동을 걸고 진짜 밤재로 올라갔다. 고갯마루에 있는 '기마봉 등산로 안내판'의 항공사진을 들여다보았다. 금진항, 심곡항, 정동진, 그리고 바다까지 달려간 산자락이 저 아래로 아스라이 펼쳐져 있었다. 밤재 정상은 울트라 바우길 1구간 시작지점이었고 강동면과 옥계면이 갈라지는 지점이었다.

밤재에는 아직 익지 않은 밤송이가 주렁주렁 열려 있었다. 평화! 평화! 평화!

닭목령 넘어
피덕령 가는 길

안반데기라는 곳이 있다. 누구는 '안반덕'이라고도 부른다. 공식 명칭은 강릉시 왕산면 대기4리, 새로 개정된 주소로는 강릉시 왕산면 안반덕길 428번지가 바로 그곳이다. 지형이 떡을 치는 안반처럼 생겼다고 하여 '안반덕' 또는 '안반데기'로 불리는데 저 옛날 화전민들이 산꼭대기까지 올라가 피땀 흘려 일군 비탈밭들이 사철 장관을 선보이고 있는 마을이다. 그 안반데기 마을로 가려면 역시 만만찮은 고갯길을 넘어야 한다. 하기야 세상 어디에 만만한 고개가 있겠는가. 모든 고개에는 그 고개를 넘어야만 하는 이들의 고된 땀방울들이 무수히 떨어져 고개를 이루고 있음을 어찌 모르겠는가.

화전민들이 산꼭대기 곳곳으로 흩어져 만든 마을인 안반데기로 가기 위해 나는 평창군 대관령면 수하리에서 시작되는 피덕령으로 향했다. 황병산에서 발원한 송천은 도암댐을 거쳐 왕산면 배나드리를 지나 정선 구절리로 흘러간다. 그 송천을 따라가다 옛 수하초등학교 근처에서 차를 멈췄다. 저기 저 위 까마득한 산꼭대기가 하늘과 만나는 곳에서 안반데기의 새로운 상징물이 된 풍력발전기가 눈에 들어왔다. 그곳으로 올라가는 고갯길인 피덕령은 나무에 가려 보이지 않았으나 가파른 산자락에 드문드문 서 있는 전신주들이 그곳이 피덕령임을 알려주었다. 그러나 거기까지였다. 차를 달려 피덕령 입구에 도착하자 고갯길은 막혀 있었다. 도로공사중이라고 했다. 사정 이야기를 했지만 길은 열리지 않았다. 어쩌겠는가. 돌아가야만 했다. 다시 횡계로 나가 옛 대관령을 넘어 성산으로, 거기서 오봉댐을 지나 닭목령을 택할 수밖에. 고갯길이란 게 그리 쉽게 넘을 수는 없는 모양이었다. 마치 인생의 어떤 고갯길처럼……

오봉저수지를 끼고 돌아가는 길이 크게 휘는 곳에 다다르자 여기서부터 강릉 왕산면(王山面)이 시작된다는 걸 알려주는 표지석이 눈에 들어왔다. 거기서 길은 갈라졌다. 왼쪽은 삽당령으로 이어지는 말구리재이고 오른쪽이 왕산골 8경을 지나 닭목령 가는 길이었다. 다른 식으로 분류하자면, 왼쪽은 왕산면 도마리, 목계리, 고단리로 가는 길이고 오른쪽은 왕산면 대기리로 가는 길이기도 했다. 나는 큼지막한 안내판이 붙어 있는 대기리의 명소들을 들여다보았다. '커피박물관 5km, 닭목령 9.9km, 강원도 감자원종장 10.5km, 대기리 산촌체험학교 13.5km, 농협 고랭지채소사업소 13.9km, 아름다운요양원 14km, 안반데기(운유촌) 15.1km, 노추산 모정탑길 17km, 법진사(내곡암) 0.5km, 승덕사 0.7km, 억갑사 12.6km, 녹유사 15.9km, 발왕사 18.9km, 장경사 23km.' 그리고 곳곳에 산재해 있는 왕산골 8경들. 모두 가을 풍경 같은 커피 한잔 들고서 천천히 둘러볼 만한 곳들이었다.

구불구불한 계곡을 따라 이어진 길을 아주 천천히 돌아가는데 첫번째로 만난 풍경이 8경 가운데 하나인 '돼지바위계곡(豚巖溪)'이었다. 바위산 자락이 계곡으로 달려와 만나는 곳에 큰 바위 하나가 웅크리고 있었다. 거대한 돼지를 닮은 바위였다.

이 돼지바위에 얽힌 전설이 내려오는데, 옛날 제왕산에 살던 멧돼지가 사람이 되고 싶어 산신령을 찾아가 인간이 될 수 있는 방법을 알려달라고 애원한다. 산신령 왈. 그대가 1000일 동안 물 한 모금도 먹지 않고 기도를 드리면 인간이 될 수 있다. 그러나 기도중에 물을 마실 경우 그 자리에서 바위가 되리라. 이후 멧돼지는 1000일 동안 열심히 기도를 했고 마침내 약속한 기일을 지켰다 여기고 다음날 아침 허겁지겁 이곳으로 내려와 물을 마셨는데 바로 그 순간 바위로 굳어버렸다고. 그런데 알고 보니 날짜계산을 잘못해 하루를 덜 채웠다고……

자세히 보니 정말로 거대한 멧돼지 한 마리가 물을 마시려고 고개를 수그리고 있는 형상이었다. 인간이 되고 싶었다고…… 산속에서 살아가는 멧돼지는 내심 인간으로 살아가는 게 부러웠다는 얘긴데…… 산신령이 알려준 천 일의 기도도 아득하게 느껴졌다. 대체 멧돼지는 인간의 무엇이 부러웠을까를 생각하며 단풍이 깊어가는 계곡으로 차를 몰았다. 왕산골 8경의 두번째인 임내폭포를 지난 다음 바위 사이를 삐져나온 물이 빙글빙글 맴을 도는 '참참이 소(沼)'에 들렀다. 어린 시절 소에서 목욕을 하다 빙빙 돌아가는 물에 갇혀 죽을 뻔한 기억이 있는 터라 바위절벽에서 내려다보니 다리가 저절로 후들거렸다. 절벽 옆에는 아담한 정자까지 보였다. 무더운 여름날 계곡의 물소리를 들으며 막걸리와 수박 한 통 우적우적 씹어먹으며 더위를 달랬던 사람들의 풍류가 제왕산 멧돼지는 몹시 부러웠던 것일까.

왕산골 8경 중 하나인 구남벽(九男壁)이 있는 큰골은 과연 이름만큼 깊었다. 골도 깊고, 소나무 사이에서 물드는 단풍도 깊어서 나는 구남벽을 찾지 못하고 차를 돌려야만 했다. 아홉 남자의 벽이 대체 무엇일까 궁금해하며. 다시 큰골교로 돌아와 구남벽을 찾았지만 허사였다. 찾는 것은 오리무중이고 대신에 눈에 들어온 것은 큰골 입구에 있는 커피박물관이었다. 진한 커피 냄새가 궁금증을 몰아냈다. 나는 예가체프 한 잔을 종이컵으로 주문했다. 단풍이 깊어가는 골짜기로 들어가려면, 고갯길을 허청허청 내려오는 단풍을 맞이하려면, 커피 한 잔이 필요한 시간이었다.

검뎅이교를 지나자 이제 길은 점점 고갯길로 변해갔다. 그러고 보니 왕산골에는 이름이 독특한 골들이 많았다. 곰자리골, 재리니골, 임내골, 큰골, 검뎅이골. 그 마지막에 닭목령이 화란봉과 서득봉 사이에 자리하고 있다. 나는 커피를 홀짝홀짝 마시며 경사가 급해지고 길이 오른쪽 왼쪽으로 급하게 꺾이는 닭목령을 천천히 올라갔다. 백두대간 닭목령이라고 바위에 새겨진 고갯마루까지. 백두대간은 삽당령, 닭목령, 능경봉으로 이어졌다. 고갯마루로 서늘한 가을바람이 몰려왔다. 그 바람 속에 언뜻 눈발이 섞여 있는 것도 같아 몸을 떨어야만 했다.

백두대간의 해발 700미터 닭목령은 북으로 해발 832미터 대관령과 남으로 해발 680m 삽당령으로 이어지는 중간지점의 고갯마루다. 강릉에서 왕산골을 지나 계항동(鷄項洞)을 넘나드는 이 고갯마루를 예전에는 닭목이, 닭목재라 하였고, 요즈음은 닭목령이라 부른다. 이곳으로부터 남쪽으로 2.3km 거리에 있는 문바우(門岩)까지를 계항동 즉 닭목마을이라 부른다. 닭목의 한자어는 계항(鷄項)으로 풍수지리설에서 유래한 지명이다. 즉 이곳의 산세는 천상에서 산다는 금계(金鷄)가 알을 품고 있는 형국인 금계포란형(金鷄抱卵形)이고, 이 고갯마루는 금계의 목덜미에 해당된다고 하여 계항 즉 닭목이다.

표지석 뒤편에 새겨놓은 글을 읽고 한기를 견디지 못한 채 자동차로 돌아왔다. 식지 않은 커피로 한기를 달랬다. 금계가 품고 있던 알은 어찌되었을까? 이 마을이 배출한 큰 인물은 누구일까? 율곡이 근처 노추산 이성대에서 공부를 했다는 기록이 있는데…… 아니, 아직도 금계는 알을 품고 있지는 않을까? 미래의 인물을 기다리며. 부디 미래의 인물이 왕산에서 나오기를 바라며 나는 닭목령을 떠났다.

길은 다시 갈라졌다. 왼쪽으로 가면 정선 방면이고 감자원종장 앞에서 우회전을 하면 안반데기로 가는 길이었다. 그런데 또 문제가 생겼다. 이곳에서도 길을 막고 아무 차나 들여보내지 않고 있었다. 물어보니 또 도로공사란다. 이번에도 돌아갈 수는 없었다. 길을 막고 있는 사람에게 통사정을 해야 했으니, 정말 가는 날이 장날이었다.

안반데기로 올라가는 길 주변의 밭들은 이미 빈 밭으로 변해 있었다. 추수가 모두 끝났다는 얘기다. 작물들을 모두 떠나보낸 밭엔 황톳빛 흙만 가득했다. 빈 밭 옆에서 억새가 흩날렸다. 억새는 안반데기를 넘어가는 오후의 햇살 속에서 눈부시게 흔들거렸다. 중간중간 간벌을 한 아름드리 낙엽송들을 야산에 쌓아놓았는데 그 풍경이 어떤 기억을 불러왔다. 화전민들이 산에서 철수하면서 나라에서는 그들이 일궈놓은 밭에 나무를 심었다. 그 수종이 바로 낙엽송이었다. 그러니까 지금 안반데기 입구에 있는 낙엽송 군락지는 모두 화전민들이 일군 밭이었다는 얘기다. 늦가을 산골 마을을 지나다보면 노랗게 물든 낙엽송 숲을 볼 기회가 있을 것이다. 그 대부분이 바로 화전인 것이다. 농사지을 밭 한 자락 없는 가난한 농민들이 남의 산에 불을 놓아 일구었던 바로 그 화전이 세월 속에서 변해간 풍경이었다. 화전민들은, 그들의 자녀들은 모두 어디로 갔을까. 어디에서 무슨 일을 하며 살고 있을까……

작은 고개 하나를 넘자 길을 막은 채 도로포장을 하는 공사현장을 만났다. 차들이 줄지어 멈춰서 있었다. 언제 길이 뚫릴지 가늠할 수 없었다. 짧은 해는 점점 서쪽으로 기울어가는데. 안반데기로 들어갈 수 있는 단 하나의 길. 조금씩 내 속이 타들어가고 있었다. 해가 진 뒤에야 안반데기에 도착할지도 모른다는 걱정이 굴뚝의 저녁연기처럼 모락모락 피어올랐다.

마침내 하나밖에 없는 길이 뚫렸다.

작은 마을을 그대로 통과해 북쪽으로 방향을 틀었다. 제일 먼저 멍에전망대에 가기 위해서였다. 비탈밭 꼭대기에 돌을 쌓아 만든 전망대였다. 그 돌들은 안반데기의 밭에서 나온 돌들이었다. 주워내고 또 주워내도 끊임없이 돌이 나오는 게 강원도의 비탈밭이었다. 한 해, 두 해, 아니 몇 해를 주워내도 비탈밭의 돌은 사라지지 않았다. 강원도 산골에서 농사를 지어본 사람은 모두 아는 사실이었다. 그 돌을 이용해 안반데기 사람들은 전망대를 만든 것이었다. 전망대에 올라 사방을 둘러보았다. 안내판에는 이런 글이 적혀 있었다.

> 멍에는 소가 밭갈이할 때 쓰는 보구래(쟁기)의 한 부분이다. 지난날 소와 한 몸이 되어 이 험한 밭을 일구던 화전민들의 애환과 개척정신을 기리고자 밭갈이에서 나온 돌을 모아 멍에전망대를 세운다. 이 전망대는 2010년 강릉시 왕산면 희망근로사업으로 조성하였고 참 살기 좋은 마을가꾸기 사업으로 기념비를 세운다.

그래. 소가 있다. 지난날 농사일에 없어서는 안 될 존재가 바로 소였다. 소 한 마리가 장정 다섯 명이 할 수 있는 일을 한다고 어른들은 말했다. 소는 밭을 가는 일을 한다. 밭에다 농작물을 심을 이랑을 만들거나 다 자란 감자를 캐기 위해서다. 그러려면 쟁기에 밧줄을 매달아 멍에에 연결해 소의 목에 걸어야 한다. 그렇게 농부와 소는 한 몸이 되어 아침부터 저녁까지 밭을 간다. 안반데기는 비탈의 경사도가 몹시 심한 터라 특히 소가 필요했다. 기계로 밭을 가는 게 쉽지 않았다는 얘기다. 십여 년 전 안반데기에 처음 왔을 때 나는 이 마을의 마지막 소를 본 적이 있었다. 나이가 많은 암소였다. 그 소는 안반데기의 명물이었다. 마을 사람들은 그 소에 대한 칭찬을 아끼지 않았다. 이제는 포클레인이 안반데기 비탈밭을 간다고 한다. 포클레인이 비탈밭의 감자를 캔다고 한다. 넓고 넓은 안반데기의 비탈밭을 묵묵히 갈았던 그 소는 어디로 갔을까…… 이제 비로소 저 하늘나라에서 쉬고 있을까…… 그 업을 끊어버리지 못하고 아직도 어딘가에서 인간들의 비탈밭을 갈고 있을까……

안반데기의 서쪽 하늘로 노을이 번지기 시작했다. 빈 밭은 봄 여름 가을의 고단함을 벗어버리고 동면에 들어갈 준비를 하고 있었다. 긴 겨울이 오면 눈이 내릴 것이고 밭들은 흰 눈을 덮은 채 다음해를 준비할 것이다. 배추나 감자가 가득했던 밭이 모처럼 평화로워 보였다. 서쪽 능선의 풍력발전기들도 날개의 움직임을 멈춘 채 모두 휴식을 취하고 있었다. 하늘의 노을이 짙어갈수록 지상의 그늘은 빠르게 면적을 넓혀갔다. 멀리 보이는 발왕산 정상 주변이 붉은 노을 속에서 오롯하게 저녁을 준비하고 있었다. 나는 차를 운전해 안반데기의 맨 북쪽까지 천천히 이동했다. 멀리 강릉 시가지의 불빛들이 조금씩 반짝거렸다. 나는 차를 돌려 이번에는 안반데기의 맨 남쪽까지 이어진 길을 따라갔다. 외따로 떨어져 있는 민가를 밝히는 가로등 불빛이 하나둘 피어났다. 불빛 너머는 점점 어두워졌다. 곧 캄캄한 어둠이 산꼭대기 비탈밭을 덮어버릴 것이다. 나는 자동차의 전조등을 켰다. 돌아가야 할 시간이었다.

돌아가는 길은 고루포기산 피덕령으로 잡았다. 피덕령은 숨겨진 고갯길이다. 안반데기에서 채소를 실은 트럭들이 피덕령을 이용하면 곧바로 횡계 인터체인지를 통해 영동고속도로를 탈 수 있는 장점을 지니고 있다. 하지만 나에게 피덕령은 가을의 단풍이다. 피덕령에는 활엽수가 많다. 그 활엽수들이 일제히 피워올리는 단풍이 어느 고갯길보다 압권인데 이미 어두워진 밤에 나는 멧돼지처럼 슬금슬금 고갯길을 내려왔다.

●● ●

부연동

요즘 세상에 과연 오지가 있을까. 해안이나 도회에서 멀리 떨어져 사람이 많이 살지 않는 변두리나 산속 깊은 곳을 오지 또는 두메라고 한다. 산간벽지, 두메산골, 오지 마을…… 물론 있을 것이다. 그러나 옛날의 그 오지라고 여기기에는 요즘 세상이 너무 많이 변했다. 오지로 가는 길이 좋아졌다. 오지로 이어진 전봇대가 줄줄이 세워졌으니 당연히 옛날처럼 등잔불로 집을 밝히는 것도 아닐 테다. 인터넷이 있을 테고 휴대폰도 팡팡 터질 것이다. 시내버스야 가끔 드나들 테지만 집집마다 자가용이 있어 도시와의 거리도 멀게 느껴지지 않을 것이다. 이게 아마도 요즘 세상의 오지 풍경일 것이다.

강릉의 오지 마을 기행에서 첫번째 장소로 정한 곳은 연곡면 부연동(釜淵洞)이었다. 십여 년 전 어느 여름에 나는 친구와 함께 오대산 진고개를 넘다가 우연히 부연동 표지판을 발견했다. 부연동이라…… 왠지 어감이 묘하게 느껴졌다. 뭔가 애절한 사연이 가득할 것만 같은 마을 이름이었다. 우리는 길옆에 차를 세우고 부연동이 있다는 높다란 동대산 자락을 올려다보았다. 부연동으로 가는 고갯길은 초입부터 예사롭지 않았다. 마을의 농로 같은 시멘트 길이었고 차 한 대가 다닐 수 있는 넓이였다. 하지만 그즈음 친구와 나는 그동안 가보지 못했던 강원도의 새로운 곳에 목말라하고 있었다. 부연동이라. 왠지 '부용산'이라는 노래 제목을 떠올리는 이름을 중얼거리다가 우리는 고개를 끄덕였다. 부연동이 우리를 부르고 있다고. 그러니 고갯길을 넘어보자고. 인생이 그런 거 아니겠냐고. 가다 힘들면 돌아오면 되지 않겠냐고……

그렇게 우리는 아무런 준비 없이 산자락을 올라가 고갯길로 접어들었다. 시멘트 길이 비포장으로 바뀌고 산비탈에서 심심찮게 돌이 굴러내려오는, 거의 임도나 다름없는 고갯길이었다. 가드레일조차 없는 길 바로 옆은 천 길 만 길 벼랑이어서 차창 밖으로 눈을 돌리면 오금이 저려올 정도였다. 정상까지 얼마나 남았는지, 길은 앞으로 어떻게 변할지, 반대편에서 오는 차와 만나면 어떻게 비켜 가야 할지 도무지 알 수 없는 길을 우리는 털털거리며 올라갈 수밖에 없었다. 녹음이 한창인 고갯길은 하늘조차 잘 보이지 않는, 마치 터널 같은 곳이었는데 마침내 고갯마루가 나타나자 우리는 환호성을 질렀다. 차에서 내려 주변을 둘러보니 고갯마루의 동북쪽 저 아래는 부연동이었고 남서쪽은 진고개 계곡이었다. 한마디로 장엄했다. 그 장엄함에 취해 쏘다니다가 차로 돌아오니 이게 웬일인가! 어딘가에서 떼로 날아온 벌들이 차를 까맣게 덮고 있었다. 우리는 싸리나무를 꺾어 사방으로 휘두르며 한동안 벌떼와 싸우느라 땀을 흘렸다.

그로부터 십여 년 뒤 다시 부연동을 찾아가려고 계획을 짰다. 이번엔 예전과 달리 인터넷을 이용해 미리 부연동에 관한 자료를 모았다. 부연동으로 가는 길은 단 두 개다. 옛날 우리가 택했던 고갯길과 양양 어성전, 법수치를 지나 물길을 따라 올라가는 길. 고갯길의 이름은 전후치였다. 전후재라고도 한다. 강릉에서 출발할 경우에 가까운 길이 전후치고, 양양 읍내까지 올라갔다가 남대천을 거슬러오르는 길은 제법 먼 길이었다. 나는 인터넷에서 모은 자료들을 뽑아들고 오대산 진고개 너머 전후치를 향해 길을 떠났다. 이틀 전 영동지역에 내린 폭설이 마음에 걸리기는 했지만 강릉은 전국적으로 뉴스를 탄, 제설의 달인들이 활동하는 곳이 아닌가. 그것에 위안을 삼으며 진고개를 넘었다. 길옆엔 눈이 쌓인 채 얼어붙어 있었지만 도로 상태는 비교적 양호했다. 하지만…… 전후치 입구에서는 더이상 앞으로 나아갈 용기가 나지 않았다. 월동장비를 갖춘 차량만 고개를 넘으라는 안내판 앞에서 망설이지 않을 수 없었다. 제설 작업은 되어 있지만 험준한 고갯길을 월동장비 없이 올라가다가 맞닥뜨릴지도 모를 상황들이 하나둘 그려지기 시작했다. 가장 난처한 것이 어떤 상황이 벌어져 좁은 고갯길에서 전진 후진을 거듭해 차를 되돌려야 하는 경우였다. 길옆에 쌓여 있는 눈 때문에 앞바퀴든 뒷바퀴든 자칫하면 눈 속에 빠져 길 위로 올라오지 못하는 상황이 벌어질 수 있었다. 그 위험을 피하려고 고갯길을 마냥 후진해서 내려올 수도 없었다. 고민에 빠져 있다가 결국 전후치를 넘어 부연동으로 가려는 계획을 포기하고 양양으로 발길을 돌려야만 했다. 고갯길 입구에서 눈과 얼음이 모두 녹기를 하염없이 기다릴 수는 없으니까.

부연동은 역시 오지였다. 오지는 고립과 손을 맞잡고 산다. 그 고립의 풍경을 바깥에서 엿보기란 쉽지 않은 일이다. 심심찮게 폭설이 쏟아지는 겨울철엔 특히 그렇다. 외지인들의 접근 자체를 막아버린다. 오지에 사는 사람들 역시 마찬가지다. 그렇기에 길고 혹독한 겨울을 오지에서 나려면 겨울이 오기 전에 만반의 대비를 해야만 한다. 그래야만 오지에서 살아갈 수가 있는 법이다. 언제 폭우가 퍼부어 다리가 끊어지고 길이 잘려 나갈지 모르기 때문에. 언제 폭설이 쏟아져 고갯길이 온통 눈비탈로 변할지 모르기 때문에. 오지를 찾아가는 사람 역시 오지에 사는 사람들 정도까지는 아니라 하더라도 혹시 일어날지 모르는 상황에 대한 기본적인 대비를 해야만 한다. 인터넷에서 뽑은 종이 몇 장 쥐고 길을 떠난 나는 그날 당연히 부연동에 가지 못했다. 양양 어성전, 법수치를 거쳐서 부연동으로 가는 길 또한 호락호락하지 않았기 때문이다. 전후치보다는 낮았지만 야트막한 고갯길이 한두 개가 아니었다. 결국 더이상 앞으로 나아가지 못하고 좁은 길에서 자동차를 후진으로, 거짓말 보태서 1킬로미터나 삐뚤빼뚤 운전해 나와 차를 돌려야만 했으니……

나는 과연 오대산 부연동에 갈 수 있을까…… 설 연휴가 시작되었지만 부연동 생각에 술이 제대로 넘어가지 않았다. 이러다 강릉의 오지 마을 기행이 아니라 가지 못한 이야기로 끝나는 건 아닐까 하는 걱정에 한잔 더 마셨으나 역시 맛이 나지 않았다. 어떻게 하면 부연동에 갈 수 있을까…… 폭설이 내리고 사흘 정도 지났으니 자가용도 전후치를 넘어갈 수 있지 않을까…… 부연동 방문은 다음으로 미루고 접근하기가 조금 쉬운 다른 오지를 찾아가는 게 낫지 않을까…… 설 연휴가 끝나기도 전에 또 폭설 소식이 있다고 방송에서 떠들고 있는데…… 설날 아침까지 부연동으로 가는 방법을 놓고 이 생각에서 저 생각으로 넘나들기를 고집하다가 마침내 나는 무릎을 쳤다. 집을 뛰쳐나와 차에 시동을 걸었다.

아니나 다를까. 내 예측은 적중했다. 설 연휴가 시작되면 고향인 부연동에 부모님이 계시는 사람들은 분명히 전후치를 넘어 부연동을 방문할 것이다. 그렇기 때문에 다른 때보다 더 확실하게 제설작업을 해놓을 게 틀림없을 것이란 예측이었다. 고갯길은 깔끔했다. 길옆의 눈더미로 벗어나지만 않는다면 문제될 게 없을 듯했다. 나는 당나귀를 타고 고향집을 찾아가듯 천천히 고갯길을 올라갔다. 앞에서 다른 차량이 나타나지 않길 소원하며. 아름드리 소나무 숲을 지나고, 멀리 진고개 정상으로 하얀 뱀처럼 이어진 길이 보이는 지점을 지나고, 초록 물감으로 '부연마을'이라 세로로 써놓은 바위를 지나고, 왼쪽에는 '산불조심' 오른쪽엔 '천천히'라고 적혀 있는 고갯마루를 지나고…… '하늘 아래 첫 동네 부연동'이라는 글자 아래 그려놓은 마을 지도를 지나고, 언제 돌이 굴러떨어질지 모를 긴 절벽을 지나고, 벌써 그늘이 진 굽잇길에 뿌려놓은 흙 아래가 얼어 있을지도 모르는 불안한 지점들도 모두 지나고 나니 저 아래 민가의 지붕이 나뭇가지들 사이로 언뜻언뜻 보였다. 20여 리 고갯길을 다 내려온 거였다. 걱정과 불안과 의심으로 가득찬 보따리를 비로소 내려놓을 수 있었다. 마치 하룻밤에 아홉 개의 성난 강을 자그마한 당나귀를 타고 건넌 것만 같았다.

부연동엔 시내버스마저 들어오지 않는다. 오대산 두로봉과 동대산 동쪽 골짜기 골짜기에서 흘러내려온 물은 부연천이 되어 북쪽으로 흘러가다가 양양 법수치, 어성전을 지나면서 이름을 남대천으로 바꿔 달고 양양 앞바다로 흘러든다. 신왕초등학교 부연분교가 있었는데 폐교가 되었다. 아, 부연동이라는 지명은 가마솥 같은 소가 있어서 부연동(釜淵洞)이다. 행정구역상으론 강릉시 연곡면 삼산3리다. 동서남북 모두가 높은 산자락으로 둘러싸여 있어서 마을은 분지처럼 아늑하다고 한다. 이 마을 역시 옛날에는 화전민들이 많이 살았으나 2005년에는 25가구 70여 명의 주민들이 거주하고 있다고…… 내가 가져간 자료에는 대충 이런 정도로 부연동을 소개하고 있었다. 자, 그럼 이제 마을 속으로 천천히 들어가볼까나.

고개 바로 아래에 자리한 '전후재 농장'의 민박집 마당엔 흰 눈만 깔려 있을 뿐 사람의 발자국이 찍혀 있지 않았다. 비수기인 겨울에는 운영을 하지 않는 모양이었다. 마을로 들어서서 첫번째 다리를 건너다 말고 나는 차를 세웠다. 내가 저 험준한 고갯길을 아무런 탈 없이 넘어올 수 있었던 이유를 알 수 있었기 때문이다. 창고 같은 건물 옆 공터에 포클레인 한 대가 바퀴에 굵은 쇠사슬로 만든 체인까지 감고 떡하니 버티고 있었다. 바로 고갯길의 제설을 담당하는 중장비였다. 또 그 옆에는 눈과 얼음을 녹이는 제설용 천일염이 가득 들어 있는 자루들이 커다란 바위처럼 위용을 자랑했다. 자루 하나에 천 킬로그램의 천일염이 들어 있었다. 또 그 옆에는 포클레인에 장착해 눈을 밀고 나가는 장비까지 대기하고 있으니 일반 도로보다 더 상태가 좋은 전후치의 상황을 이해하기에 충분했다.

설날 오후의 부연동은 햇살이 따스했다. 다리를 건넌 나는 먼저 윗마을로 행선지를 잡았다. 마을의 밭들에는 가시가 많은 개두릅나무가 많이 자라고 있었다. 이 마을의 주요 산물인 듯했다. 길옆의 벚나무들은 수령이 꽤 된 듯 줄기가 굵었다. 봄날, 강릉 시내의 벚꽃이 모두 져야 부연동의 벚꽃이 피리라. 그 풍경을 상상하니 절로 입이 벌어졌다. 멀리 개울 옆에 서 있는 돌배나무의 꽃도 따라서 필 것이다. 검은 점들이 박힌 개를 끌고 산책하는 찻집의 아주머니, 기계톱으로 나무를 자르는 칠순의 할아버지, 명절에 남편 따라 시댁을 찾아왔다는 중년의 아주머니, 양지쪽 산 밑에 있는 집에서 도끼로 장작을 패는 사내, 이들이 윗마을에서 만난, 아니 훔쳐본 사람들의 전부였다. 그리고 낯선 이의 방문을 눈치챈 개가 짖자 이내 그 뒤편 집의 개가 따라 짖었다. 개가 짖으니 따스한 가마솥 안이 우렁우렁 울리는 것만 같았다. 개 짖는 소리가 마치 범종 소리처럼 울려퍼졌다. 얼어붙은 개울엔 눈이 두툼하게 덮여 있었고 그 사이사이 보이는 개울의 숨구멍은 눈이 시리도록 퍼렜다. 다른 사람들은 모두 무엇을 하고 있을까. 설날 아침 차례를 지내고 세배를 하고 아침부터 마신 술에 취해 낮잠을 자고 있는 걸까. 아니면 따스한 구들장에 엉덩이를 깔고 앉아 가족들과 백 원짜리 화투를 치고 있을까. 손주들과 윷놀이를 하고 있을까. 차가 다니는 길이 끝나고 걸어야만 갈 수 있는 곳에 구름다리와 찌소폭포가 있었지만 길을 덮은 눈 때문에 포기하고 마을 성황당과 제왕솔이 있는 곳으로 돌아왔다. 거대한 제왕솔은 보호수로 지정돼 있었는데 우듬지 부분이 고사 상태여서 안타까웠다.

수령 500년에 높이 25미터, 둘레 370센티미터인 이 소나무는 황장목(적송)으로 형질이 뛰어나 학술적 가치가 높은 수목이라고 한다. 주민들은 오랜 세월 이 소나무를 마을을 수호하는 성황목으로 모셔왔다. 옛날에는 이곳에 호랑이가 자주 나타나 호랑이 소나무라고 불렀단다. 지금은 국내 최대의 소나무로 일명 '제왕솔'이라 불린다고 적혀 있다. 이 나무 앞에 마을의 성황당이 있다. 부연동에선 매년 음력 3월 3일과 9월 9일에 여기에서 제를 올린다. 옛날 이곳엔 오대산 월정사와 상원사 그리고 홍천 내면을 잇는 길이 있었다. 그런 관계로 고갯길을 오가는 사람들은 이 성황당을 지나면서 무사안녕과 소원성취를 기원했다. 그렇지, 호랑이가 살던 고갯길이었으니까. 나는 고개를 쳐들고 목이 아파올 때까지 제왕솔을 쳐다보았다. 먼 옛날에서 호랑이 한 마리가 튀어나오길 기다리다가 아랫마을로 발길을 돌렸다.

폐교로 변한 부연초등학교 운동장에도 흰 눈만 가득했다. 아이들의 발자국은 보이지 않고 산짐승들의 발자국만 드문드문 찍혀 있는 게 보였다. 토종벌 육종장은 외부인의 출입을 금하고 부연동에서 운영하는 가족휴양촌 역시 깊은 겨울잠에 든 듯 산자락 아래에서 따스한 봄날을 기다리고 있었다. 나는 눈 덮인 폐교의 운동장을 걸으며 돌아갈 고갯길을 생각했다. 법수치를 넘을까, 아니면 다시 전후치로 되돌아갈까.

따스한 가마솥 같은 부연동을 천천히 빠져나와 고갯길을 올라가는데 문득 한 생각이 떠올랐다. 고개를 넘는 건 쉬운 일이 아니다. 아니, 나는 그동안 너무 쉽게, 아무렇지 않게 고개를 넘었다. 부연동은 그 사실을 내게 일러주었다.

숨어 있는
강원도의 거친 맛

메밀꽃 필 무렵, 메밀꽃 질 무렵

매년 여름의 끝이 되면 봉평에 갑니다. 물론 메밀꽃을 만나러 가는 거지요. 비가 내릴 때도 있었고 아직 꽃이 피지 않았을 때도 있었지요. 어느 해엔가는 운이 좋아 은은한 달빛을 머금고 있는 메밀꽃에 취해 물레방앗간 옆에서 술잔을 기울였습니다. 내심 성서방네 처녀를 만나지 않을까 가슴 두근거리며. 딸랑거리는 나귀의 방울 소리도 기다렸지요. 허생원과 조선달, 동이가 충주집을 떠나 달빛 팔십 리를 걸어가며 남겼던 그 방울 소리를. 그렇습니다. 봉평은 이효석 선생의 소설 「메밀꽃 필 무렵」의 바로 그곳이지요. 선생은 이미 오래전에 돌아가셨지만 메밀꽃은 그때나 지금이나 변함없이 흐뭇한 얼굴로 여름이 가고 가을이 오는 들녘을 지키고 있습니다. 오일장이 서는 봉평, 진부, 대화, 평창으로 가는 강원 산간의 깊고 깊은 골짜기에서.

메밀꽃이 피었습니다, 소금을 흩뿌린 듯 하얗게.

메밀꽃이 지고 있습니다, 세월 속으로 사라지는 나귀의 방울 소리처럼 애잔하게.

피고 지는 메밀꽃은 장을 보고 돌아가는 당신의 환한 마음입니다.

공이국수

어느 해 봄날, 평창 도사리 주민들과 관광버스를 타고 서울을 방문했습니다. 서울 청운동의 청운실버센터에 가서 음식봉사를 하기 위해서였지요. 도착하고 나서야 알았는데 도사리 주민들은 옛날 시골에서 메밀국수를 해먹을 때 사용하던, 나무로 만든 재래식 국수틀까지 준비한 거였습니다. 뭔가 심상치 않다는 걸 바로 눈치챌 수 있었지요. 그곳에서 나는 그동안 말로만 들었던, 옛날 메밀공이국수 뽑는 장면을 직접 목격할 수 있었습니다.

도사리 주민들과의 만남은 그렇게 시작되었습니다.

전국 문화원연합회에서 후원하고 평창문화원이 주최하는

'산촌음식으로 풀어보는 할머니 할아버지의 이야기 보따리'의 발대식인 셈이었지요.

내가 이 일을 맡게 된 결정적인 이유는 순전히 메밀공이국수 때문일 것입니다.

어린 시절 우리집에서도 밭에 메밀을 심었는데 가장 하기 싫었던 일 가운데 하나가 바로 메밀을 베는 일이었습니다. 추수할 무렵이면 신기하게도 메밀이 바람이나 비에 휩쓸려, 가뜩이나 키가 작은 작물이 바닥에 거의 붙어 있는 경우가 많았지요. 그 메밀을 베는 일은 정말이지 허리가 두 동강이 날 정도로 고통스러웠습니다.

어느 시절부터 메밀은 다른 농작물에 밀려 사라졌습니다. 그러던 어느 날 도사리 근처를 지나다가 우연히 옛날 공이국수를 먹을 기회가 있었는데 그 맛에 그만 반해버렸지요. 힘들게 메밀을 벴던 기억쯤은 간단하게 떨쳐버릴 정도로 내 입맛에 딱 맞아떨어졌습니다.

사실 그동안 우리가 먹던 메밀국수는 텁텁함을 없애기 위해 어느 정도 전분을 섞어서 만든 것인데 내게는 오히려 그 텁텁함이 매력으로 다가온 거였습니다. 먹는 방식도 당연히 달랐지요. 간단히 요약하자면 잘 익은 갓김치를 국물 없는 메밀국수에 참기름과 함께 비벼 먹는 거였습니다. 목이 막히면 국수 삶은 물로 목을 축이면서.

강원도는, 특히 산이 많은 평창은 산에서 많은 것들을 얻을 수 있는 곳이지요. 각종 약초와 버섯, 산열매, 산짐승들, 그리고 나물이 대표적이라 할 수 있지요. 남자들이 약초를 캐고 산짐승들을 잡는다면 나물은 아무래도 여자들의 몫입니다. 봄날 파종이 끝나면 누가 뭐라 하지 않아도 어머니들은 주루목(망태기)이나 자루, 아니면 목에 걸고 허리에 묶는 보자기를 챙겨 산으로 갑니다. 가장 먼저 두릅이 나오는 것을 시작으로 각종 산나물이 고개를 내밀기 때문입니다. 앞집, 옆집, 물 건너 집 새댁보다 먼저 가려면 서둘러야 합니다. 조금이라도 늦게 가면 소용이 없으니까요. 마을의 여자들은 어느 골 어느 나무 근처에 가면 어떤 나물이 있다는 것을 모두 알고 있기 때문입니다. 땀을 흘리며 부지런히 갔는데 방금 전 누군가가 두릅을 딴 흔적이 있으면 속상하고 또 속상합니다. 더 속상한 것은 저 앞에서 나물을 뜯고 있는 사람을 발견하는 것이겠지요. 그럴 땐 어쩔 수 없이 다른 골짜기로 가야 하니까요. 특히 요즘은 나물 뜯는 철이 돌아오면 도시 사람들도 관광 오듯 대거 몰려오기 때문에 더 심각해졌습니다. 그들은 아예 나물 밭을 초토화시켜버리기도 합니다.

저녁 무렵이면 어머니와 아버지들은 불룩해진 자루와 주루목을 이고 지고 집으로 돌아옵니다. 그때부터 각종 나물을 분류하는 것이지요. 신기한 것은 한 자루에 같이 넣었음에도 나물들은 서로 섞이지 않고 종류별로 잘 나눠져 있습니다. 고사리는 이쪽에, 참나물은 그 옆에, 곰취도 그 옆에, 두릅은 맨 아래에…… 물론 어머니들의 나물자루가 그렇다는 것입니다(반면에 남자들의 자루 속은 온통 엉망입니다). 그렇게 분류가 끝나면 나물 삶을 준비를 합니다. 값이 비싼 것은 장에 내다팔려고 따로 보관하지요. 적당하게 삶고 건지고 잠박에 며칠을 말리는 과정이 끝나면 바로 묵나물이 되는 것이지요. 묵나물은 여름 가을 일꾼을 사서 밭일을 할 때 요긴한 반찬으로 다시 태어납니다.

사실 요즘 젊은 사람들은 산에 가도 몇 가지 나물밖에 알아보지 못합니다. 대부분 지나치기 십상이지요. 더 심각한 것은 나물을 잘 아는 어르신들도 이제 더는 예전처럼 산에 갈 수 없다는 겁니다. 조만간 많은 나물들이 이름을 잃고 사라져버릴지도 모른다는 생각을 하면 안타까울 뿐입니다. 도사리에 사는 권오정 할머니는 나물을 뜯다가 이런 일을 겪었다고 합니다. 덤불 속에서 허리를 굽힌 채 나물 뜯는 일에만 몰두해 있다가 문득 이상한 느낌이 들어 고개를 드니 바로 앞에서 뱀 한 마리가 혀를 놀리고 있더라나요. 어느 봄날, 저도 날이 저무는 것도 잊은 채 혼자 두릅을 따다 산돼지를 만난 적이 있습니다. 화들짝 놀란 저는 길도 없는 산에서 총알택시처럼 부리나케 달려오 분 남짓 만에 산 아래로 도망쳤지요.

세상사 시들하고 입맛마저 없을 때, 당신이 강원도 어느 식당에서 고추장에 썩썩 비벼 먹었던 산나물비빔밥의 나물이 바로 권오정 할머니의 그 나물입니다. 오싹하지 않나요? 그래도 맛은 기막히다고요? 그렇다면 제가 좋아하는 산나물 먹는 방법을 하나 알려드리죠. 우선 닭장에 들어가 달걀 몇 알을 가져와 노른자에 분이 날 때까지 삶습니다. 그 달걀을 반으로 갈라 고추장과 함께 곰취에 싸서 쌈으로 드셔보시길 바랍니다. 곰취의 독특한 향과 삶은 달걀의 조화가 그럴듯합니다. 소주 생각이 절로 날 겁니다.

3부

성화대의
불은 꺼지고

●● ●

그 시절 대관령에선 거의 모든 소년들이 스키선수였다

대관령 산골마을에서 살던 나는 잠에서 깨어나기 무섭게 방문을 열고 뛰쳐나가 집 옆 비탈밭에 눈이 얼마나 내렸는지를 살폈다. 어떤 날은 교과서 두께 정도의 눈이 내렸고 또 어떤 날은 밤사이 휘몰아친 바람 때문에 전날 내린 눈마저 깡그리 날아가버려 애늙은이처럼 한숨을 쉬며 눈밭에 오줌을 누기도 했다. 폭설이 내릴 때가 된 것 같은데 왜 내리지 않고 날씨만 오라지게 추운 건지 도무지 까닭을 알 수 없었다. 시퍼런 하늘이 원망스러워 팔뚝질이라도 하고 싶은 심정이었다.

이러다 겨울방학이 다 지나가버리는 건 아닐까. 부뚜막에 걸어놓은 솥에서 뜬 물로 세수를 하고 방으로 들어가려다가 문고리에 물 묻은 손이 쩍 달라붙자 비로소 눈 생각에서 벗어나 소리를 지르곤 했다. 문고리에 붙어버린 손가락은 급히 떼면 피부가 벗겨지므로 어쩔 수 없이 정지에서 밥을 하는 엄마를 불러야만 했다. 참으로 야속한 겨울이었다. 아니, 남한 땅에서 대관령에 눈이 안 내리면 대체 어디에 내린단 말인가!

"아버지, 스키 만들어야 해요."

방학을 하자마자 나는 땔나무를 하러 가는 아버지에게 매달렸다.

"작년 겨울에 타던 거 있잖아."
"그거 코가 부러져서 못 타요. 이번엔 단단한 박달나무로 만들어줘요."
"니가 만들어 타."
"아버지!"

매년 겨울만 되면 벌어지는 일이었다. 아버지가 만들어준 나무 스키는 대개 그해 겨울을 넘기지 못하고 부러지는 경우가 많았다. 워낙 험하게 타는 것인지 아니면 잘못 만든 건지는 알 수 없었다. 용케 겨울을 모두 날 때까지 스키가 망가지지 않는다 해도 한 학년씩 올라가면서 스키를 보는 안목도 좋아졌기에

낡고 어딘가 촌스러운 스키는 타고 싶지 않았다. 그래서 아버지 몰래 부러뜨린 뒤 아궁이에 넣고 불태워버린 적도 있었다.

그 시절의 나는 길고 날렵하면서 힘을 조금만 줘도 쌩쌩 달릴 수 있는 스키를 갖고 싶었다. 그래야만 마을 스키대회에서 우승을 거머쥘 수 있다고 믿었다. 하지만 아버지가 만들어주는 스키는 옛날에 마을 사람들이 산돼지나 노루를 잡으러 갈 때 쓰는 스키와 비슷해서 촌스럽고 영 볼품이 없었다. 생각 같아선 스키를 손수 만들고 싶었지만 그건 아무나 할 수 있는 일이 아니었다.

"그렇게 더디게 깎다가 겨울 다 가겠어요! 빨리 좀 깎으면 안 돼요?"

아버지는 겨울철이면 산에 발구를 끌고 가서 땔나무를 하고 시간이 나는 아침저녁으로 틈틈이 도끼와 낫, 자귀로 스키를 깎았는데 내 기대에는 턱없이 더딘 속도였다. 마을의 비탈밭에는 눈이 발목 정도까지밖에 쌓이지 않았는데 벌써 스키를 타며 연습을 하는 녀석들이 있었기 때문이다. 내심 속이 타지 않을 수가 없었다.

"그러면 나무가 부러질 수 있어."

"박달나무가 왜 부러져요!"

"생나무는 까딱 잘못하면 그대로 부러진다니까."

거의 사흘 만에 박달나무 스키가 모습을 드러냈다. 마지막 공정으로 아버지는 스키의 표면을 대패로 정성 들여 민 다음 가장 민감한 작업인 스키 코를 만들 준비를 했다. 스키 앞부분의 위로 휜 데가 스키 코인데 휘지 않으면 눈 위를 제대로 달릴 수가 없다. 소에게 먹일 여물이 끓고 있는 가마솥에다 스키 코가 될 부분을 넣고 충분히 삶아야만 나무가 물렁물렁해졌다. 그렇게 삶은 나무를 외양간 문틈에 넣고 천천히 힘을 가해 어느 정도 휘게 만든 뒤 밧줄을 걸어 고정시키는 작업이 가장 고난도의 기술을 요했다. 조금만 힘을 세게 가하면 물렁물렁해진 나무가 언제 부러질지 몰라서.

또 스키는 세트이므로 똑같은 모양의 코가 나와야만 보기에 좋다. 코가 짝짝인 스키는 각기 다른 색의 양말을 신고 학교에 가는 거나 매한가지였다. 하여튼 쌍둥이나 다름없는 코를 세우기 위해 밧줄을 건 스키는 한나절은 그대로 두어야 했다. 그래야만 세운 코가 원위치로 돌아가지 않았다. 그때부턴 내가 바빠졌다. 스키에 부착할 벤딩(어린 시절 우리는 스키에 운동화를 고정시키는 장치를 이렇게 불렀다. 후에야 그게 일본식 발음이고 원래는 바인딩이라고 부른다는 것을 알았다. 그러니까 당시의 나무 스키는 신고 다니던 운동화를 바인딩에 장착하는 구조였다)을 구하고 스키에 바를 왁스를 얻으려고 동네를 쏘다니느라 정신이 없었다.

멋지게 색깔을 내려면 유성페인트가 필요한데 산골마을에선 구하기가 쉽지 않았다. 간혹 스키에 색색의 페인트로 멋을 낸 녀석들이 있었는데 정말 부럽기 그지없었다. 왜 안 그렇겠는가. 스키는 일단 잘 나가야 하지만 때깔마저 멋이 있으면 금상첨화가 아니겠는가. 바닥엔 왁스를 칠하고 위엔 페인트를 칠해야만 비로소 스키장에서 타는 진짜 스키처럼 보였다. 아, 하나가 빠졌다. 스키 바닥 가운데에 세로로 홈을 파는 일이 남았다. 홈을 파면 눈 위로 스키가 지나간 자리에 두 가닥의 멋진 줄이 그어졌다. 나는 둥근 조각도로 스키에 공들여 홈을 파는 것으로 모든 작업을 마쳤다.

내 키만한 박달나무 스키가 웅장한 모습을 드러냈다. 나는 내 방에다 스키를 모셔놓고 시간이 날 때마다 왁스를 칠하고 또 칠했다. 스키를 탈 수 있을 정도로 눈이 내릴 때까지. 미술시간에 쓰는 물감을 모두 짜서 스키 위에 그림을 그렸다. 스키와 나는 거의 형제나 다름없었다. 눈이 내리지 않는 겨울밤, 나는 잠을 자면서도 눈 덮인 마을의 비탈밭 스키대회에서 우승하는 꿈을 줄곧 꾸곤 했다.

"눈 온다!"

드디어 눈이 내리기 시작했다. 그것도 꼬박 이틀째 눈이 내리고 있었다. 눈은 거의 무릎까지 쌓였다. 그래, 이게 바로 대관령의 눈이었다. 마을의 소년 스키선수들이 스키를 신거나 어깨에 메고 하나둘 비탈밭 스키장에 모여들었다. 싸락눈에서 시작해 함박눈으로 변한 눈은 설질 또한 최상급이었다. 우리는 밭 아래에 모닥불을 피워놓고 불을 쬐며 스키장의 눈을 다질 준비를 했다. 눈을 다져놓아야만 스키 경기를 제대로 할 수 있었다. 눈을 다져놓지 않으면 푹신푹신한 이불 같아서 속력을 내기가 쉽지 않았다.

불을 모두 쬔 우리는 스키를 신고 산자락과 연결된 비탈밭을 게걸음으로 올라갔다. 스키로 눈을 차곡차곡 다지며 슬로프를 만들었다. 중간의 밭둑엔 점프를 할 수 있게 눈을 퍼와서 초등학생 키만한 점프대까지 만들었다. 다 올라가면 한 명씩 스키를 타고 길을 내며 내려왔다. 오후 내내 그러기를 반복했다. 눈을 다지고, 자신의 스키도 점검하고, 슬로프의 특성도 파악하는 효과를 두루 거둘 수 있었다. 그렇게 마을의 비탈밭 스키장이 만들어지면 소년 스키선수들은 스키대회를 개최할 날짜를 정한 뒤 집으로 돌아갔다. 올해는 기필코 우승하리라 속으로 다짐하며.

며칠 뒤, 눈은 그쳤고 햇빛이 흰 눈 위에서 눈부시게 반짝거렸다. 비탈밭 스키장엔 소문을 듣고 찾아온 이웃마을의 소년

스키선수들까지 가세해 그야말로 성황을 이뤘다. 소녀들까지 구경을 왔기에 두근거리는 가슴을 진정시킬 수가 없었다. 출발선에는 깃발을 든 진행요원이, 결승선에는 손목시계로 시간을 재는 진행요원이 배치되고, 그 뒤에는 공책에 기록을 적는 진행요원까지 모두 세 명이 배치되었는데 그들은 모두 마을의 고등학생 형들이었다. 형들이 대회를 할 때는 중학생인 우리가 진행요원을 맡았다.

경기 방법은 한 선수가 모두 세 번의 활강을 한 뒤 가장 빠른 기록으로 승부를 가리는 식이었다. 나는 다른 선수들과 함께 마음의 준비를 하며 출발선으로 걸어올라갔다. 당시 마을의 비탈밭 스키장엔 당연히 리프트가 없었다. 물론 재 너머 대관령 스키장에도 리프트가 없던 시절이었다.

"양로—!"

깃발이 올라가자 나는 양로(讓路)를 외치고(당시에는 모두 출발할 때 '양로'라고 외쳤다. 내가 출발했으니 길을 비키라는 뜻이다) 두 손에 움켜쥔 나무작대기(스틱)를 힘차게 꽂았다. 스키는 눈밭을 미끄러져 내려갔다. 속력이 점점 빨라졌다. 스틱을 눈밭에 꽂을 때마다 두 무릎을 구부렸다가 폈다. 그러면 속력이 급상승했다. 비탈밭 스키장의 최대 난코스는 역시 중간의 점프대였다. 허공에 떴을 때 중심을 잃으면 눈 속에 거꾸로 처박히기 십상이었다.

나는 새처럼 날아올랐다가(그래봤자 고작 1미터 정도였지만) 정확하게 착지를 했다. 새로 만든 스키와 나는 찰떡궁합을 이루며 1킬로미터 가까이 되는 슬로프의 경사면을 눈부시게 달렸다. 저 아래 붉은 노끈이 쳐진 결승선 근처에 모여 있는 마을의 소녀들이 함성을 지르며 박수를 쳤다. 우승은 틀림없이 나의 것이었다. 나는 그 사실을 의심하지 않았다. 바로 그 순간엔……

대관령의 산골마을에서 비탈밭 스키대회가 열린 1979년 1월은 그렇게 시작되었다. 그해 1월 31일 대관령엔 146센티미터의 눈이 내렸고 2월 24일엔 162센티미터의 눈이 또 내렸다. 그게 끝이 아니었다. 3월 1일엔 134센티미터의 눈이 대미를 장식했다. 그 겨울 평창 대관령은 그야말로 설국이었다. 그런데 그 시절 마을의 스키선수들은 모두 어디로 갔을까……

●● ●

입이 열 개라도 할말이 없었다

마을의 비탈밭 스키대회에서 나는 우승하지 못했다. 결승선을 백여 미터 남겨둔 지점에서 그만 한쪽 스키가 떨어져나간 것이다. 눈 속에 처박힌 나를 남겨놓고 저 혼자 눈밭을 신나게 미끄러져 가는 스키를 멍하니 바라보아야만 했다. 나를 버린 스키는 구경꾼들의 함성과 박수를 받으며 결승선을 통과했지만 나는 외짝 스키를 타고 술 취한 아버지처럼 지그재그로 내려갔다. 스키에 바인딩을 단단하게 부착하지 않은 탓이었다. 원통하고 슬펐다.

진부면과 대관령면(옛날엔 도암면)을 가르는 싸리재 너머에 스키장이 있었지만 사실 재 아래에 살던 나는 어린 시절 스키장에 가보지 못했다. 그건 다른 친구들도 대부분 마찬가지였다. 그럼에도 겨울철 스키장 소식은 우리가 사는 마을까지 빠르게 전해졌다. 당시 스키는 돈 좀 있는 사람들이 즐기는 스포츠라고 들었다. 멀고 먼 서울에서 스키를 타러 온 사람들은 스키장 인근의 산장에서 묵거나 아니면 민박을 했다. '산장'이란 말은 왠지 근사했다. 아마도 라디오에서 들었던 '산장의 여인'이라는 슬픈 노래 때문일 게다.

하여튼 스키장에서 넘어오는 소식들을 우리는 빠르게 흡수했고, 그것을 우리들의 겨울철 눈과 얼음을 이용한 놀이에 적용하느라 바빴다. 비탈밭에서 타는 스키가 지루해지면 눈 덮인 골짜기 끝까지 들어가 스키를 타고 내려왔다. 이 골짜기 저 골짜기가 모두 우리들의 전용 스키장이었다. 골짜기에서 타는 스키는 경사가 급하지 않은 대신에 길이가 길고 바로 옆이 낭떠러지인 경우가 많아 긴장감이 최고였다. 까딱 잘못하면 사람 키보다 더 깊은 눈이 쌓인 계곡으로 떨어지기도 했는데 그것 또한 신나는 일이었다. 눈구덩이에 빠지면 눈사람으로 변해 빠져나오려고 허우적거렸다.

초등학생 때 한번은 이런 일도 있었다. 마을에 텔레비전 있는 집이 얼마 안 되었다. 그래서 텔레비전을 가진 집의 위세가 대단하던 시절이었다. 신작로 옆 유천상회에서 동네 아이들과 텔레비전을 보다가 이제 그만 보고 집에 가라는 주인아저씨의 성화에 모두 쫓겨나왔다. 그런데 저멀리서 괴상하게 생긴 차가 왱왱거리며 눈 덮인 길로 달려오는 게 보였다. 승용차보다 작게 생겼는데 지붕이 없고 바퀴 대신에 스키가 달려 있는 차였다. 우리들은 직감적으로 그 차가 스키장에 스키를 타러 온, 돈 많은 사람의 차라는 걸 알았다. 당시 우리들은 스키를 타러 오는 사람들에게 묘한 선망과 반감을 동시에 지니고 있었다(그들에 대해 왜 그런 생각들을 했을까……).

그 차는 한마디로 신기했는데 우리들 중 누군가가 갑자기 욕을 하며 팔뚝질을 했고 다른 아이들도 덩달아 따라 했다. 스키를 타러 왔으면 스키장에만 있을 것이지 왜 우리 마을까지 와서 자랑을 하는 거냐고. 어떤 아이는 단단한 눈뭉치 속에 돌까지 넣어 던졌다. 그런데 그 차가 멈추더니 방향을 바꿔 우리들이 서 있는 곳으로 달려왔다. 꽁지가 빠져라 도망칠 수밖에 없었다. 누군가 차가 따라올 수 없는 밭으로 도망쳐야 안전하다고 해서 일부러 길을 버리고 밭으로 내달렸다.

그러나…… 그 차는 눈이 덮인 곳이라면 어디든지 왱왱거리며 갈 수 있는 전천후 차량이었다. 그 차에 타고 있던, 얼굴의 반을 가리는 색안경을 쓴 두 남자에게 차례차례 잡히는 신세가 되고 말았다. 그들에게 욕을 바가지로 얻어먹었는지, 아니면 뺨까지 맞았는지는 기억이 가물가물하다. 그날 우리들을 순식간에 공포의 도가니로 몰아넣었던 그 차가 바로 스노카였다.

나무 스키를 타는 일이 시들해지면 마을의 얼어붙은 개울로 향했다. 스키는 남자아이들이 주로 탔지만 앉은뱅이썰매는 여자아이들도 탔다. 썰매 역시 직접 만들어야 했는데 아이들이 만들기는 쉽지 않았다. 앉아서 타는 쌍날 썰매와 서서 타는 외날 썰매. 외날 썰매는 기술이 좋아야 탈 수 있었다. 두 썰매의 핵심은 날을 무엇으로 만드느냐는 것이었다. 아무래도 굵은 철사보다는 스케이트 날 비슷한 것을 쓰는 게 좋은데 산골이라 구하기가 쉽지 않았다. 철사는 쉽게 벗겨지는데다 속력도 제대로 나지 않아 승차감이 영 별로였다. 앉은뱅이썰매 달리기대회를 해도 철사를 날로 쓴 썰매는 늘 하위권이었다. 썰매 위에 앉아 송곳으로 얼음을 아무리 쪼아도 헛수고였다. 장비가 중요하다는 걸 그 시절 어린 우리들은 일찌감치 알고 있었다. 결국 집으로 돌아가 울고불고 매달려야 아버지는 장날 철물점에 가서 제대로 된 날을 사다주었다.

앉은뱅이썰매를 타는 게 저학년 아이들의 놀이라면 고학년이나 중학생들은 당연히 보(洑) 위의 넓은 얼음판에서 돌차기에 몰두했다. 얼음판에 호박돌로 골대를 두 개 만들어놓고 축구를 하듯이 자그맣고 납작한 돌을 발로 차서 골을 넣는 놀이였는데 문제는 공이었다. 얼음 조각은 쉽게 깨지고 돌은 잘못 맞으면 멍이 들거나 피가 나고 정구공은 너무 멀리 달아났다. 톱으로 자른 나무 조각은 쉽게 깨졌다. 우리들은 매일같이 얼음판에 모여 시행착오를 거듭하며 돌차기경기의 효율적인 개

선점에 대한 논의를 거듭했다. 앉은뱅이썰매를 타고 송곳으로 돌을 치는 것도 해보았으나 불편했다.

스케이트를 가지고 있는 친구는 한두 명뿐이라 모두가 참여할 수 없었다. 꽤 많은 돈을 주고 구입해야만 하는 스케이트는 산골마을에선 아직 사치품이나 마찬가지였다. 산골마을의 얼음판에서 스케이트를 신지 않고 아이스하키를 즐길 수 있는 방법을 놓고 여러 시행착오를 거듭한 끝에 마침내 어느 정도의 틀이 만들어졌다. 하키 스틱은 산에 가서 적당히 구부러진 나무를 골라 각자 만들 것. 공, 즉 퍽(puck)은 위험부담이 크지만 개울가에 널린 납작한 돌을 여러 개 구해 그때그때 사용하는 걸로. 단, 돌을 칠 때 부상 위험이 있으니 절대 발목 위로 뜨게 하지 않을 것. 개인 스케이트가 없는 관계로 신고 다니는 운동화를 신고 경기에 참가할 것.

우리들의 돌차기, 돌치기, 그리고 얼음판 위에서 스케이트를 신지 않고 하는 아이스하키는 스키 타기와 함께 한겨울을 넘기기에 모자람이 없었다. 얼음판 옆에다 불을 피워놓고 집에서 가져온 감자를 묻어놓았다가 배가 고플 때면 하나씩 꺼내 호호 불며 까먹었는데 그 맛 또한 일품이었다. 가장자리의 얼음이 깨져 시린 물에 발이 빠지면 신발과 양말을 벗어 그 불에다 말렸다. 어떤 날은 양말이 타고 운동화 밑창이 노랗게 익어가는 줄도 모르고 얼음을 지치는 일에 몰두했으니…… 정말이지 '동네 꼬마 녀석들 추운 줄도 모르고', 얼음판에 미끄러져 엉덩이가 멍드는 줄도 모르고, 날이 어둑어둑해져 돌이 보이지 않을 때까지 놀던 겨울이었다. 어느 날, 날아온 돌(퍽)에 친구 녀석이 맞아 머리가 깨져 얼굴로 피가 흘러내리는 순간이 올 때까지. 그 순간 우리들은 모두 얼음인간으로 변해버린 것 같았다.

그 시절 대관령의 겨울은 길고 길었다. 긴 겨울 동안 산골마을의 아버지들은 나무를 했다. 일 년 동안 땔 나무를 겨울에 해놓아야 나머지 계절을 농사일에 몰두할 수 있었다. 나무를 운반할 수 있는 큰 썰매인 발구에 지게를 싣고 눈 내리는 깊은 산속으로 들어가 나무를 하는 아버지를 누나와 함께 따라간 적이 있었다. 오로지 발구를 타고 싶다는 생각에. 나뭇단을 가득 실은 발구 위에 올라가 앉으면 아버지는 그 발구를 끌고 눈 쌓인 골짜기의 구불구불한 길을 내려왔는데 다른 썰매와는 또다른 매력이 있었다. 마치 버스 지붕에 올라탄 기분이었다.

그런데 누나와 내가 아버지에게 더 빨리 달려달라고 한 지 얼마 지나지 않아 발구가 기우뚱하더니 길을 벗어나 저 아래 골짜기로 처박혔다. 누나와 나는 뒤집힌 발구 밑에 깔렸지만 곧 낄낄거리며 눈을 헤치고 밖으로 기어나왔다. 눈이 수북하게 쌓인 골짜기는 푹신푹신한 솜이불 같았기에 우리는 손가락 하나 다치지 않았다. 그런 날 저녁이면 엄마는 아버지가 잡아온 꿩을 손질해 만둣국을 끓였다. 집이 신작로에서 멀리 떨어져 있어 아직 전기가 들어오지 않았기에 우리 가족들은 등잔불을 켜놓고 뼈가 씹히는 만둣국을 먹었다. 함박눈이 그치지 않는 밤, 라디오에서 은은하게 흘러나오는 김자옥의 〈사랑의 계절〉을 들으며.

그리고 세월이 흘러 여기까지 왔다.

이제 대관령 산골마을의 소년들은 비탈밭이나 산골짜기로 들어가 나무 스키를 타지 않는다. 꽁꽁 언 개울 위에서 앉은뱅이썰매를 달리거나 아이스하키도 즐기지 않는다. 빙상경기장에 가거나 텔레비전을 통해서만 볼 수 있을 뿐이다. 아버지들 역시 발구를 끌고 산에 가서 나무를 하지 않는다. 그러니 아이스하키 스틱이 날린 단단한 돌(퍽)에 머리를 맞을 일도 없을 것이다. 당시 하키를 하다 돌에 맞은 친구의 엄마는 집집마다 찾아와 고소를 하겠다며 한바탕 난리를 피웠고 우리들은 입이 열 개라도 할말이 없었다. 쥐구멍이라도 있다면 들어가고 싶을 정도였다. 이제 그런 날들은 모두 지나갔다.

눈발이 흩날리는 오늘밤엔 나무 스키를 타고 대관령으로 가야겠다. 가서, 그 옛날의 눈과 얼음 위의 친구들을 만나 황태구이 안주에 막걸리를 마시며 긴긴 겨울밤을 이야기로 풀어나가고 싶다. 열 개의 입을 모두 열고서.

●● ●

길,
한 오백 년

길이 있다.

우마차 정도가 오갈 수 있는 길 옆에는 기암괴석이 우뚝하고 그 사이사이를 아름드리 소나무 몇 그루가 제법 폼을 잡은 채 비집고 서 있다. 그 아래로 푸른 물이 바위와 바위를 휘돌아흐른다. 길을 좀더 자세히 살펴보면 말이나 나귀 같은 게 보이고 기암괴석 위에는 갓을 쓴 사람들의 모습도 눈에 들어온다. 단원 김홍도가 1788년에 그린 〈청심대(淸心臺)〉라는 그림 속의 풍경이다.

청심대는 평창군 진부에서 오대천을 따라 정선으로 가다보면 마평(馬坪), 마평역이라는 곳에 있다. 옛날 말 사육을 하던 밭이 있던 곳이라 붙여진 지명일 것이다. 마평삼거리에서 물길을 따라 계속 내려가면 정선이고 오른쪽으로 접어들면 모릿재를 넘어 평창군 대화로 갈 수 있다. 대화, 방림, 여우재, 문재, 안흥, 전재를 넘으면 횡성이고 거기서 양평을 거쳐 서울로 가는 저 길은 조선시대에 서울에서 강릉으로 가던 대표적인 길이었다. 청심대라는 명칭은 기생 청심이의 슬픈 사연 때문에 붙여진 모양이다. 강릉 부사의 애인이었던 청심은 부사가 임기를 마치고 서울로 돌아가게 되자 대관령을 넘어 청심대까지 따라와 배웅을 하고 그 슬픔을 이기지 못해 벼랑 아래로 몸을 던졌다고 한다. 아무리 조선시대의 일이라곤 하지만 그 부사, 못돼도 한참 못됐다는 생각을 지울 수가 없다. 하기야 그게 어디 조선시대 강릉 기생 청심만의 일이었겠는가……

길은 다시 이어진다.

청심대에서 이십여 리를 가면 진부역이고 진부역에서 다시 시오리쯤을 가면 월정삼거리다. 오대산 가는 길과 강릉 가는 길이 갈라지는 곳이다. 월정삼거리에서 다시 시오리쯤을 가면 횡계역이 나오고 그다음이 대관령역이다. 오대산 월정사와 사고(史庫), 상원사를 둘러본 김홍도는 월정삼거리로 되돌아나와 대관령으로 향했다. 날씨가 대단히 좋았던 모양이다. 대관령 정상에서 김홍도는 강릉을 내려다보며 다시 그림 한 폭을 그렸다. 가깝고 먼 봉우리들, 주름처럼 펼쳐진 겹겹의 산자락, 그 산자락을 돌아흐르는 남대천, 그리고 경포호, 바다까지 한 폭의 그림에 이 모든 것이 들어 있다. 금강사군첩에 들어 있는 김홍도의 그림은 마치 사진기로 찍은 것처럼 지금 봐도 신기할 정도로 비슷하다. 이십여 년 전 우연히 중앙박물관에 갔다가 김홍도의 그림을 접한 나는 깜짝 놀라 주저앉을 뻔했다. 어린 시절 내가 뛰놀던 곳의 이백여 년 전 풍경을 본 것에 대한 놀라움이 첫번째였다면 두번째는 세월이 흘렀는데도 그 풍경이 그리 다르지 않다는 것이었다. 얼마나 외진 동네였으면……

그래, 나는 강릉에서 서울로 가는 저 길옆에서 살았다.

70년대에 들어서면서 길은 빠르게 변해갔다. 초등학생 때만 해도 비포장이었는데 중학생이 되면서부터 조금씩 포장이 되기 시작했다. 이미 영동고속도로라는 새로운 길이 마을을 관통하고 있던 터였다. 초등학생 시절 고속도로는 우리들의 관심을 단번에 사로잡아버렸다. 마을운동장에 토목회사가 들어왔는데 거기서 우리는 불도저와 바가지차를 처음 보았다. 마을의 바위산에서 남포(다이너마이트)가 터져 집채만한 돌이 날아가면 우리들은 쏜살같이 달려가 남포 줄을 뽑느라 바빴다. 구리로 된 그 줄을 수거해 파는 일은 어린 우리들의 일용할 용돈벌이였다. 어른들은 남포 줄로 알록달록한 바구니를 짜기도 했다.

영동고속도로가 완공되기 전에 나라에서는 미관을 해친다는 이유로 고속도로 주변의 주택정비사업을 단행했다. 옛날 집들을 모두 헐고 집을 새로 지으라는 거였다. 집 지을 돈이 없으면 고속도로에서 보이지 않는 곳으로 이사를 가야만 했다. 마을의 많은 집들이 고속도로 공사로 하나둘 사라져갔다. 새로 지은 집들은 당시엔 멋있었지만 겨울이 되자 이내 수많은 결함이 속속 드러났다. 추운 대관령과 전혀 어울리지 않은 집이었다. 하지만 아무것도 모르는 우리들은 고속도로가 완공되자 곧 놀이터를 그 주변으로 옮겨버렸다. 학교에 가거나 돌아올 때도 고속도로 옆을 걸어서 다녔다. 그곳엔 도시사람들이 차창 밖으로 버리거나 흘린 것들이 많았고 우리들은 창피한 줄도 모르고 놀이도구가 될 만한 것들을 줍곤 했다. 그 대표적인 게 껌 종이였다. 껌 종이는 내기 도구로 쓰였는데 껌을 사서 씹고 확보하기엔 다들 용돈이 너무 부족했다. 어느 여름인가 가을이었을 것이다. 관광버스 한 대가 고속도로변에 멈췄고 관광객들이 도로에서 내려와 점심을 먹기 시작했다(당시엔 지금처럼 휴게소가 많지 않았다). 우리는 멈칫멈칫 그 주변으로 다가갔다.

강원도 산골짜기에 사니 매일 강냉이랑 감자만 먹고 소고긴 한 번도 못 먹어봤지? 이거 소고기절임인데 먹을래?

우리들은 아리따운 아줌마가 내미는 소고기절임을 군침을 삼키며 바라보았다. 자존심을 지킬 것이냐, 아니면 맛있는 소고기를 먹느냐의 갈림길이었다. 잠시 침묵이 흘렀다.

우리집에선 소를 기르고 있어요.

그때 나는 소고기를 받아먹었던가. 먹지는 못하지만 집에 큰 소 한 마리가 있다고 맞받아쳤던가. 모르겠다. 기억나지 않는다. 아마…… 받아먹고 소 자랑을 했을 것이다. 그리고 이내 기억에서 지워버리려 했을 것이다.

당시 영동고속도로 평창 구간은 중앙분리대도 없는 일차선 도로였다. 길이 막히면 유턴도 했고 차량통행이 드문 심야엔 오토바이도 방방 내달렸다. 폭설이 내리면 도로 옆으로 밀어버린 눈의 높이 때문에 자가용은 보이지도 않았다. 소고기절임을 얻어먹은 여파는 아니겠지만 어느 오후 외양간의 소가 가출해 고속도로 위로 올라가 길을 막아버린 적이 있었다. 아버지와 함께 고속도로에 올라가 소를 끌고 내려올 땐 사실 좀 많이 창피했었다. 우리집 소는 왜 고속도로로 올라갔을까. 물어보지 않은 게 두고두고 후회된다.

대관령의 길도 빠르게 변해가고 있었다.

조선 전기까지 대관령은 고작해야 한두 사람이 다닐 수 있는 좁은 길이었다. 조선 중종 때 강원도 관찰사 고형산이 비로소 우마차가 다닐 수 있게 길을 넓혔다. (그러나 병자호란 때 청나라 군대가 그렇게 넓혀진 대관령을 통해 한양으로 쳐들어왔다고 하여 인조 임금이 죽은 고형산을 부관참시까지 했다고 전해진다.) 역사의 부침 속에서 조금씩 넓어지기 시작한 대관령을 신작로로 만든 것은 자원수탈을 원활하게 하기 위한 일본제국주의 무리들이었다. 1917년 대관령 도로를 준공한 일제는 도로 옆 바위에 돈 등등을 기부한 사람들의 이름을 하나하나 새겼는데 지금도 대관령 옛길에 남아 있다. 대관령을 통한 일제의 대표적인 물자수탈 품목 중 하나는 오대산의 목재였다. 아, 중요한 게 또 있다. 일제는 오대산 사고에 보관돼 있던 조선왕조실록을 강탈해 대관령을 넘었고 주문진항에서 바로 일본으로 가져갔다.

그리고 이번 동계올림픽이 평창과 대관령의 길을 다시 바꿔 놓았다.

자고 일어나면 집 앞에 새로운 길이 하나씩 나타나는 것만 같은 기분이었다. 4차선으로 변한 지방도, 넓어지고 더 높아진 고속도로, 동계올림픽 경기장으로 가는 새로운 길들…… 이 마을에도 드디어 나타난 기차와 기찻길, 기차역. 마치 길의 급격한 혁명을 옆에서 초조하게 지켜보는 심정이었다. 대관령을 관통하는 경강선 KTX 터널은 그 길이가 무려 이십 킬로미터가 넘으니…… 저 길들은 우리를 어디로 데려가는 것일까, 라는 생각을 가끔 하곤 한다. 올림픽 경기장까지? 당장은 그럴 것이다. 대관령을 넘지 않고 바다까지 단숨에?

저 옛날 신사임당은 걸어서 대관령을 넘다가 늙으신 어머니를 그리워하며 사친시(思親詩)를 지었다.

늙으신 어머님을 고향에 두고
외로이 서울 길로 가는 이 마음
돌아보니 북촌은 아득도 한데
흰구름만 저문 산을 날아 내리네

세조 임금은 병을 치료하기 위해 궁궐을 떠나 오대산 상원사까지 와서 머물렀다. 소설가 이효석의 「산협」 속 등장인물은 봉평을 떠나 월정사로 가다가 신작로와 자동차를 난생처음 보고 놀라서 이렇게 말했다.

"크고말고. 신작로가 한없이 곧게 뻗친 위를 우차가 늘어서고 자동차가 하루에도 몇 번씩 달아나데. 자동차 처음 보고 뜨끔해서 길가에 쓰러졌다네. 돼지같이 새까만 놈이 돼지보다도 빠르게 달아나거든. 우레 같은 소리를 지르면서. (…) 세상이 넓지. 마당 같은 넓은 길을 걷고 있노라면 이 산골로 다시 돌아올 생각이 없어져. 어디든지 먼 데로 내빼구 싶으면서."

또 어느 시절엔 오대산 월정사에 계시는 탄허 스님을 만나 가르침을 받을 일념으로 종로3가에서 출발한 버스에 몸을 싣고 여덟 시간여를 달려 월정삼거리에 도착한 머리 푸른 납자들도 있었다. 어찌 이들뿐이겠는가. 역사에 기록되지 않은 수많은 사람들이 대관령을 넘고 또 넘었을 것이다. 그 많은 평창의 길들 중 내가 가장 좋아하는 길은 바로 이 길이다. 산골짜기에 움막을 짓고 산비탈에 불을 놓아 밭을 일구려는 화전민들이 피워 올린 성화 같은 가난한 연기. 그들이 만든 길을 나는 좋아한다.

기차가 진부역으로 들어오고 있다.

●● ●

외등

얼굴 없는 희망의 선생님.

자정 가까운 캄캄한 겨울밤, 산골짜기 외딴집 마당에 켜놓은 외등을 보았습니다.

누구를 기다리는 외등일까요?

집 떠난 자식이 밤늦게 돌아온다는 연락을 받고 켜놓은 외등일까요?

아니면 오래 떨어져 지냈던 친척이 찾아오는 건지도 모르겠습니다.

외등……

차창에 이마를 붙이고 외등 너머 지붕 낮은 시골집을 가만히

였봅니다.

백열등 아래 등이 굽은 미륵 같은 할머니 한 분이 홀로 앉아 텔레비전을 보고 있습니다.

아마도 혈기왕성한 나이에 저 잘났다고 고향집을 떠나 대처를 떠돌다 돌아오는 자식을 걱정하며 기다리고 있는 것만 같습니다.

이 세상 모든 엄마들의 모습이죠.

아프고 힘들 때만 고향에 돌아오는 자식을 기다리는 엄마, 아니 어머니……

그렇습니다. 세상 모든 길은 엄마에게로 돌아가는 길이지요.

대관령 고향집에서 하룻밤을 자고 아침에 일어나 평창 동계올림픽 개회식에 가려고 집을 나서려는데 엄마가 장에 가겠다고 준비를 합니다. 전날 진부에 있는 떡 방앗간에 세밀이라 떡을 하려고 불린 쌀을 맡겼는데 찾으러 가겠다는 겁니다. 귀찮았지요. 엄마는 차에 탈 때 신발을 털지 않습니다. 차에 탔다가 내리면 눈 녹은 물과 흙이 가득합니다. 그렇다고 신발을 털고 타시라고 말할 수는 없습니다. 강원도 산골마을에는 널린 게 눈이고 흙이어서 차마 말을 할 순 없지만 그래도 신경이 쓰이는 건 사실입니다. 어쩔 수 없지요.

일이 끝나고 도시로 돌아가기 무섭게 세차를 해야지 생각하며 마을 정류장을 지나치려는데 엄마가 차를 세우라고 합니다. 시내버스를 기다리는 마을 할머니들을 태우고 가자네요. 재빨리 할머니들을 살피니 아니나 다를까 신발 밑창에 진흙을 덕지덕지 붙이고 있네요. 아, 손세차를 한 지 이틀밖에 안 지났는데…… 그러거나 말거나 마을 할머니들은 필통 속에 가득한 몽당연필처럼 붙어 앉아 이 얘기 저 얘기를 나누느라 바빴지요. 재 너머에서 열리는 동계올림픽은 안중에도 없다는 얼굴들이었지요. 떡 방앗간 앞에 엄마와 할머니들을 내려드리고 차를 살폈더니, 그렇지요, 긴 겨울 산골마을의 이야기가 바닥에 흥건하게 녹아 있었습니다.

그녀들은 아마 가지고 간 쌀과 들깨로 방앗간에서 떡을 하고 들기름을 짜는 동안 한의원에 갈 것입니다. 허리나 어깨, 무릎에 침을 맞고 물리치료를 받다가 가래떡이나 절편, 고소한 참기름을 넣은 배낭을 짊어진 채 시내버스를 타고 집으로 돌아가겠지요. 그나마 올해엔 장거리에 약장수가 찾아오지 않아 다행입니다. 약장수가 찾아오는 겨울날이면 그녀들은 아예 밤늦게까지 쇼를 구경한 뒤 집으로 돌아갈 테니까요.

얼굴 없는 희망의 선생님. 겨울날 그녀들의 평화, 평화 올림픽을 뒤로하고 저는 시골마을의 작은 도서관으로 향했습니다. 건성건성 신문을 넘기고, 휴대폰을 만지작거리고, 마침내 이 마을에 도착한 성화가 지나가는 모습을 창 너머로 바라보고,

서가에서 꺼내온 소설 『전쟁과 평화』는 첫 페이지도 넘기지 못하고…… 급기야는 열람실의 책상에 얼굴을 묻고 졸다가 깨어났는데 휴대폰 화면엔 북에서 내려온 사람들의 얼굴이 떠 있었습니다. 동계올림픽 개회식에 참가하기 위해 진부역에 도착한 북한 노동당 중앙위 제1부부장 일행의 사진들을 보며 눈을 비볐지요. 아, 이제 나도 진부역으로 가서 셔틀버스를 타고 개회식장으로 가야겠구나. 그렇게 주섬주섬 짐을 꾸렸습니다. 이번 올림픽은 어떤 올림픽일까 끊임없이 되물으며.

대관령 아흔아홉 굽잇길처럼 꼬불꼬불 이어진 인파를 뒤따라가 도착한 개회식장엔 참가국의 국기들이 펄럭이고 있었습니다. 아직 불을 밝히지 않은 달항아리 성화대도 보았지요. 둥근 무대를 내려다보는, 빽빽하게 들어찬 관객들. 이윽고 불이 꺼지자 어둠 속에서 희미하게 솟아오른 거대한 범종이 그동안 감고 있었던 우리들의 눈, 닫아버렸던 마음, 막아놓았던 귀를 질타하듯 울려퍼졌지요. 마치 혹한의 겨울날 꽝꽝 얼어붙은 얼음장을 깨트려버리려는 듯이.

얼굴 없는 희망의 선생님. 범종 소리가 차례차례 불러낸 신화와 전설의 땅을 여행하는 다섯 아이들의 여정 중에서 저의 눈길을 잡아끌었던 장면은 단연 정선아리랑이 흘러퍼지는 장면이었습니다. 뗏목을 타고 가는 아이들. 메밀꽃밭을 건너가는 아이들. 비바람 몰아치는 여울을 건너가는 아이들. 물살에 흔들리는 뗏목을 탄 저 아이들은 어디까지 갈 수 있을까 생각하며 마음을 졸였지요.

눈이 올라나
비가 올라나
억수장마 질라나
만수산 검은 구름이 막 모여든다
아리랑 아리랑 아라리요
아리랑 고개 고개로 날 넘겨주소

얼굴 없는 희망의 선생님, 옛날부터 강원도 평창과 정선의 사내들은 나무를 해서 내다파는 일에 힘을 쏟았습니다. 대원군이 경복궁을 중창할 때에도 오대산의 나무를 가져가 기둥으로 썼다는 얘기가 전해져올 정도니까요. 진부의 오대천과 횡계의 송천을 이용해 떠내려보낸 아름드리나무들을 정선에서 한데 모아 떼를 엮었습니다. 노련한 앞사공과 뒷사공이 그 뗏목을 타고 영월, 단양, 충주, 여주를 지나 한양으로 갔지요. 그 나무를 판매한 돈이 바로 떼돈이었습니다. 하지만 뗏목을 타고 한양까지 가는 길은 결코 순탄치 않았습니다. 떼꾼을 노리는 숱한 유혹과 위험이 곳곳에 도사리고 있었으니까요.

뗏목을 타고 무사히 한양에 도착했다고 해서 끝난 게 아닙니다. 돌아오는 일 역시 만만치 않았습니다. 떼돈을 쥐고 있는 사내들을 세상이 가만 놔두지 않았겠지요. 어떤 떼꾼은 아예 돌아오지 않았고 또 어떤 떼꾼은 빈털터리가 되어 돌아왔는데 그 가운데 가장 가슴 아픈 일은 뗏목을 타고 내려가다 물살이 거센 여울을 만나 뗏목이며 사공이 풍비박산이 나는 일도 있었다고 합니다. 정선아리랑은 그 험한 길을 떠난 사내들의 노래지요. 그 사내들을 영영 떠나보내고 다시 만나지 못한 여인네들의 애절함을 담은 노래입니다. 그러하니 뗏목에 올라탄 다섯 아이들에게서 저는 눈을 뗄 수가 없었던 것입니다.

얼굴 없는 희망의 선생님. 희망은 얼굴이 없는 것인가요? 아니면 얼굴이 없기에 모든 것이 희망의 얼굴이 될 수 있다는 건가요? 지구촌 곳곳의 운동선수들이 모여 있는 올림픽 스타디움에서 노래를 듣고 춤을 구경하고 공연을 감상하는 사이사이 저의 시선은 자꾸만 본부석의 정치인들에게로 향하고 있었습니다. 제가 앉아 있는 곳과는 거리가 너무 멀어 그들의 얼굴이 보이지 않았지요. 카메라의 렌즈를 돌려보아도 마찬가지였습니다. 아주 가끔 대형 스크린에 나타나는 얼굴은 너무 빨리 사라져서 마치 환영인 것처럼 느껴졌지요. 운동선수들과 관객들이 서로 손을 잡고 노래를 하며 춤을 추고 있는 동안 그들은 무엇을 하고 있었을까요. 그들도 희망을 노래하고 있었을까요? 당연히 평화를 노래하고 있었겠지요? 남과 북의 선수들이 손을 잡고 함께 입장한 것처럼 그들 또한 그러했겠지요?

얼굴 없는 희망의 선생님. 올림픽 개회식이 끝나고 자정 가까운 캄캄한 겨울밤, 산골짜기 외딴집 마당에 켜놓은 외등을 버스 차창을 통해 보았습니다.

그 외등은 누구를 기다리는 외등이었을까요.

앞자리에 앉은 외국인 커플이 귀여운 애정행각을 펼치느라 바쁜 시간.

어둠 속으로 숨어버린 외등 불빛이 한없이 따스하게 느껴져 잠시 눈시울을 적셨지요.

얼굴 없는 희망의 선생님. 우리도 언젠가는 그곳에 도착하겠지요?

가면…… 늘 변함없이 '촛불로 밥을 지으시며' 자식들을 기다리는 세상의 엄마들을 만날 수 있겠지요?

그랬으면 좋겠습니다.

●● ●

컬링,
돌과 돌이 박치기하는 소리

강릉에는 어떻게 갈까.

대관령에서 사는 동안 가장 많이 가본 도시가 강릉인데 이건 마치 소풍 떠나기 전날처럼 마음이 가라앉지 않았다. 평소대로 자가용을 이용할까, 버스를 타고 갈까, 아니면 진부역에서 기차를 타자마자 나타나는 긴 터널을 통과하는 방법을 택할까. 가와바타 야스나리의 소설 『설국』의 첫 문장이 문득 떠올랐다. '국경의 긴 터널을 빠져나오면 설국이었다. 밤의 밑바닥이 하얘졌다.' 그러나 강릉에 폭설이 내렸다는 소식은 없으니 만약 기차를 타고 간다면 내 이야기의 첫 문장은 아마 이렇게 될 것 같다. '대관령의 긴 터널을 기차가 빠져나가자 강릉이었다. 숨을 들이켜니 바닷냄새가 희미하게 났다. 나는 컬링경기장으로 가는 셔틀버스를 기다렸다.' 이렇게. 그러나 오전 9시 5분에 시작되는 경기를 보려면 집에서 진부역까지 가야 하는 등 여러 정황을 헤아리다가 결국 기차를 타는 건 다음으로 미뤘다. 이 마을에 처음 나타난 기차는 아직 내게 낯선 그 무엇인 듯싶었다.

원래 산골짜기 촌사람들은 새로운 무엇이 나타나면 한동안 경계를 한다. 이리 보고 저리 보고, 이 사람 말도 들어보고 저 사람 말도 들어본 뒤 비로소 다가가는 것이다. 나 역시 그런 촌사람 중의 하나였기에 털털거리는 차를 몰고 강릉으로 향했다. 요즘 들어 심하게 털털거리는 차에 채찍을 가하며. 다행히 오전이라 영동고속도로 대관령 구간은 한가했다. 추운 날씨도 다소 풀렸다. 이번 동계올림픽에서 개회식보다 하루 먼저 열리는 두 경기가 있었는데 바로 컬링 믹스더블과 스키점프였다. 컬링이라…… 얼음판 위에서 호박돌 비슷한 걸 밀어서 원 안에 넣으려고 서로 치고받는 게 아마 컬링이겠지, 그런 생각을 하며 대관령의 터널 일곱 개를 모두 빠져나갔다.

강릉은 오래전부터 스포츠 열기가 대단한 도시다. 대표적인 스포츠가 바로 축구다. 단오제가 열릴 때 벌어지는 강릉상고와 강릉농고의 축구 정기전은 그야말로 빅 이벤트다. 그 열기가 대관령 너머까지 전해졌을 정도니. 남대천을 사이에 두고 있는 두 학교의 단오제 정기전을 응원하는 학생들과 동문들, 그리고 강릉사람들의 관심은 이따금 선을 넘을 때도 있었다(지금이야 그렇지 않지만). 경기결과를 놓고 두 학교의 학생들 간에 패싸움이 밤낮으로 벌어졌을 정도다. 농고 학생들이 가방에 돌을 잔뜩 넣은 채 상고로 쳐들어가 교문을 떼어오자 상고 학생들도 지지 않고 같은 방법으로 농고에 쳐들어가 실습자재들을 들고 오는 사건이 그해 단오제의 하이라이트였다.

다음날 양교 학생들은 강릉 남대천에서 투석전을 벌였는데 구경꾼들의 입장에선 그 또한 장관이었다고 한다. 재미있는 일화 중 하나는 한집안에서도 응원하는 팀이 갈라지는 경우까지 있었다는 것이다. 오빠가 둘인데 한 명은 농고에 또 한 명은 상고에 다니면 여동생은 참 난감하다. 공설운동장에 가서 도대체 어느 팀을 응원해야 한단 말인가. 결국 그동안 자신에게 잘해줬던 오빠의 학교를 응원하거나 아니면 가운데에 서서 둘 다 응원하는 수밖에 없었다. 다시 싸움이 터지지 않을까 조마조마해하며. 언젠가 프로축구 개막전이 강릉에서 열렸을 때 구경을 갔었는데 경기가 과열되기 시작하자 튀어나오는 말들을 들어보니 아니나 다를까 옛날의 열기가 아직 식지 않았음을 체감할 수 있었다. 그 세월이 지나 모두들 어른이 되었지만 그들은 여전히 강릉의 열혈관객이었다. 다행히 동계스포츠는 아이스하키만 빼고 대부분 상태 팀과 몸으로 부딪치는 격돌이 없는 조용한 종목들이라서 그나마 안심이 되었다.

컬링의 스톤은 둥글고 넓적한 호박돌 같기도 하고 또 손잡이가 달린 맷돌처럼도 보인다. 빨간 스톤과 노란 스톤으로 나뉘고 서로 더 많이 원(하우스) 안에 넣으면 이기는 경기인 듯하다. 빗자루와 비슷한 브룸(broom)으로 스톤이 잘 나가게 얼음 위를 부지런히 쓸어야만 하고. 그런데 선수들이 신고 있는 컬링화, 요게 매력적이다. 한쪽은 얼음에 잘 미끄러지지 않게 만들었고 다른 한쪽은 그 반대로 만든 신발이다. 스톤의 무게는 19킬로그램 정도이고. 얼핏 아주 단순한 종목인 것처럼 여겨졌다. 어린 시절 우리들도 얼음판 위에서 호박돌을 밀며 비슷한 놀이를 했었으니까.

"어떡해—!"

핀란드 팀의 점수가 한국 팀을 바짝 따라붙자 앞줄에서 단체로 관람하던 초등학생들이 일제히 소리쳤다. 학생들은 그림이나 응원문구를 쓴 팻말을 든 채 경기를 관전하고 있었다. 내 옆에 앉은 할머니 두 분은 경기 규칙을 묻느라 바빴다. 네 개의 길쭉한 얼음판 위를 셔틀버스처럼 오가는, 빨갛고 노란 화강석 스톤들. 다시 보니 스톤은 옛날 시골집에서 사용하던 요강처럼 보이기도 해서 슬그머니 웃음이 삐져나오기도 했다. 스톤을 밀어보낸 뒤 쪼그려 앉아 미끄러져가는 스톤을 바라보며 "어이! 어이!" 기합을 넣는 선수들.

스톤은 멈출 듯, 멈출 듯하다가도 브룸으로 길을 쓸어주자 계속해서 미끄러져갔다. 붉은 원을 향해. 길 한가운데를 막고 있는 스톤. 그 스톤을 피해 가는 스톤. 가로막고 있는 상대편의 스톤을 쳐내는 스톤. 스톤과 스톤 사이를 아슬아슬하게 빠져나가 붉은 원 안으로 스르르 들어가는 스톤. 원 안에 어렵게 안착한 상대편 스톤을 조심스럽게 밀어내고 그 자리를 차지하는 또 다른 스톤. 그러니까 컬링은 둥근 집(하우스)을 차지하기 위한 돌들의 싸움이나 다름없었는데 짐작했던 것과 달리 그 기술이 치밀하기 이를 데가 없었다.

빡!

잠깐 미모의 외국인 사진기자에게 한눈을 파는 사이 들려온 굉음에 깜짝 놀라 경기장을 바라보았다. 마치 프로레슬링의 김일 선수가 이마로 상대편 머리를 박치기하는 듯한 소리였다. 옆에 앉은 할머니들은 비명을 질렀다. 어찌된 영문인지 몰라 경기장에 설치된 대형화면을 보니 성난 산돼지처럼 전속력으로 미끄러져온 스톤이 길을 막고 있는 상대편의 스톤을 강타하는 소리였다.

"놀래라! 박치기 한번 빡세게 하네."

"돌 부딪치는 소리가 저래 크데!"

"주정뱅이가 남대천 철다리에서 떨어져 마빡 깨지는 소린 줄 알았네!"

"저 돌은 엄청 단단한가보네. 멀쩡한 거 보니."

옆자리의 할머니들이 주고받는 얘기를 들으며 나는 슬그머니 내 이마를 만져보았다. 멀쩡했다. 카메라로 몰래 훔쳐보던 사진기자는 그사이 어딘가로 사라졌다. 7엔드에 대거 넉 점을 따낸 한국 팀은 핀란드를 꺾고 첫 승을 거뒀다. 평창 동계올림픽을 통틀어 한국 팀의 첫 경기 첫 승이었다. 가방을 챙겨들고 자리에서 일어난 나는 사라진 사진기자를 찾아 반대편 관중석을 향해 어슬렁어슬렁 걸어갔다. 그곳엔 중국과 스위스가 아직 경기를 이어가고 있었다.

맹위를 떨치던 추위가 한풀 꺾인 날씨였다. 경기장에서 쏟아져나오는 사람들 속에 섞여 걸음을 옮겼다. 다시 만난 강릉 사투리가 봄날 피어나는 개나리처럼 여기저기서 들려왔다. 그러나 아직은 겨울이었다. 나는 가슴에 안고 있던 호박돌 하나를 내 마음의 얼음판 위에 내려놓고 슬쩍 밀었다. 돌은 슬, 슬, 슬 미끄러져갔다. 강릉아트센터 앞엔 경찰들과 사진기자들이 장사진을 치고 있었다.

물어보니 북한 '삼지연 관현악단'이 안에서 연습을 하고 있단다. 안고 있던 호박돌을 얼음판 위에 놓고 다시 밀 준비를 했다. 돌이 손에서 떨어져나가는 감촉이 묘했다. 연인의 손을 잡았다가 놓는 것처럼 아련했다. 강릉 올림픽파크 안의 여자들은 겨우내 집안에만 웅크리고 있다가 모처럼 소풍을 나온 것처럼 들뜬 표정들이었다. 반면에 사내들은 아무래도 자기들이 좋아하는 축구경기가 아니어서 그런지 몰라도 좀 떨떠름한 표정들이 많았다. 그들은 아마도 아이스하키를 기다렸을 것이다. 나는 품에 안고 있던 마지막 호박돌 하나를 얼음판 위에 놓고 손을 얹은 채 심호흡을 했다. 하나, 둘, 셋! 온 힘을 다해서 밀었다.

강릉에서 돌을 밀면서 대관령까지 올라가려면 젖 먹던 힘까지 내야만 한다. 그렇게 하지 않으면 내가 민 호박돌과 내 이마가 박치기를 할 수도 있을 테니까. 그건 인생일까, 아니면 컬링일까……

•• •

그곳에
암자 한 채가 있네

오대산 월정사는 내가 태어나서 처음으로 가본 절이다.

초등학교도 들어가기 전인 것 같은데 엄마를 따라 걸어서 갔다. 봄날이었다. 아마 농사일이 본격적으로 시작되기 전 마을 아주머니들의 봄날 소풍인 듯싶었다. 마을에서 시오리쯤 되는 곳에 월정사가 있다. 헤아려보니 전쟁 때 월정사 팔각구층석탑 하나만 달랑 남고 모두 불타버린 월정사를 만화 스님의 주도로 이루어진 오랜 중창이 모두 끝났고, 이 소문을 들은 마을 아주머니들이 그날 함께 절 구경을 갔던 것 같다. 어린 자식들을 데리고. 마을 사람들은 월정사를 큰절이라고 불렀다. 월정사를 처음 본 나는 입을 다물지 못했다. 이렇게 어마어마하게 큰 집이 있다니. 불단 위의 부처님 역시 거인 같았다. 월정사의 범종은 월남전에서 수거한 탄피를 녹여 만든 것이라고 했다. 큰절을 이리저리 쏘다니던 나는 정체를 알 수 없는 무서움에 사로잡혔다. 마치 꿈에서나 나타날 것만 같은 동물들이 울긋불긋한 단청의 처마 밑에서 꿈틀거리며 나를 노려보고 있는 것만 같아 슬금슬금 뒷걸음을 쳐야만 했다.

월정사를 모두 둘러본 아주머니들은 인근의 남대 지장암(地藏庵)으로 갔다. 지장암은 월정사와 달리 여승들만 사는 곳이라고 했다. 남자 스님만 있는 게 아니라 여자 스님도 있구나. 이런 생각을 하며 찾아간 지장암은 월정사와 달리 아주 소박한 기와집이어서 왠지 마음이 놓였다. 지장암 마당 한쪽 석축 옆엔 자목련이 피어 있었는데 무명치마저고리를 입은 마을 아주머니들은 그 아래에 서서 절을 배경으로 기념사진을 찍었다. 왠지 모르지만 옮은 보랏빛 꽃잎을 열고 있는 자목련 아래서 쪽진머리를 한 채 서 있는 아주머니들의 수줍은 듯한 그 모습은 이후에도 오랫동안 내 마음을 묘하게 붙잡았다. 까닭을 알 순 없지만……

지금 다시 생각해보니 엄마와 함께 오대산 월정사를 찾아간 게 처음이자 마지막이었다. 고향집에서 가장 가까운 곳에 있는 절이고 자가용을 타고 가면 십여 분이면 갈 수 있는 곳인데도 말이다. 한번 물어봐야겠다. 엄마는 그 옛날 오대산 지장암에 피어 있던 자목련을 기억하고 계시냐고. 가족 앨범 속에서 색이 바래가던 그 사진은 아직 남아 있을까. 찾아봐야겠다.

그후로 조금씩 커가면서 오대산을 찾아가는 나의 발걸음은 점점 분주해졌다. 사월 초파일이면 친구들과 연등 구경을 갔는데 사실대로 말하자면 연등의 초를 훔치기 위해서였다. 초가 귀하던 시절이었다. 신작로 근처의 집들은 전기가 들어왔지만 골짜기에 있는 집들은 대부분 남포등과 등잔불을 켜고 살았다. 그러니 부처님 오신 날은 어린 우리들이 초를 훔칠 수 있는 대목장날이나 마찬가지였다.

어떤 친구는 아예 헝겊으로 만든 자루까지 준비한 채 큰절 마당에 줄줄이 매달아놓은 연등 근처를 서성거렸다. 스님들이나 연등의 주인들이 잠시 자리를 비우기 무섭게 재빨리 초를 훔쳐야만 성공할 수 있었다. 잡히면 죽도록 얻어맞기 십상이었다. 하지만 초를 훔치기는 쉽지 않았다. 후미진 곳을 빼곤 감시의 눈길이 너무 많았기에 개인당 대여섯 개가 고작이었다. 물론 다 그렇게 실적이 저조하지는 않았다. 다년간 초를 훔쳐본 전문가 녀석은 초를 적절하게 훔치는 비결을 알고 있었다. 어느 해 초파일에 자루가 불룩하도록 초를 훔친 그 녀석은 우리들에게 이렇게 말했다.

"간단해. 스님들과 신도들이 잠자러 들어갔을 때 가져오면 돼."

녀석의 말은 절간 어딘가에 숨어서 밤늦게까지 버텨야 한다는 얘기였다. 고픈 배를 참아가며. 녀석이 방바닥에 쏟아놓은 굵직한 초들을 바라보며 나는 물었다.

"어디에 숨어 있었는데?"
"어디긴 어디야, 변소지!"
"에이, 왠지 아까부터 똥냄새가 나더라니!"
"짜식들, 세상에 쉬운 일은 없는 거야."
"야, 이걸로 불 켜면 다 탈 때까지 똥냄새 나는 거 아냐?"

오대산에는 팔각구층석탑이 있는 월정사, 현존하는 동종 중 가장 오래되고 아름다운 범종을 간직한 상원사와 함께 다섯 암자가 있어서 오대산이라 부른다. 동대 관음암, 서대 염불암, 남대 지장암, 북대 미륵암, 그리고 중대 사자암. 저 옛날부터 오대산으로 찾아온 스님들이야 이루 헤아릴 수 없이 많았겠지만 근세에 찾아온 대표적인 이는 경허 스님의 제자인 한암 스님이다. 상원사에 주석한 한암 스님의 일화 중 재미난 게 하나 있다. 하루는 갑자기 귀를 후비며 껄껄 웃기에 스님들이 까닭을 물으니 싱글싱글 웃으며 입을 열었다. 산 아래 진부의 어느 농가에서 송아지가 태어났는데 생김새를 놓고 주인이 말하길, 아 이놈의 송아지 상원사 한암 스님하고 똑같이 생겼네, 라고 말하는 소릴 들었다는 것이다.

물론 스님들은 그 말을 믿지 않았다. 아마 속으로는 이 양반이 노망이 들었나, 그랬을 것임에 틀림없다. 어찌 앉아서 이삼십 리 밖의 이야기를 듣는단 말인가. 그런데 얼마 뒤 어느 스님이 진부에 나갔다가 우연히 송아지가 태어난 그 집에 들렀고, 혹시 몰라서 주인에게 물어본즉 한암 스님의 말이 사실로 드러났다. 한암 스님은 한국전쟁이 터지자 오대산의 모든 스님들이 남쪽으로 피난을 떠났지만 홀로 상원사를 떠나지 않았다. 결국 화마로부터 절을 지켜냈고 전쟁통에 세상을 떠나셨다. 스님의 자전적 구도기에는 내 마음에 쏙 드는 이런 구절이 있다. 일생패궐(一生敗闕). 이번 생은 크게 망했다는 뜻이다. 한암 선사가 오대산으로 들어올 때 남긴 말 또한 곱씹을 만하다.

'천고에 자취를 감추는 학이 될지언정 삼춘(三春)에 말 잘하는 앵무새의 재주는 배우지 않겠노라.'

또 이런 게송도 남겼다.

'북산은 말없이 남산을 대하고 있네.'

지금까지 나는 얼마나 많이 오대산을 들락거렸던가. 초등학생 때에는 학교에서 소풍을 가기도 했고 중학생이 되어선 친구들과 함께 시내버스를 타고 들락거렸다. 등산을 온 타지의 여학생들을 쫓아 비로봉까지 헉헉거리며 올라간 적도 많았다. 석가탄신일이면 불자가 아닌데도 연등이 줄줄이 걸려 있는 큰절을 기웃거렸다. 사천왕문에 들어서면 오금이 저렸고, 명부전의 염라대왕을 보면 죽음이 이렇게 가까이 있나 싶어 두렵기도 했다.

대학 시절, 어마어마한 폭설이 마침내 그친 날 월정사 초입의 전나무 숲길을 걸어서 찾아갔는데 그날의 풍경은 잊을 수가 없다. 눈이 그치자 산속의 새들이 한꺼번에 날아올라 눈에 파묻힌 산을 빠져나오는 장관을 보았던 것이다. 하늘이 새까맣게 보일 정도였다. 새들은 먹을 것을 찾아 산을 빠져나가는 것이었지만 웬일인지 나에게는 그렇게 여겨지지가 않았다. 어떤 불길한 징조인 것만 같아 몸이 부들부들 떨릴 정도였다. 오대산에 살던 모든 새들이 하루 만에 이사를 가는 것만 같은 컴컴한 풍경을 한참이나 바라보다가 매표소 옆 구멍가게에 들어가 소주를 마셨다. 오징어땅콩을 안주 삼아서. 언젠가는 이 을씨년스런 풍경을 배경으로 삼아 소설 한 편을 쓰리라 다짐하며.

해가 가고 나이가 들면서 오대산을 찾아가는 나의 취향도 조금씩 바뀌고 있다는 걸 나중에 알았다. 어떤 해엔 조선왕조실록을 보관하고 있던 사고지인 영감사를 자주 찾아가고 또 어떤 해엔 저물녘 햇살이 좋은 동대 관음암 쪽마루에 엉덩이를 걸쳤다. 관음암 가는 길이면 어김없이 듣게 되는 까마귀 울음소리에 정이 들려고 할 때 나는 북대 미륵암으로 행선지를 바꿨다. 늦가을 북대령을 걸어서 올라가면 아래엔 단풍과 벌개미취가 만발했는데 고갯마루에선 눈보라를 만나기도 했다. 미륵암의 자그마한 부처님은 앙상한 갈비뼈가 살을 비집고 나올 것만 같았는데 마치 내 마음속을 들여다보는 듯했다. 나무를 때던 미륵암의 아궁이 앞에 쪼그리고 앉아 손을 녹이며 나는 왜 내가 가는 길에만 눈보라가 치는 거냐고 툴툴거렸다. 눈물까지 찔끔거리며.

요즈음의 나는 우통수(于筒水)가 있는 오대산 서대 염불암을 좋아한다.

염불암에서 바라보는 남쪽의 산 능선은 아련하다.

염불암에 내려앉는 햇살이 따스하다.

방문을 걸어 잠그고 용맹정진을 하는 스님의 모습을 생각하는 게 좋다.

염불암 너와지붕에 쌓였다가 한 방울, 한 방울 떨어지는 낙숫물 소리에 귀기울이다보면 날개를 파닥거리며 날아온 작은 새 한 마리 내 손가락 위에 내려앉는다.

•• •

하늘을 날고
얼음 위를 달렸다 1

지난 6일간 평창 동계올림픽이 열리는 경기장을 돌아다녔다. 그동안 본 경기는 컬링 믹스더블, 스키점프 노멀힐, 쇼트트랙 스피드스케이팅, 스노보드 슬로프스타일, 프리스타일 스키 모글, 그리고 다시 쇼트트랙이었다. 강릉, 대관령 알펜시아, 봉평 휘닉스 스노경기장을 자가용이나 기차를 이용해 방문했다. 낮 경기와 밤 경기가 번갈아 이어졌다.

경기장까지 찾아가는 길. 현지에 도착해 보안검색을 마치고 경기장까지 걸어가는 길. 텔레비전으로가 아니라 현장에서 직접 본다는 긴장감으로 입장권에 적혀 있는 좌석을 찾아가는 길. 그러지 않으려 했지만 나도 모르게 벅차고 흥분되는 길들이었다. 개회식까지 합쳐 모두 여덟 경기를 봤으니 강행군이라면 강행군이었다. 피곤이 쌓여 경기장 가는 길이 한없이 멀게 느껴지다가도 내 생애에 또 언제 이 땅에서 동계올림픽 경기가 열릴까 싶어서 칼바람 휑휑 부는 길을 인파에 밀려 한 걸음, 두 걸음, 옮기고 또 옮겼다. 주머니의 손핫팩을 만지작거리며.

강릉에서 첫 경기인 컬링을 보고(컬링을 한 문장으로 표현해보라면 나는 이렇게 쓰고 싶다. 집은 좁고 들어가 살 식구는 너무 많다) 저녁에 벌어지는 스키점프를 구경하기 위해 대관령 옛길을 통해 횡계로 올라왔다. 매년 단오제면 대관령의 산신령을 모셔가기 위해 제를 지내는 대관령 국사성황당을 잠시 둘러보고 곧장 진부도서관으로 향했다.

진부도서관은 이번 동계올림픽을 관전하는 나의 베이스캠프다. 경기장에서 찍은 사진, 수첩에 메모한 내용들을 노트북에 옮겼다. 졸음이 밀려오면 책상에 팔베개를 만들어 얼굴을 파묻고 잠을 청할 수도 있으니 나에겐 천국이나 다름없는 곳이다. 진부도서관은 동계올림픽 경기가 벌어지는 어느 경기장으로도 수월하게 갈 수 있는 탁월한 곳에 있으니 이보다 더 큰 행운은 아마 없을 것이다.

저녁을 든든하게 챙겨 먹고 진부역에 도착해 외국인들 틈에 섞여 알펜시아로 가는 셔틀버스를 탔다. 이 사람들은 어느 먼 나라에서 이곳 평창까지 찾아온 것일까. 알아들을 수 없는 외국어가 붕붕거리는 버스를 타고 있으니 마치 내가 갑자기 외국에 뚝 떨어진 기분마저 들었다. 강원도 산골의 이 작은 마을에 외국어가 이렇게 흥성한 적은 없었을 것이다. 아마 앞으로도. 버스에서 내리자 다음은 걸어서 산길을 넘어야 했다. 산 너머 스키점프대와 크로스컨트리 경기장을 밝히는 조명 탓에 밤하늘에 뜬 구름마저 환했다.

스키점프 노멀힐(K-90)은 두 대의 스키점프대 중 길이가 조금 짧은 점프대에서 벌어졌다. 스키점프는 키가 크고 몸무게가 적게 나가면 유리하다고 한다. 노멀힐의 기준거리는 90미터인데 그보다 멀리 날면 추가점수가 붙고 짧게 날면 감점을 받는다고. 비행거리와 자세(도약, 비행, 착지)를 합쳐 점수가 매겨지는 종목이었다. 혹한에 대비해 중무장을 한 채 자리에 앉아 도약대에서 밤하늘로 날아오르는 각 나라 선수들을 구경했다.

스키를 신고 하늘을 날아가는 선수들. 그렇게 날아올랐다가 눈 덮인 언덕으로 착지하는 선수들. 착지할 때 들려오는 스키와 눈의 둔탁한 마찰음은 경기장이 아니고서는 맛볼 수 없는 소리였다. 아찔한 착지장면은 나도 모르게 입에서 비명이 튀어나올 정도였다. 그러니 어린 시절 마을의 비탈밭에서 우리들이 나무 스키를 타고 점프를 했던 것은 그야말로 소꿉장난이었다. 그때도 잘못 착지를 하면 가슴이 쿵 하고 내려앉을 정도였는데 정식 스키점프대에서 점프를 하는 선수들은 말할 필요조차 없었다. 조마조마한 마음을 다스리며 점프를 지켜보는데 역시나 그들은 각 나라를 대표하는 선수들이었다. 정말이지 한 마리의 새나 다름없었다.

문제는 다른 곳에서 터졌다. 곱아오는 손으로 수첩에 이것저것을 기록하는데 이런 젠장! 갑자기 볼펜이 나오지 않았다. 잉크가 떨어진 거 같아 살펴보니 그것도 아니었다. 볼펜의 잉크가 추위에 얼어버린 것이었다. 세상에, 잉크가 다 얼다니! 학생 시절 공부를 할 때에도 얼지 않았던 잉크가 스키장에서 얼어버리다니. 밤이 깊어질수록 기온은 점점 내려가고 있었다. 잉크처럼 얼어가고 있는 발가락, 손가락을 녹이려면 어딘가로 대피를 해야만 했다.

만국의 흡연자들이 모여 있는 곳을 지나고 만원인 휴게실도 지나 내가 도착한 곳은 화장실이었다. 그곳에서 마시는 뜨거운 청주 한 컵은 온몸을 단번에 녹여주었다. 볼일을 보고 지나가는 사람이 흘끔거려도 전혀 창피하지 않았다.

개회식 다음날 저녁에는 쇼트트랙 스피드스케이팅을 보기 위해 다시 강릉으로 달려갔다. 이번에는 진부역에서 강릉 가는 기차를 탔다. 기차는 대관령 구간의 긴 터널을 십여 분 만에 통과해서 나를 깜짝 놀라게 했다. 어렵고 힘들게 대관령을 넘고 넘었던 옛날의 일들이 허무하게 느껴질 정도였다. 이렇게 쉽게, 아무 느낌도 없이, 멀미 한번 하지 않고 대관령을 넘어도 된단 말인가.

뭔가 허전한 마음을 감추지 못한 채 지하 강릉역을 빠져나오는데 헉! 이건 또 뭐란 말인가. 경찰들이 방어벽을 치고서 누군가를 기다리고 있었다. 나를 기다린 건 아닐 테고…… 경찰들과 기자들 뒤편의 의자에 신발을 벗고 올라가 나도 기다렸다. 그들은 나와 같은 기차를 타고 강릉에 도착한 모양이었다. 강릉역에 모여 있는 사람들은 모두 그들이 어서 에스컬레이터를 타고 올라오길 기다렸다.

그들은 북에서 내려온 손님들이었다.

마침내 그들이 나타났을 때 사진을 찍었지만 역시나 나의 실력은 영 꽝이었다.

누군가 그들에게 '반갑습니다!' 인사를 했지만 그들은 엷은 미소만 지은 채 역사를 빠져나갔다.

쇼트트랙의 빙판 규모는 내가 생각했던 것보다 훨씬 작았다. 만경봉호를 타고 북한에서 내려온 응원단이 〈반갑습니다〉를 부르며 남자 1500미터 결승경기를 응원했다. 마침 내 뒤편에 자리를 잡고 있어서 응원을 할 때마다 고개를 돌리지 않을 수 없었다. 이럴 땐 몸이 두 개라야 되는데 그렇지 않으니 경기 보랴, 사진 찍으랴, 메모하랴, 미모의 북한 응원단 넋 놓고 훔쳐보랴, 정신이 없었다.

더군다나 한국이 강세를 보이는 쇼트트랙 경기의 열기는 점점 달아오르고 있으니. 선수들은 너무 좁아 보이는 빙판을 돌

때 잔걸음으로 아슬아슬하게, 조심조심 충돌하지 않게, 그리고 추월을 하기 위해 과감하게 파고드는데 내 가슴이 다 조마조마해질 지경이었다. 경기를 쉬는 시간에 북한 응원단은 〈고향의 봄〉을 불렀는데, 뭐랄까, 그 목소리의 색감이 특이했다. 마치 과거에서 온 목소리처럼 느껴지니.

이어서 시작된 여자 500미터는 숨 돌릴 틈도 없었다. 정말 빨랐고 동시에 일찍 끝났다. 경기 사이사이 바닥에 물을 왜 붓는지 모르겠는데 트랙을 도는 선수들이 계속해서 미끄러져 넘어졌다. 아찔한 순간들이 계속되었다. 세계 랭킹 1위인 최민정 선수가 출전한 경기에선 함께 출전했던 나머지 세 선수가 동시에 미끄러져 넘어지기도 했다.

Shhhh 쉿!

이날 경기의 하이라이트 가운데 하나는 여자 3000미터 계주 예선에 출전한 우리 선수들이었다. 밀어! 밀어! 관중들의 함성이 울려퍼지는 가운데 우리 선수 중 하나가 미끄러져 넘어지고 말았다. 그러나 그게 전부가 아니었다. 한 바퀴, 두 바퀴, 세 바퀴, 조금씩 따라잡기 시작한 한국은 4위에서 3위로, 2위로, 결국 앞서가던 캐나다 선수를 추월해 1등으로 결승선을 통과했다. 강릉 아이스아레나가 가마솥의 물처럼 펄펄 끓어오르는 순간이었다.

이어 벌어진 남자 1500미터 결승에서 한국의 첫 금메달이 나왔다. 금메달을 목에 건 선수는 임효준이었다. 함께 선두권을 유지했던 또 한 명의 한국 선수는 그만 미끄러져 넘어지고 말았는데 무대 밖으로 퇴장하는 그 선수의 뒷모습에 관중들은 잔잔한 박수를 보내주었다. 우승을 하는 것도 한순간이고 넘어지는 것도 한순간이었다. 쇼트트랙 스피드스케이팅은 그런 사실을 내게 곡진하게 말해주었다.

감동과 흥분, 아쉬움을 달래며 강릉역으로 가는 언덕길을 걸었다. 길옆에는 청사초롱들이 불을 밝히고 있었다. 밤의 강릉역은 아름다웠으나 편의시설이 부족했다. 기차를 기다리는 동안 앉을 자리도 부족했다. 편의점과 어묵을 파는 가게 앞에 길게 늘어선 줄은 시간이 지나도 줄어들지 않았다. 나는 승차권 발매기 뒤편에 있는 콘센트에 휴대폰 충전기를 꽂아놓고 남북한 여자 단일팀의 아이스하키 경기를 텔레비전으로 시청했다. 우리는 여덟 골을 먹고 한 골도 넣지 못했다. 그것 또한 스포츠였다. 역시 그것 또한 인생이었다.

그리고 나는 기차를 놓쳤다.

•• •

하늘을 날고 얼음 위를 달렸다 2

평창 봉평에 갔다.

봉평은 소설가 이효석의 고향이다. 이효석은 고향인 평창을 배경으로 삼아 흔히들 말하는 '영서 삼부작'을 썼다. 많은 사람들이 알고 있는 「메밀꽃 필 무렵」과 「산협」, 그리고 진부가 배경인 「개살구」가 그것이다. 이 소설들 속엔 힘들었던 1930년대를 건너가는 평창 사람들의 이야기가 고스란히 들어 있다. 소설의 무대였던 봉평에 훗날 스키장이 들어서고 이곳에서 동계올림픽이 개최되리라는 걸 이효석과 소설 속 인물들이 알았을 리는 없겠지만 가능만 하다면 모두 불러모으고 싶은 마음이 봉평으로 가는 내내 들었다. 그들에게 2018년의 봉평 장거리와 태기산 자락의 스키장에서 스키와 보드를 타는 사람들을 보여준다면 어떤 표정을 지을까. 신작로보다 몇 배나 더 넓은 고속도로와 철로를 질주하는 고속열차를 보여준다면 소설 속에서처럼 놀라 뒤로 나자빠질까? (음…… 하여튼 나는 상상이 지나쳐서 탈이다.)

스노보드 슬로프스타일 경기를 보기 위해 오랜만에 봉평 휘닉스 스키장을 찾아갔다. 임시로 만든 관중석에 앉아 눈 덮인 산비탈을 바라보며 경기가 시작되길 기다리는데 문득 옛날 일이 떠올랐다. 맞아, 그런 일이 있었지……

십오 년 전쯤의 어느 겨울일 게다. 어찌어찌하다가 휘닉스 스키장까지 갔는데 구경만 하는 게 아니라 스키까지 타게 되는 상황이 벌어졌다. 사실 나는 그때까지 고향이 대관령이고, 눈이 많은 고장에 살고, 어렸을 때부터 스키를 탔다고 외지 사람들에게 꽤 많이 떠들어댔었다. 거기까지는 대부분 사실이었는데 한번은 얘기가 무르익다보니 지금도 고향에 가면 스키장에 가서 스키를 자주 타냐는 질문에 그만 고개를 끄덕이고 말았다. 질문을 던진 사람이 직접 스키장까지 쫓아와 확인할 리는 없을 거라고 생각하고는. 그런데 그게 현실이 돼버린 거였다.

난생처음 스키와 부츠, 스키복을 빌린 나는 졸지에 눈 덮인 슬로프 위에 덜컥 떨어졌다. 난감했다. 온갖 생각이 머릿속에서 부글부글 들끓었다. 겁도 더럭 났다. 하지만 사람들에게 사실 현대식 스키를 탄 적은 없다고 자백할 수는 없었다. 오기도 생겨났다. 어린 시절 줄곧 나무 스키를 타지 않았던가. 고향친구들에게 들은 얘기만 가지고도 충분히 탈 수 있다고 믿었다. 나야말로 대관령의 아들이 아닌가! 옛날 스키와 요즘 스키가 다르면 얼마나 다르겠는가! 리프트에 올라탄 나는 몇 번이나 주문을 걸며 상급자 코스로 올라갔다. (아무리 그래도 중급자 코스는 자존심이 상했기에.)

언제부터 봉평 휘닉스 스키장이 스노보드의 메카가 되었는지는 모르겠다. 스노보드 슬로프스타일은 마치 눈 덮인 고갯길을 오르고 내려오고 다시 오르기를 되풀이하는 종목처럼 보였다. 보드에 올라탄 선수들은 전속력으로 고갯길을 올라와 고갯마루에서 허공으로 치솟아 한 바퀴, 두 바퀴, 많게는 세 바퀴를 돌며 기량을 뽐냈다. 옆으로 비스듬히 돌고, 서서 돌고, 공중제비를 돌고…… 스키점프와 달리 이건 거의 곡예에 가까웠다. 그러니 구경을 하는 젊은 관중들이 환호하지 않을 수 없었다. 선수들이 올라탄 스노보드는 하늘을 나는 양탄자 같았다. 간혹 양탄자가 균형을 잃고 비틀거리기도 했지만.

스노보드 종목에는 평행대회전, 크로스, 하프파이프, 슬로프스타일, 빅에어가 있는데 내가 제일 좋아하는 건 스노보드 크로스였다. 여러 명의 선수들이 동시에 출발해 눈 덮인 설원에서 각종 묘기를 선보이며 경주를 하는데 마치 눈 비탈에서 벌어지는 쇼트트랙 500미터를 보는 것처럼 스릴이 넘쳤다. 착지를 잘못하거나 선수들끼리 부딪쳐 넘어지는 일이 왕왕 벌어졌고 살아남은 선수들이 그 사이를 아슬아슬하게 뚫고 결승선을 향해 질주하는 종목이었다. 그에 반해 슬로프스타일은 한 명씩 출발해 점프의 높이, 회전, 테크닉, 난이도 등으로 점수를 매겼다.

관중들은 현장에 설치된 대형화면을 통해 경기 장면을 간접적으로 관람하다가 마지막 언덕을 넘어 점프를 하는 순간에야 비로소 선수들을 육안으로 직접 볼 수 있었다. 허공에서 각종 회전을 한 뒤 착지해 결승선을 통과하는 모습을. 어떻게 보면 동계스포츠의 설상종목은 코스의 길이 때문에 안방에서 텔레비전 화면으로 보는 게 더 효과적일 수 있겠다는 생각도 들었다. 제한된 시야 속에서 현장의 관중들은 봉평 태기산에서 불어오는 혹한의 칼바람과도 맞서 싸워야만 했다. 손핫팩을 만지작거리고 무릎담요를 올려놓고 뜨거운 커피를 수시로 마셔가면서까지 현장에서 경기를 지켜보는 장점은 뭘까를 생각해보았다. 그것은 그 모든 악조건 속에서도 안방에서는 결코 느낄 수 없는 어떤 열정이었다. 선수들에게서 전해져오는 열정, 그리고 선수들을 응원하는 세계 각국 관중들에게서 전해져오는 열정, 그것은 오직 현장에만 있었다.

그 옛날, 정식 스키를 신고 봉평 휘닉스 스키장 상급자 코스에 올라간 나는 잠시 아래를 내려다보며 생각에 잠겼다. 슬로프는 아래에서 볼 때보다 경사가 훨씬 가팔랐다. 거의 절벽이

나 다름없었다. 슬로프를 덮은 건 눈이 아니라 얼음에 가까운 눈이었다. 한마디로 무시무시했다. 스키장에선 처음 스키를 타는 거라 고백하고 리프트를 이용해 다시 내려가고 싶은 마음이 굴뚝같았다. 그러나 나는 고백 대신에 오기를 선택했다. 심호흡을 한 뒤 앞서 출발한 사람의 궤적을 눈여겨본 다음 마침내 출발을 했다. 초반의 절벽 구간만 잘 통과하면 될 듯싶었다. 최대한 지그재그로 내려갈 작정이었다. 마치 알파벳 Z를 스키부츠로 꽉 밟아놓는 듯한 플레이를 오른쪽 왼쪽으로 번갈아 펼쳐야 했다. 조금이라도 실수하면 끝장이었다.

그런데 곧바로 문제가 생겼다. 오른쪽 끝 펜스로 무사히 가긴 갔는데 스키가 너무 길어 왼쪽으로 돌아설 수가 없었다. 왼쪽 스키의 방향을 먼저 돌리고 오른쪽 스키를 돌려야 하는데 너무 급경사여서 그게 쉽지가 않았다. 까딱 잘못하면 저 아래로 쏜살같이 내달릴 것만 같았다. 그렇다고 왼편 펜스를 향해 후진을 할 수도 없었다. 난감했다. 다른 스키어들은 아무렇지 않게 좌우로 회전하며 슬로프를 잘도 내려갔다. 빠른 몸놀림으로 방향을 틀어야만 하는데 내 자세는 이미 기이하게 틀어져 있었다. 절벽 귀퉁이에서 왼쪽 스키와 오른쪽 스키는 서로 다른 방향을 바라보고 있으니……

다음날 저녁에 나는 다시 봉평 휘닉스 스키장으로 향했다. 프리스타일 스키 모굴 경기가 열리는 날이었다. 슬로프(250미터)는 온통 울퉁불퉁했다. 모굴은 우리말로 둔덕이다. 알파인보다 짧고 가벼운 스키를 신고서 다양한 크기의 둔덕 사이를 요리조리 빠져나오는 방식이었다. 거기에 두 개의 점프대까지 있었다. 점수는 회전 기술 60퍼센트, 점프의 공중동작 20퍼센트, 시간기록 20퍼센트를 반영했다. 밤의 스키장에 앉아 우둘투둘한 둔덕을 분주하게 내려오는 선수들을 보니 발바닥에 열이 나도 한참 날 것 같았다.

한순간이라도 긴장을 늦추면 솟아오른 눈의 둔덕에 스키 코가 처박히거나 튀어올라 그대로 꼬꾸라질 것처럼 위험했다. 도로로 비유하자면 산에서 굴러온 크고 작은 돌멩이가 널려 있는 임도나 다름없었다. 그 위에 눈이 내려 얼어붙었고 스키어들은 장애물을 즐기며 산을 내려오는 것이었다. 간혹 길이 끊기면 점프를 하면서. 세상의 길은 참 가지가지였다. 방한준비를 했지만 밤이 깊어질수록 더 매서워지는 추위를 견디지 못하고 나는 결국 휴게실로 대피하고 말았다. 휴게실은 손 시리고 발 시린 세계만방의 사람들로 초만원이었다.

그해 겨울, 봉평 휘닉스 스키장 상급자 코스에 갇힌 나는 외롭고 고독했다. 때를 맞추기라도 한 듯 장내 방송에서는 야간 스키 폐장시간이 되었다며 어서 빨리 내려오라고 종용했다. 지나가는 스키어에게 도움을 청하려고 몇 번이나 마음먹었지만 내 입에선 끝내 아무 소리도 새어나오지 않았다. 나는 그저 그들의 뒷모습을 바라보기만 했을 뿐이다. 하산을 알리는 방송은 멈추지 않았다. 스키를 벗고 걸어서 내려갈까 고민하다가 포기했다. 아무리 외롭고 고독해도 대관령의 전직 스키선수가 아닌가. 나는 천천히 오른쪽 스키의 방향을 돌렸다. 그러나…… 내가 탄 스키는 왼쪽 펜스로 향하지 않고 까마득한 절벽 같은 저 아래를 향해 일직선으로 내달리기 시작했다.

만원버스 안에 들어간 듯했지만 휴게실은 따스했다. 앞에 앉은, 지역주민인 듯한 할아버지가 새로 들어온 할아버지에게 말했다.

"여긴 뭐하러 왔나?"

"놀러왔다."

"추워 죽는 줄 알았다. 이제 가자."

"그래 가자."

나도 할아버지들을 따라 휴게실을 나왔다. 몸을 녹였더니 졸음이 슬슬 몰려왔다. 그해 겨울, 상급자 코스의 나는 속도를 이기지 못하고 절벽 위에서 뒹굴었고 내가 신고 있던 스키 한쪽은 저 혼자 신나게 슬로프를 내려갔다. 그후 한동안 나는 파스 냄새가 진동하는 옆구리를 한 손으로 받치고 다녔다. 기침도 제대로 못하고.

●● ●

강릉,
조르바의 춤

강릉 관동하키센터에서 열리는 미국 대 슬로베니아의 아이스하키 남자 경기는 밤 9시 10분에 열리기에 낮에는 모처럼 겨울바다를 구경하기로 했다. 텀블러에 맛좋은 커피를 담아 조금씩 마셔가면서. 설 연휴가 시작되기 전날이라 영동고속도로는 그리 붐비지 않았다. 대관령을 넘어가면서 코스를 어떻게 정할까 잠시 고민하다가 강릉의 북쪽에서 남쪽으로 내려오는 해안도로를 선택했다. 주문진, 영진, 사천, 사근진, 경포, 남항진, 안목, 그리고 잠시 해안을 벗어났다가 다시 안인, 정동진으로 이어지는 길이다. 겨울바다는 푸른 빙판처럼 펼쳐져 있을 테고 파도는 스케이트를 탄 듯 해안선으로 달려올 것이었다.

텔레비전 화면으로 본 남북한 여자 단일팀과 한국 남자팀의

하키 경기를 본 소감은 외국팀에 비해 실력 차가 현저하게 난다는 거였다. 안타까웠다. 올림픽에서 단 한 골을 넣기도 쉬운 일이 아니라는 것을 실감할 수 있었다. 그게 우리나라 아이스하키의 현주소였다. 그러했기에 일본전에서 넣은 한 골이 주는 감동은 남달라도 한참 남달랐다. 그 골이 있어서 무척 즐거웠다. 혹시나 하는 마음으로 경기를 지켜보다가 어느 시점부터 현실을 인정하고 즐길 수 있게 되었으니 즐겁지 않을 까닭이 없었다. 그때부터 진정으로 아이스하키라는 경기를 음미하며 볼 수 있게 되었다.

한 팀의 선수는 몇 명이며 그들의 복장과 경기 장비를 살피게 되었다. 경기 규칙이 궁금하면 휴대폰을 꺼내 검색을 할 수도 있었다. 심지어는 우리나라 아이스하키의 역사까지 들여다보았다. 옛날에는 아이스하키를 빙구라 불렀다고 한다. 최초의 아이스하키 경기는 1928년에 창설된 철도팀 대 경성제국대학 빙구부 경기였다. 그후 1930년 1월에 제6회 전조선 빙상경기대회가 열렸고 여기서 최초의 빙구 공식경기가 벌어졌다. 그리고 모두의 숙원이었던 우리나라 최초의 아이스하키 실내링크가 1964년 동대문에 건립되었다.

사천에서 얼큰한 섭국으로 배를 채운 뒤 꽃향기가 피어나는 아프리카 예가체프 커피를 홀짝홀짝 마시며 양쪽에 아름다운 소나무가 우거진 해안도로를 달렸다. 겨울바다는 왼편 소나무 숲 너머로 모습을 드러냈다가 감추기를 되풀이했다. 눈이 내리면 더더욱 좋았을 텐데 동계올림픽이 열린 이번 겨울에는 왠지 강원도의 눈이 인색하게 내렸다. 눈이 없는 자리에 강풍과 혹한이 기승을 부렸으니 풍경은 이루 말할 수 없이 삭막했다.

바닷가의 소나무 숲으로 내리는 눈, 백사장을 덮는 눈, 그리고 바다에 내려 쌓이지 못하고 녹아버리는 눈이 보고 싶었지만 하늘이 도와주지 않았다. 물론 폭설이 내리면 도로가 마비될 수도 있지만 그래도 눈의 고장 강원도가 아닌가. 더욱이 강릉엔 제설의 달인들이 만반의 준비를 한 채 대기하고 있지 않았는가 말이다. 폭설은 아니더라도 세상의 풍경을 한순간에 바꿔버리는 함박눈이 내려주길 소원하며 경포대를 지나 강릉항이 있는 안목으로 향했다.

이번 동계올림픽을 구경하면서 인상적인 면모 중의 하나는 바로 자원봉사자들이었다. 나이가 많고 적음을 초월한 자원봉사자들은 가는 곳마다 보였다. 버스터미널, 기차역, 셔틀버스 정류장, 경기장 입구와 안쪽, 올림픽 파크의 곳곳에서 그들의 모습을 확인할 수 있었다. 그들은 칼바람을 맞아가면서 밤과 낮을 가리지 않았다. 제대로 가고 있는지 의심이 들어 고개를 두리번거리면 어김없이 그들의 모습을 만날 수 있었다. 나도 몇 번인가 물었다.

"이 언덕을 넘으면 강릉역이 나오나요?"

"여기서 진부역으로 가는 셔틀버스가 있습니까?"

"관동하키센터 가는 길이 이게 맞습니까?"

"강릉에서 가장 아름다운 바다를 추천해줄 수 있나요?"

그들은 웃으며 말했다.

"정동진 바다부채길에서 보는 바다가 좋아요!"

정동진 아래 심곡항에서 출발하는 바다부채길은 그동안 일반인들이 들어갈 수 없는 곳이었다. 군부대의 철책이 가로막고 사람들이 다닐 만한 길조차 없는 해안단구였다. 아주 옛날에는 바다였는데 해수면이 낮아지면서 육지가 되었다. 한반도에서 보기 드문 지형적 특성을 가지고 있고 지반융기의 살아 있는 증거자료라고 하는데 내 관심은 바다부채길에서 보는 바다였다. 4킬로미터에 달하는 길을 걸으며 그동안 잊고 있었던 바다를 원 없이 눈에 담아올 작정이었다. 심곡항에 차를 댄 뒤 입장료 3천 원을 내고 그 바다를 향해 방파제 계단을 올라갔다.

바다는, 언제 찾아와도 경이롭다.

바다는, 늘 사람을 설레게 한다.

바다는, 보는 사람의 마음까지도 춤추게 만든다.

바다는……

아이스하키 경기 역시 직접 관전하는 것은 처음이었다. 경기 전 센터라인 양쪽에서 몸을 푸는 장면부터 격렬했다. 허공을 날아간 퍽들이 골대 뒤편의 플라스틱 펜스를 강타하는 소리에 깜짝깜짝 놀랄 정도였다. 혹시 퍽이 펜스를 넘어 관중석으로 날아드는 건 아닐까 걱정스러웠다. 스틱을 들고 헬멧을 쓴 채 얼음 위를 빠르게 달려온 선수들이 건네받은 퍽을 골대를 향해 날리면서 경기장을 서서히 달구기 시작했다.

초반에는 미국의 공세가 압도적이었다. 응원을 하는 관중들도 대부분 미국인들이었다. 그들은 USA!를 외치며 응원에 열을 올렸다. 박진감 넘치는 공방전이었다. 상대편 선수가 펜스에 몰리면 한꺼번에 달려가 보디체크를 했는데 그때마다 펜스가 쿵쿵 울렸다. 보호 장비를 착용하지 않으면 뼈가 남아나지 않을 게 분명했다. 또한 앞뒤로 이동할 수 있는 스케이트는 엄청난 속력을 낼 수 있었기에 선수들은 퍽을 좇아 단숨에 상대편 골대까지 돌진해들어갔다. 관중들의 눈도 정신없이 돌아가야 퍽을 좇아갈 수 있었다. 장내 아나운서는 경기중 퍽이 관중석으로 날아갈 수 있으니 주의를 당부한다는 멘트를 빠트리지 않았다.

미국은 1피리어드에 선제골을 넣었는데 슬로베니아는 아무래도 전력이 한 수 아래인 것 같았다. 1피리어드가 끝나기 직전 아나운서의 주의대로 퍽이 관중석을 향해 날아갔는데 성조기를 두른 한 사내가 용케도 맨손으로 받아내서 관중들의 박수를 받았다.

슬로베니아는 2피리어드에도 미국의 일방적인 공격을 막아내며 간간이 역습을 하는 게 전부였다. 골대 근처엔 양쪽 선수들의 스케이트에 깎인 얼음가루가 가득했다. 잠시 쉬는 시간을 이용해 얼음가루를 치울 때 경기장의 스피커에선 영화 〈그리스인 조르바〉에 나오는 음악 '조르바의 춤'이 흘러나왔다. 관중들은 음악에 맞춰 박수를 치며 양팀을 응원했는데 마치 춤을 추는 조르바의 음성이 들리는 듯했다.

'내 속에는 소리치는 악마가 한 마리 있어서 나는 그놈이 시키는 대로 합니다. 감정이 목구멍까지 올라올 때면 이놈이 소리칩니다. 춤춰! 그러면 나는 춤을 춥니다. 숨통이 좀 뚫리지요. 춤을 추지 않았더라면 정말 미치고 말았을 겁니다.'

이어 경기가 재개되자 미국은 슬로베니아 골키퍼의 실수를 놓치지 않고 다시 골을 넣었다. 중거리 슛만 할 수밖에 없는 슬로베니아는 절망적으로 보였다.

내 옆으로 조금 떨어진 자리에 앉은 흰 패딩 차림의 관객이 이틀 전 열린 프리스타일 스키 여자 모굴에서 금메달을 딴 프

랑스의 페렝 라퐁트로 밝혀지자 사진을 찍으려는 관객들이 몰려들었다. 덕분에 나도 손쉽게 그녀의 사진을 찍으며 휴식시간을 보낸 뒤 3피리어드를 맞이했는데 마침내 슬로베니아의 첫 골이 터졌다.

남은 시간은 12분. 미국 응원단의 함성이 점차 높아졌다. 당연히 슬로베니아는 더욱 거세게 몰아붙였는데 1분 37초를 남겨놓은 시점에 동점골이 터졌다. 건너편 관중석 상단에 앉아 있던 슬로베니아 응원단이 일제히 일어나 깃발을 흔들었다. 승부는 연장전으로 넘어갔다. 각 팀에서 키퍼를 포함해 네 명의 선수가 출전해 경기를 벌였는데 미국은 슬로베니아의 대공세를 견뎌내지 못하고 결국 골든골을 허용했다.

슬로베니아의 밤이었다! 선수들과 응원단이 열광적으로 춤을 추는 밤이었다. 나도 기꺼이 박수를 보냈다.

변함없이 나는 밤의 대관령을 넘었다.

강릉에서 우리 아이스하키가 춤출 날이 오기를 소원하며.

●● ●

정선, 앞산 뒷산에
빨랫줄을 매고 살지요

설날 오전에 스키 경기를 보려고 정선에 가게 되었다.

원래는 설 전날에 정선 알파인스키장으로 가서 남자 슈퍼대회전을 관전하는 일정이었는데 허탕을 치고 말았다. 강풍으로 취소된 이전 경기를 설 전날에 하고 설 전날의 경기는 설날에 한다는 소식을 스키장 입구에서 듣고는 잠시 화가 치밀었지만 아무리 둘러봐도 화를 풀 만한 상대는 보이지 않았다. 스키장 입구에는 자원봉사자들과 보안검색을 하는 경찰들, 그리고 매표소 직원들밖에 없었다. 조직위원회는 어디에 있는가? 겹겹이 펜스를 친 스키장 저 안쪽의 높은 건물 속에 숨어 있는가? 아니면 그 너머 가리왕산 하봉 꼭대기(해발 1380미터)에 올라가 있는 건가? 조직위원회를 찾지 못한 나는 경기장 입구를 서성거리다가 결국 돌아서고 말았다. 그래, 참자. 강풍으로 연기되었다지 않은가. 그렇게 마음을 다독였지만 다음날 봉평 휘닉스 스키장에서 열리는 여자 스노보드 크로스를 볼 수 없다는 생각이 들자 다시 화가 치밀기 시작했다. 화를 조금이라도 달래려면 정선 어딘가로 떠나야만 했다. 그런데 남의 산소 앞에 대놓은 차를 향해 터벅터벅 걸어가는 동안 화가 조금씩 가라앉았다. 예정 없이 불어닥친 강풍을 탓할 수도 없고 선수들의 안전을 고려해 경기를 취소한 조직위원회를 원망할 수도 없었기에.

정선 알파인 경기장이 있는 가리왕산은 진부에서 정선으로 흘러가는 오대천 옆에 있다. 진부에서 정선으로 가는 길은 강원도의 길 중 백미로 꼽히는 길이다. 매년 오월이면 나는 늘 이 길을 달려 정선으로 향하곤 했다. 오대천에서 시작해 작은 봉우리 하나 거치지 않고 그대로 하늘까지 치솟은 산들, 그 산에서 피어나는 연둣빛 잎들을 보노라면 겨우내 먼지만 덮였던 마음이 다 환해지는 듯한 기분이 들었다. 어디 연둣빛 봄날뿐인가. 연두에서 초록의 시간을 건너 붉고 노란 단풍이 번지는 가을의 풍경 역시 절경이다. 그 봄과 가을이 지나간 자리에서 열리는 동계올림픽 경기장에 들어가지 못하고 나는 정선으로 향했다. 한 시절 나에게 정선이라는 곳은 인도나 네팔과 다름없는 곳이었다. 세파에 시달린 몸과 마음이 바닥을 칠 때면 나는 늘 정선을 찾았다. 박세현 시인은 그 옛날 정선을 일컬어 앞산과 뒷산에 빨랫줄을 매달아 물이 뚝뚝 떨어지는 빨래를 너는 곳이라고 했다. 도대체 앞산과 뒷산이 얼마나 가까웠으면 빨랫줄을 다 맨단 말인가. 그 사이에 있는 집은 또 얼마나 자그마할 것인가. 그래서 나는 정선이 좋았다. 정선에 가면 온 마음이 다 헐거워지는 기분이었다. 자, 오늘은 또 어디로 가볼까. 나전삼거리 철다리 아래서 나는 우측 깜빡이등을 켰다.

목적지를 정선 화암면에 있는 몰운대(沒雲臺)로 정했다. 몰운대를 어떻게 해석할까. 구름이 함락되는 곳, 구름이 숨는 곳, 구름이 패망하는 곳, 구름이 들어가는 곳, 구름이 다하는 곳…… 정선 읍내를 지나 까칠재터널을 통과한 뒤 구불구불 이어진 길을 돌고 돌면 화암 동굴이 나온다. 화암 약수로 가지 않고 화표동민박을 지나 까마득한 벼랑 아래로 다시 구불구불 돌아가는 길을 달리면 곤드레만드레 한치마을이 보이는데 몰운대는 바로 그곳에 있다. 한치마을과 몰운리가 갈라지는 벼랑 끝이 바로 몰운대다. 예전에는 아주 멋진 소나무 한 그루가 자라고 있었는데 어느 해 생을 마감하고 지금은 마른 줄기만 남아 벼랑 위에서 묵언수행에 든 지 오래다. 그래도 나는 몰운대에 가서 그 나무를 보고 있으면 왠지 마음이 편해진다. 벼랑 끝까지 날아와 벼랑 아래로 투신하지 않고 바위틈에 뿌리를 내리고 살다가 죽은 그 나무를 보면 삶에 대해 새삼 숙연해지지 않을 수가 없는 것이다.

몰운대는 바위들의 고층아파트 같다. 그 위에 흙과 소나무가 세 들어 살고 심지어는 산소들도 더부살이를 하고 있다. 가장 먼저 몰운대에 도착해 뿌리를 내리고 살다 죽은 대장 소나무는 너무 말라서 광솔 같은 줄기와 가지를 펼친 채 오랜만에 찾아온 객을 맞이했다. 나는 벼랑 가까이 갈수록 후들거리는 다리에 힘을 주고 간신히 걸음을 옮겼다. 바람이 불었다. 벼랑 끝으로 다가가는 내 모습은 마치 각고의 노력을 한 뒤 어쩌면 마지막이 될지도 모를 올림픽에 나라를 대표하여 출전했건만 메달은 고사하고 예선탈락을 한 선수처럼 보였다. 이윽고 벼랑 끝에 도착한 나는 보았다. 벼랑 저 아래 개울에서 사내들 몇이 족대와 지렛대로 한가하게 물고기를 잡는 모습을. 개울 건너편 민가와 비닐하우스에 옹기종기 모여서 반짝거리는 햇살을. 몰운대는 삶과 죽음이 손을 꽉 움켜잡은 채 노래하고 춤추는 곳이었다. 그러하니 비록 꼴찌라 하더라도 다시 돌아가야 했다.

설날 오전, 정선 알파인스키장엔 바람이 불지 않았다. 햇살이 가득한 설원은 눈이 부셔 똑바로 쳐다볼 수조차 없었다. 언제 강풍이 몰아쳤냐는 듯 다른 얼굴을 하고 있었다. 산비탈의 돌무지 위로 길을 낸 리프트를 타고 관중석으로 올라가면서 본 스키장의 슬로프는 어마어마한 규모여서 한눈에 다 들어오지 않았다. 피니시 라인 바로 위쪽의 슬로프가 낙엽송 숲에 둘러싸여 있는 걸 보니 이 일대는 옛날 화전민들의 화전이 있던 곳임이 분명했다. 화전이 낙엽송 밭이 되고 세월이 흘러 그게 다시 스키장의 눈 덮인 슬로프로 모습을 바꾼 것이었다.

정선군 북평면 숙암리에 있는 알파인스키장은 2016년 1월 22일에 완공되었는데 아직도 논란이 끊이지 않고 있다. 그 논란의 핵심은 자연 훼손과 복원에 관한 게 대부분이었다. 이 논란은 동계올림픽이 끝난 다음에도 쉽게 가라앉지 않을 게 분명한데 적절한 해결책이 나오길 기대한다. IOC는 올림픽을 개최하는 나라에 경기장 규격과 연결도로에 대한 기준을 엄격하게 요구했고 이로 인해 많은 일들이 벌어졌는데 그중 하나가 바로 정선 가리왕산 알파인스키장이었다. 개인적 의견인데 나는 이런 문제의 재발을 방지하려면 IOC가 앞으로는 올림픽 본연의 정신인 세계의 평화와 화합에 초점을 맞추고 무리한 경기장 건립이나 그 밖의 문제에 대해선 개최국의 사정에 맞게 규정을 완화했으면 좋겠다. 문제가 되었던 알파인 활강경기(표고차 800~1100미터)는 경기장 시설이 완비된 나라에서 '스키 월드컵'이나 '세계선수권대회'로 대체하면 되지 않을까. 그게 진정한 올림픽이 아닐까. 그랬더라면 가리왕산의 오래된 나무들이 잘려나가지 않았을 거란 생각을 이제야 하고 있지만 과연 IOC가 앞으로 그 방법을 받아들일지는 의문이다. 부디 그렇게 되길 바랄 뿐이다.

이번 올림픽 기간에 정선 알파인스키장에서는 남녀 활강, 남녀 복합, 남녀 슈퍼대회전 등 총 6일 동안 경기가 벌어지는데 남자 슈퍼대회전 경기는 설날이라 그런지 관객이 꽉 들어차지는 않았다. 모처럼 한가한 기념품 판매장에 들러 모자 하나를 구입한 뒤 자리를 찾아가 앉았다. 남자 슈퍼대회전 코스는 길이 2050미터, 표고차 650미터(출발점 고도 1195미터, 결승점 고도 545미터)이며, 여자 슈퍼대회전 코스는 길이 1910미터, 표고차 585미터(출발점 고도 1130미터, 결승점 고도 545미터)였다. 슈퍼대회전의 평균 시속은 90킬로미터 정도고 중간에 두 번의 점프가 있었다. 출발점을 떠난 선수들이 눈 덮인 산을 내려오는 모습은 대형화면으로밖에 볼 수 없었고 두번째 점프를 하는 곳에서부터 비로소 육안으로 확인할 수 있었는데 속도가 속도인지라 금세 결승선을 통과한 뒤 스키로 눈보라를 일으키며 질주를 멈췄다. 스키가 세상에서 가장 아름다운 스포츠라 생각한다는 어느 출전선수의 이야기를 들으며 화면에 뜬 선수들의 순위와 기록을 살폈다. 1위를 차지한 오스트리아 선수는 스키를 타고 가리왕산을 내려오는데 1분 24초 44를 기록했고 한국의 김동우 선수는 44위, 이번 올림픽에 단 한 명이 출전해 기수까지 맡은 발칸반도의 코소보 선수는 47위로 경기를 마쳤다.

정선은 갈 곳이 많은 고장이다. 옛날에는 청량리를 출발해 민둥산이 있는 증산에서 정선선 꼬마열차로 갈아타면 '이별하는 골짜기'인 별어곡과 선평, 정선, 나전, 아우라지를 거쳐 폐광지인 구절리까지 갔는데 밤기차가 매력적이었다. 불빛 하나 없는 캄캄한 밤의 골짜기를 덜컹덜컹 달려 종착역인 구절리에 도착하면 마치 세상의 끝에 도착한 기분마저 들었다. 민박집에 들어가 짐을 풀지도 않은 채 마른오징어를 안주 삼아 소주 한 병을 비우면 가슴속에서 피어난 뜨거운 불이 몸을 따스하게 녹여주던 때도 있었다. 나는 그 방에서 아주 긴 잠을 자다가 일어나 얼큰한 콧등치기국수 한 그릇을 비우고 돌아왔다.

내게 정선은 그런 곳이었다.

횡계에서 돌아오는 저녁

횡계는 대관령면 면사무소가 있는 마을의 이름이다. 횡계의 서쪽은 차항, 진부를 거쳐 서울로 가는 길이다. 동쪽은 대관령이고 그 너머는 강릉이다. 횡계에서 송천을 따라 북쪽으로 올라가면 삼양축산 대관령목장이 나오고 그 뒤편은 황병산, 오대산 노인봉으로 이어진다. 횡계의 남쪽엔 알펜시아스키장과 용평스키장이 있고 그 너머는 발왕산이다. 횡계는 강릉, 정선에 속했다가 1931년 평창군에 편입되었다. 옛날의 횡계는 춥고 황량했다. 겨울이 길고 눈도 많이 내렸다. 영하 20도로 떨어지는 건 흔한 일이었다. 바람이 불면 대관령의 나무들은 일제히 동쪽을 향해 흔들렸는데 그 여파로 서쪽으로 뻗은 가지들은 모두 부러졌거나 아예 퇴화돼버렸다. 횡계는 가난하기 그지없는 하늘 아래 첫 동네였다.

진부와 횡계 사이에서 살던 어린 시절 나는 부모님과 마을 사람들로부터 횡계 이야기를 자주 들었다. 춥고 사람 살기 힘들었던 횡계에 변화의 바람이 불어오기 시작한 것이다.

첫째로 소황병산 자락에 동양 최대의 목초지인 삼양 대관령 목장이 만들어지고 있었다. 이 땅의 가난한 사람들이 탄광을 찾아가듯 대관령목장으로 몰려들었다고 한다. 당시 산이었던 곳을 목장으로 개간하면서 많은 나무뿌리가 나왔는데 우스갯말로 돈 좀 있는 집의 거실에 놓인 주목 뿌리로 만든 탁자는 모두 대관령목장에서 나온 거란 얘기가 떠돌 정도였다. 목장이 완공된 뒤에는 낯선 목장 이야기가 심심찮게 들려왔다. 젖소들이 병에 걸리지 않게 하기 위해 일반인들은 아예 출입조차 할 수 없게 막았고 그 바람에 소가 사람보다 더 대접을 받으며 살고 있다는 것이었다. 목장 얘기를 들으면 나는 왠지 텔레비전에서 본 영화 〈OK목장의 결투〉가 떠오르곤 했다. 전방에서 군복무를 하던 시절엔 이런 일도 있었다. 당시 간식으로 삼양라면의 컵라면이 나왔는데 거기에 붙은 딱지를 몇백 장인가를 모으면 삼양축산 견학을 시켜준다는 것이었다. 고향이 대관령인 내가 그 행사를 포기할 리 없었다. 나는 포상휴가와 목장 견학의 두 마리 토끼를 잡기 위해 온갖 방법을 동원해 딱지를 모으기 시작했는데 목표에 거의 도달했을 무렵 공업용 우지(牛脂)

파동이 터졌다. 두 마리 토끼를 모두 놓친 것이다. 대관령목장을 처음 가본 것은 그로부터도 아주 나중의 일이었다.

둘째는 당연히 스키장이었다. 바로 영동고속도로의 개통에 맞춰 횡계 수하리 발왕산 자락에 용평스키장이 들어섰다. 고속도로가 생기기 전까진 서울에서 버스를 타고 대관령에 오는 게 쉽지가 않았다. 강원도 구간에 들어서면 흙먼지부터 풀풀 날리거나 눈이 굳어 반들반들한 비포장도로와 많은 고갯길을 만나게 되기 때문이었다. 어떤 고갯길은 폭이 너무 좁아 맞은편에서 차가 오면 비켜설 수 있는 곳까지 한참 후진을 했다가 다시 출발해야만 했다. 벼랑 쪽 자리에 앉은 사람은 그야말로 오줌이 찔끔 나올 정도로 무서웠다. 비록 1차선이었지만 고속도로는 그런 불편함을 일거에 해결했다. 눈이 오면 제설차가 눈을 치워주었다. 고갯길을 조금만 올라가면 산을 넘지 않고 관통하는 영동1, 2터널이 있었다. 현대식 스키장인 용평스키장에서 스키를 타려는 외지 사람들이 예전보다 훨씬 편하고 쉽게 찾아올 수 있게 된 것이다. 그때까지 스키선수나 애호가들만 드나들던 차항과 지르메의 대관령스키장은 자연스럽게 문을 닫게 되었고, 대관령스키장 시절의 스키어들은 주로 여기저기 떨어져 있는 산장에서 숙식을 해결했는데 용평스키장은 그런 문화를 일거에 바꿔버렸다. 날로 커져가는 스키장으로 인해 스키장 주변에서 농사를 지으며 살았던 사람들이 땅을 팔아 큰돈을 쥐었다는 얘기를 어른들에게 들을 수 있었다.

싸리재 너머 횡계에서 들려오는 이런 부러운 이야기들을 전해들으며 우리는 초등학교, 중학교를 다녔다. 우리 마을에 있던 면사무소가 횡계로 옮겨가자 마을 사람들은 분통을 터뜨렸지만 대세를 바꿀 수는 없었다. 횡계 주변의 목장들과 날로 커지는 스키장을 부러워할 뿐이었다. 용평스키장의 개장은 대관령 인근의 중고등학교 운동부마저 변화시켰다. 기존의 운동선수들이 전망이 밝은 스키로 종목을 대거 바꾼 것이다. 스키를 잘 타면 대학에 공짜로 갈 수 있다는 얘기가 자주 들려왔다. 육상을 하던 선수들이 스키선수가 되어 상을 탔고 우리들은 전체 조회 시간에 운동장에 서서 박수를 쳤다. 이번에 누구누구는 국가대표가 되었다는 소식도 심심찮게 들렸다. 스키에 대해 유난히 아는 척을 잘 하던 친구가 있었다. 나무 스키는 잘 부러지는데 외국에서 들여온 비싼 플라스틱 스키는 쉽게 부러지지 않지만 대신에 아주 비싸다는 얘기도 녀석의 입에서 나왔다. 어느 날 친구 녀석은 이렇게 진단했다.

"지금은 어렸을 때부터 스키 가지고 놀던 이곳 애들이 주름잡지만 조만간 뒤바뀔 거야."

"어째서?"

"이곳 애들은 가난해서 스키가 부러지면 새로 사는 게 쉽지 않다고. 돈 많은 서울 애들이 주름잡을 날이 멀지 않았다니까."

"야, 걔들은 스킬 탈 줄도 모르잖아. 그리고 스키 타려면 용평까지 와야 되는데 그게 쉬워?"

"모르는 소리 마라. 소문 들으니 돈 있는 서울 애들은 이미 외국에 나가서 연습한대."

그 친구의 얘기가 현실이 되었는지 어떤지는 모르겠다. 하여튼 한동안 대관령과 강릉 출신의 스키선수들이 우리나라 스키를 좌지우지한 것은 확실하다. 그러나 한국 스키는 해외에 나가면 초라해졌다. 그 까닭이 뭘까. 어린 시절 친구의 말대로 가난한 집의 자식들이 스키를 탔기 때문일까. 아마도 스키 인구 규모와 역사가 다르기 때문일 것이다. 올림픽이 열리는 스키 경기장의 장내 아나운서가 이런 말을 한 것을 들었다. 저 선수는 아버지도 스키선수였다고. 그 옆의 선수도, 그 옆의 옆 선수도……

그렇구나. 우리는 아직 그런 스키 역사를 지니지 못했구나. 우리의 현대식 스키의 역사는 고작해야 40년 남짓인 게 엄연한 현실이다. 친구의 말대로 돈 있는 서울 애들이 유럽의 스키장에 가서 한두 달 연습할 때 그곳의 스키선수들은 매일같이 집 옆의 스키장에서 연습을 한다는 얘기였다. (아, 그러고보니 그 친구 녀석이 평창 동계올림픽 스키 경기장 장내 아나운서를 맡았더라면 좋았을 텐데.) 앞으로는 우리나라에서 아버지도 스키선수였던 스키선수들이 많이 나오면 좋겠다.

스키점프 라지힐(K-120)을 보기 위해 다시 알펜시아 스키점프대로 갔다. 선수들은 시속 90여 킬로미터의 속도로 점프대를 내려와 도약대에서 훌쩍 날아올랐다. 그렇게 날아올랐다가 정점에 다다른 뒤 다시 긴 하강곡선을 그렸다. 스키점프를 보기 위해 먼 나라에서 이곳 평창까지 찾아온 사람들이 새삼 신기하게 여겨졌다. 도대체 어떤 열정을 지녔기에 여기까지 찾아왔단 말인가. 나라면 도저히 실행할 수 없는 일이다. 스키점프를 좋아하는 돈 많은 외국인들일까. 아무튼 평창까지 찾아온 저들의 열정에 거듭 감탄한 밤이었다. 스키점프는 초반에 뛰는 선수들보다 나중에 뛰는 선수들의 비행거리가 훨씬 길었다. 하늘로 날아오른 선수들은 양팔을 뒤로 내민 채 상체는 앞으로 숙이고서 비행했다. 신고 있는 스키의 앞부분은 더 멀리 날아가기 위해 위로 들어올리고서. 때마침 대형화면에 비친 노르웨이 요한슨 선수의 팔자수염은 무척이나 인상적이었다. 수염을 휘날리며 140미터를 날더니 착지했다.

옆에 있던 누군가가 일행에게 얘기했다.

"노르웨이 사람들은 스키를 신고 태어난대!"

정말 그럴 것 같다는 생각이 들었다. 혹시나 어린 시절 친구 녀석인 것 같아 돌아보니 아니었다. 독일의 벨링어 선수가 곧바로 요한슨을 밀어내고 1위를 탈환했으나 그리 오래가지 못했다. 뒤이어 마지막으로 점프한 폴란드의 스토흐 선수가 금메달을 차지했으니. 폴란드 응원단들은 기쁨에 사로잡힌 밤이었다.

횡계의 밤이 저물어가고 있었다. 김현철의 〈횡계에서 돌아오는 저녁〉을 듣고 싶은 밤이었다.

•• •

이번에 정차할 역은 진부역입니다

진부에 기차가 들어온다는 건 꽤 근사한 일이라고 생각했다. 진부에 처음 생긴 기차역은 대관령의 올림픽 파크나 올림픽 스타디움, 알펜시아, 용평스키장, 정선 알파인스키장 등으로 갈 수 있는 거점 역할을 했다. 2017년 12월 22일에 개통한 경강선 KTX 열차를 찍으려고 나는 가끔 사진기를 들고 위치가 괜찮은 기찻길 주변을 서성거렸다. 몇 번의 헛수고 끝에 진부역에서 평창역으로 가면서 터널을 빠져나오는 열차를 향해 사진기 셔터를 눌렀지만 단 한 장밖에 찍지 못했다. 열차는 너무 빨랐다. 한 장을 찍고 돌아보니 이미 맞은편 터널 속으로 들어가고 있었다. 다음날 같은 시간대에 다시 가서야 겨우 뒷모습을 마저 담았다. 평창에서 올림픽이 시작되기 전 내가 가장 기다렸던 것은 열차였다.

옛날부터 진부는 오대산으로 들어가는 관문 역할을 했다. 진부는 많은 산으로 둘러싸여 있는데 그중 대표적인 산이 오대산이다. 오대산에서 나오는 임산물은 진부의 경제에 막대한 영향을 끼쳤다. 한 시절 진부 일대에서 흔히 볼 수 있는 게 바로 제재소였다. 오대산을 비롯해 여러 산에서 벌목한 나무들이 제무시(트럭)에 실려 제재소 마당에 부려졌다. 진부에서 제일 부자는 바로 목상(木商)이었다. 오대산이 국립공원으로 지정되기 전이어서 목상들은 늘 오대산의 좋은 나무들을 벌목할 기회를 노렸다. 겨울철이면 진부의 곳곳에서 산판이 벌어졌고 아버지들은 목돈을 만지려고 산판일에 뛰어들었다. 당시 남의 집에 가서 농사일을 하면 남자 품값이 고작 강냉이 닷 되였고 여자는 석 되였다고 하니 산판일은 누에를 치는 것만큼이나 고소득을 올릴 수 있었다. 당연히 경쟁률도 치열했다고 한다. 힘이 좋고 톱질을 잘해야 그 일을 할 수 있었던 것이다.

어린 시절 아버지가 산판일을 하러 산에 들어가면 나는 매일같이 엄마에게 아버지가 언제 오냐고 물었다. 산판꾼들은 산밑에 집을 구해놓고 산판이 끝날 때까지 합숙을 했다. 아버지는 산판일이 끝나면 건빵이 든 커다란 자루를 지게에 지고 집으로 돌아왔다. 그러니까 사실 나는 아버지가 아니라 그 건빵을 기다렸던 것이다. 우리 동네에도 제재소가 있었는데 어린 시절에

본 그 풍경은 신기하기 그지없었다. 커다란 발동기 소리, 무시무시한 톱날, 아름드리나무가 잘리는 모습, 리어카에 실려나오는 톱밥, 검은 연기를 토해내며 덤핑을 해서 통나무를 쏟아버리는 제무시…… 그런데 언제부턴가 제재소가 하나둘 문을 닫기 시작했고 결국 우리들의 총싸움 놀이터가 되었다.

산판의 몰락으로 진부 경제의 한 축이 흔들렸고 신작로를 달리던 제무시도 이전처럼 자주 볼 수 없게 되었다. 제재소뿐만 아니라 일반 농가에서 봄마다 거르지 않던 양잠업도 거의 비슷한 시기에 사양길로 접어들었다. 산판의 몰락은 나라의 정책이 산림녹화로 바뀐 데서 기인했다. 당시 평창군 일대를 휩쓴 울진무장공비 사건, 오대산 국립공원 지정 등으로 산에 살던 화전민들은 모두 산 밖으로 나와야만 했다. 독가촌이란 게 그때 처음 등장했는데 산속에 살던 사람들을 위한 집단 주택을 가리키는 말이었다. 양잠업의 몰락은 나라의 경제정책과 맥을 같이 했다. 경제개발 5개년 계획으로 농촌 사람들은 하나둘 도시로 떠나고 있었다. 누에가 먹을 뽕잎을 딸 사람들이 점점 줄어들었다. 엎친 데 덮친 격으로 중국의 값싼 비단을 한국이 이겨낼 수가 없었다. 유행가 가사처럼 뽕을 따던 처녀들이 지지리도 지겨운 가난을 이기려고 한꺼번에 서울로 가던 시절이었다. 이 땅의 모든 농어촌들이 똑같이 직면한 문제였는데 도시로 떠나지 않은 진부 사람들도 해결책을 찾아야만 했다.

진부를 새롭게 변화시킨 원동력은 영동고속도로의 개통과 함께 오대산을 찾아오는 관광객들과 고랭지 채소의 재배였다. 고랭지 채소는 기존의 자급자족적인 농작물과 달리 농가의 소득을 월등하게 높여주었다. 그 대표적인 게 배추였다. 배추의 가격은 좋을 때는 하늘에 닿았고 나쁠 때는 땅바닥에 닿곤 했는데 그해의 배춧값을 예측하기란 쉬운 일이 아니었다. 운때가 맞은 농부는 한 해에 큰돈을 벌었고 그렇지 않은 농부는 비료와 농약 값을 건지는 것도 쉽지 않았다. 고랭지 채소의 재배는 거의 투기에 가까워지고 있었다. 빚까지 내어 대규모로 배추를 심었던 누군가가 농약을 마시고 생을 달리했다는 얘기도 들려올 정도였다.

그 다른 편에 오대산이 있었다. 오대산을 찾아오는 관광객들을 주요 고객으로 하는 식당들이 생겨나기 시작했다. 오대산에서 나는 온갖 산나물들을 반찬으로 올리는 산채백반이 그것이다. 사실 어린 우리들이 볼 때 관광객들이 왜 산채백반을 좋아하는지 도무지 납득하기가 어려웠다. 우리야 늘 먹는 게 산나물이었다. 우리는 제발 지겨운 나물 대신에 오뎅, 소시지, 고기, 뭐 이런 것들을 도시락 반찬으로 싸가고 싶었다. 싸가고 싶다고 아침마다 엄마에게 애원을 했지만 빗자루로 얻어맞는 일이 다반사였다. 부랴부랴 책가방을 챙기고 김칫국물이 새어나오는 도시락을 책가방 가운데에 넣은 채 윗마을에서 출발한 버스를 놓치지 않으려고 이 골짜기 저 골짜기에서 버스정류장을 향해 뜀박질을 하느라 바빴다. 그렇게 우리는 70년대의 진부를 통과해 80년대로 건너갔다. 그리고 하나둘 고향을 떠날 준비를 했다. 아, 중학교를 마치기도 전에 가출을 했던 녀석들도 있었다.

진부는 한자로 보배 진(珍)에 부자 부(富)다. 그런데 이상하다. 사실 진부 시내는 내세울 게 별로 없다. 관공서와 학교, 장거리, 상가, 민가가 거의 전부다. 다른 면소재지와 하나도 다를 게 없다. 정선처럼 외지에서 일부러 찾아오는 사람들로 인해 오일장이 흥성한 것도 아니다. 그럼에도 진부는 시골답지 않게 꽤나 흥청거린다. 인구가 줄어들지도 않는다. 왜 그럴까. 진부의 힘은 어디에 있을까. 내가 볼 때 그 힘은 진부의 절묘한 지리적 입지에 있는 듯하다.

이번 평창 동계올림픽을 보더라도 분명하게 드러난다. 진부는 그 모든 것의 가운데에 앉아 있다. 동쪽 대관령의 스키장과 목장들, 북쪽의 오대산, 서쪽의 휘닉스 스키장, 남서쪽의 정선 알파인스키장, 그 한가운데에서 사람들을 불러모았다가 가고 싶은 곳으로 떠나보낸다. 진부는 거기서 이문을 챙기는 게 오랜 전통이라는 생각을 지울 수가 없다. 나쁘다는 게 아니다. 그건 진부의 타고난 운명이라고 본다. 그래서 어찌 보면 대단히 야멸차게 느껴질 수도 있을 것이다. 중간에서 구문(口文)만 비싸게 남겨먹는 것으로 여길 수도 있으니까. 세상이란 참 묘하다. 그게 무엇이든 진부를 거쳐야만 그곳에 갈 수 있으니…… 오래전 도대체 누가 진부라는 지명을 지었을까. 그는 무엇을 내다보고 이 마을의 이름을 진부라 명명했을까.

동계올림픽이 시작되기 전 설레는 마음으로 진부역에 가서 서울역으로 가는 기차표를 끊었다. 서울에서 하룻밤을 자고 다시 진부역으로 돌아왔는데 고속열차여서 주변의 풍경을 살필 겨를이 없었다. 강원도의 지형상 터널과 터널의 연속이었다. 진부에서 서울로 가는 가장 빠른 길이 개통된 것인데 가장 빨리 가는 길은, 가장 빨리 달리는 기차는 차창 밖을 신경쓰지 않는다는 걸 그제야 눈치챘다. 목적지에 빨리 도착하려는 게 그 목적이므로. 올림픽이 시작된 후 이번에는 진부에서 강릉 가는 기차를 탔다. 대관령터널의 길이는 21킬로미터나 되어서 차창 밖은 깜깜했고 귀도 멍했다. 잠깐 생각에 빠졌는가 싶었는데 곧 강릉역에 도착한다는 안내방송이 흘러나와 잠시 당황했다. 진부에서 자동차로 강릉에 갈 때 할 수 있었던 이런저런 생각들은 엄두조차 낼 수 없었다. 농담을 조금 보탠다면, 타면 곧바로 내릴 준비를 해야 했다. 과연 내가 생각하는 진부의 이미지와 딱 들어맞는 교통수단이었다. 장거리에선 손님들이 물건을 살까 말까 생각할 시간을 주면 안 된다. 생각하면 그만큼 지갑을 덜 열게 되니까 말이다.

그렇지만, 그래도 진부에 기차가 들어온다는 게 묘한 설렘을 불러일으키는 것 또한 부인할 수는 없다. 진부에 기차가 들어오고 오대천에선 올해에도 송어축제가 열렸다. 지난 몇 년 동안 송어낚시를 시도했지만 아직까지 나는 송어를 한 마리도 낚지 못했다. 대신에 「미국의 송어낚시 비문」이라는 시만 중얼거리다가 돌아왔다.

"나는 참을 만큼 참았다/ 나는 7년 동안 낚시를 하러 갔으며/ 단 한 마리의 고기도 낚지 못했다/ 나는 낚싯바늘에 걸린 송어를 전부 놓쳐버렸다/ 그것들은 펄쩍 뛰어오르거나/ 또는 몸을 비틀어 빠져나가거나/ 또는 몸부림쳐서 빠져나가거나/ 또는 나의 리더를 부러뜨리거나/ 또는 수면으로 떨어지면서 빠져나가거나/ 또는 자신의 살점을 떼어내면서 빠져나갔다/ 나는 송어에 내 손을 대본 일조차 없다/ 이러한 좌절과 당혹스러움에도 불구하고/ 나는 믿는다,/ 그것이 대단히 흥미로운 실험이었음을/ 놓친 송어의 총계를 생각해볼 때// 그러나 내년에는 다른 어느 누군가가/ 송어낚시를 하러 가야만 할 것이다/ 다른 어느 누군가가 그곳으로 가야만 할 것이다"

이것이 진부에서의 나의 송어낚시이자 올림픽을 구경하는 기차여행이다.

●● ●

어떤 사랑의 시작을 위한 춤

그녀는 한 송이 양귀비꽃이다.

붉은 오페라 글러브에서 빠져나온 가느다란 손가락들은 각기 다른 방향을 가리키고 있다. 그 손가락에서 전해져오는 강렬한 기운. 뒤로 질끈 동여맨 짧은 꽁지머리. 빙판 위에 들어선 그녀는 뭔가를 망설이고 있는 듯하다. 누군가를 기다리는 걸까. 아니, 아니다. 그녀는 그녀가 원하는 그곳으로 가기 위해 마지막 숨을 고르는 중이다.

음악이 흐른다. 돈키호테를 위한 노래다. 자, 달려가자, 로시난테야! 어디로 가죠? 사랑을 꿈꿀 수 있는 곳으로! 이룰 수 없는 꿈이라 할지라도 난 후회하지 않을 거야. 그곳으로 가자, 나의 로시난테야! 그녀의 로시난테는 앞뒤로 자유롭게 달릴 수 있는 스케이트다. 그녀의 날개는 아찔한 양귀비 꽃잎이다. 붉은 꽃잎이 천천히 하늘거리기 시작하더니 어느새 수백수천의 꽃들이 은빛 얼음판 위에서 피어나고 있다.

사랑은 어디에 있을까
사랑은 누구의 것일까
사랑은 어떤 얼굴을 하고 있을까.

나는 털털거리는 차를 끌고 다른 사람의 사랑의 춤을 엿보려고 대관령을 넘어 강릉으로 갔다. 북강릉에 도착해 주차한 뒤 건널목을 지나 셔틀버스에 몸을 실었다. 다른 사람의 사랑을 엿보는 일은 간단하지 않았다. 배낭을 열어 보이며 검색에 응해야 했고 입장권을 든 채 긴 줄의 꽁무니에 서서 거북이처럼 한 걸음 한 걸음 옮겨야 했다. 자리도 정해져 있었는데 운이 안 좋으면 바로 앞에서 방송국 카메라가 중요한 순간마다 시야를 가리기도 했고 그녀와 그의 뒷모습만 줄곧 바라볼 수도 있었다.

그뿐인가. 사진을 찍으려 하면 앞사람의 뒤통수가 불쑥 나타나고 옆 사람이 흔드는 국기가 렌즈를 반이나 가리기도 했다. 자리에서 일어나면 뒷사람이 화를 내고. 겨우 렌즈 속으로 사랑의 춤을 추는 연인들을 불러들여 셔터를 누르려 하면 어느새 사라져버리니…… 오른쪽으로 갈지 왼쪽으로 갈지 도무지 짐작할 수 없는 춤을 허겁지겁 쫓아가기 바쁜데 문득 이런 생각이 들기도 했다. 나는 왜 다른 사람들의 사랑의 춤이 궁금한 걸까. 내 사랑에 그만 지루함을 느낀 걸까. 아니면 다른 어떤 사랑을 꿈꾸려고 하는 것일까. 모르겠다. 그냥 넋 놓고 관중석에 앉아 각 나라를 대표하는 선수들이 펼치는 빙판 위의 춤(아이스댄스 프리댄스)을 구경하다보면 내 사랑의 방식도 희미하게나마 보이겠지……

터키의 사랑은 우선 묘한 음악이 압도적이었다. 북소리가 섞인 음악. 동양과 서양의 접점에서 검은색 계열의 옷을 입고 추는 춤과 사랑의 밀어는 야하면서도 감추고, 감추었다가도 돌연 피리 소리에 홀려 꾸물꾸물 호리병을 빠져나오는 코브라를 보는 것도 같았다. 한국의 춤은 아리랑이었는데 우려했던 것과 달리 애절함을 경쾌하게 풀어내서 인상적이었다. 애절함도 젊음 앞에서는 속수무책으로 즐거워지기 마련인 것이다. 피아노 선율을 타고 흐르는 이탈리아의 사랑은 우아했다. 하지만 사랑이란 게 어찌 우아하기만 하겠는가. 밀어를 나누다가도 돌연 토라지고, 등을 돌리고, 얼음판 위에 금을 그으며 멀어지기도 한다. 마치 날카로운 칼자국처럼 보이기도 한다. 파국으로 치닫는가? 아, 다행이다. 둥근 원을 그리며 다시 돌아오는 사랑. 그제야 안심하고 나는 등받이에 등을 기댔다. 다른 사람의 사랑을 엿보는 일도 결코 쉬운 게 아니었다. 어느 순간 내 마음도 그게 마치 내 사랑이기나 한 것처럼 속절없이 휩쓸려 들어가버리니. 사랑은 위험하다. 사랑은 중독이다. 사랑은 치명적이다. 그럼에도 우리는 꿈인 듯 손을 내민다. 도대체 사랑 안에는 뭐가 들어 있을까.

사랑에 색이 있다면 어떤 색일까? 사랑에 음악이 있다면 또 어떤 음악일까? 폴란드의 사랑은 거침이 없었다. 출렁거리는 바다를 닮았다. 거침없이 밀려왔다 밀려가는 파도처럼 나탈리아와 막심은 서로의 손을 잡고 빙글빙글 돌다가 이윽고 잔잔해졌다. 뒤를 이은 건 눈보라 속에서 피어나는 사랑이었다. 눈보라 속의 피아노 소리, 함박눈을 연상시키는 첼로의 저음, 가느다란 눈발 같은 바이올린이 차례로 이어지고 복사꽃을 연상시키는 여자가 눈밭을 달려와 훌쩍 뛰어 남자의 등에 업혔다. 저 사랑은 누구의 사랑일까? 눈 속에서 피어난 복사꽃은 시리도록 선명했다. 투우 같은, 우아한 플라멩코 같은, 장중하면서도 요염한 탱고 같은 사랑이 벨벳 원피스를 입은 채 얼음판 위를 미끄러져갔다. '007 시리즈' 같은 사랑, '프리티 우먼' 같은 사랑…… 빙판 위에서 펼쳐지는 격렬하고 위험한 사랑의 자세들과 절절한 사랑의 표정들은 숨이 막힐 정도였다. 존 레넌의 노래 〈이매진〉을 따라가던 미국의 우아한 사랑은 함께 얼음판 위로 넘어지고 말아서 아쉬웠다. 잡은 손을 놓지 않은 채. 그래…… 사랑도 가끔은 스텝이 꼬이거나 파인 곳에 걸려 넘어지기도 하는 것이다.

심사위원들은 깜찍하고 발랄한 알렉스와 마이어의 댄스를 3위에, 기품 있고 격조가 있는 가브리엘라와 기욤의 댄스를 2위에 올렸다. 1위는 팜 파탈 같은 이미지로 해일처럼 휘몰아치는 사랑의 기쁨과 절정을 연기한 레샤와 스코트에게 돌아갔다. 전문가가 아닌 나는 동의하지 않았다. 관중의 한 사람으로서 내 마음에 들어온 사랑은 다른 곳에 있었다.

나는 카트리나와 드미트리가 연기한 눈먼 이의 사랑이 마음에 들었다. 보일 듯 보이지 않는, 보이다가도 어느 순간 눈을 비비게 되는, 영영 보이지 않는, 마치 신기루처럼 나타났다가 사라진 사랑을 연기한 그 춤이 좋았다.

두 사람이 연기하는 더블 댄스가 사랑의 기쁨을 노래하는 거라면 싱글 프리스케이팅은 사랑의 과거와 미래를 기억하고 꿈꾸려는 것 같다. 가슴 아팠던 사랑의 고통을 견디는 그녀의 표정은 보는 이의 가슴을 시리게 만든다. 그 고통을 이겨내고 새로운 꿈을 찾아 떠나는 조심스러운 발걸음을 보면 내심 조마조마하지만 나도 모르게 박수를 치게 된다. 사뿐사뿐 얼음판 위를 가로질러가던 그녀가 상체를 숙이더니 한쪽 다리를 들어올린다. 그녀의 상체와 다리는 일직선이 되어 얼음판 위를 미끄러져간다. 두 팔을 날개처럼 펼쳐 바람을 가르고 방향을 잡더니 돌연 자세를 바꿔 이번에는 뒤로 달린다. 마침내 어둡고 추운 터널을 모두 빠져나온 듯 그녀의 표정이 조금씩 밝아지고 있다.

그녀가 춤추기 시작한다. 한쪽 발을 머리 위로 치켜올린 뒤 팽이처럼 빙글빙글 돈다. 너무 빨리 돌아 얼굴이 보이지 않는다. 그러더니 서서히 아래로 내려온다. 이제 그녀는 앉아서 맴을 돈다. 얼음판 위엔 그녀가 입고 있는 옷에서 배어나온 듯한 색색의 물감이 번진다. 가슴 저렸던 사랑의 기억이 올올이 풀려나와 흔적도 없이 사라지는 것만 같다. 그리고 멈춘다. 잔잔했던 음악이 돌연 활기차게 변하면서 그녀의 질주가 시작된다. 힘차게 달려간 그녀는 얼음판에서 훌쩍 뛰어올라 허공에서 2회전 반을 도는 점프를 시도한다. 다시 반대편으로 달려가 이번에는 3회전 반을 도는 점프에 도전한다. 아! 그녀는 넘어졌다. 관중들의 입에서 아쉬움이 가득한 탄성이 낮게 깔린다. 하지만 그녀는 곧바로 일어나 춤을 춘다. 힘들게 시작한 춤을 한번 넘어진 것으로 멈출 수는 없기 때문이다. 넘어지는 일도 사랑인 것이다. 얼음판 위를 한 바퀴 돈 그녀는 넘어졌던 곳을 향해 미끄러져가 앙가슴에 두 손을 모은 채 다시 솟아오른다. 한 바퀴, 두 바퀴, 세 바퀴, 세 바퀴 반……

그녀는 만개한 양귀비꽃이다.

은빛 얼음판 위에 양귀비꽃잎이 팔랑 일렁였다가 내려앉는다. 두 팔을 벌린 그녀가 로시난테를 타고 앞으로 나아간다. 그녀가 달려가는 얼음판 위엔 앞서 춤추었던 이들이 그려놓은 무수한 금들이 가득하다. 그녀 또한 그 위에 그녀의 그림을 그린다. 물이 흐르듯 유연하게 둥근 원을 그리다가도 이내 팽 돌아서서 칼로 새기듯 또박또박 사랑의 각오를 적는다. 다른 사람의 눈치를 볼 필요 없다. 이게 내 춤이고 사랑인 것이다. 비록 그 사랑이 오지 않는다 하더라도……

그녀의 이름은, 이 세상 모든 그녀들의 이름과 같다.

●● ●

프리스타일 스키, 스키 크로스

— 핑크 플로이드의 〈Another brick in the wall〉을 들으며

프리스타일 스키 종목에는 다섯 가지가 있다. 에어리얼(aerial), 모굴, 하프파이프, 슬로프스타일, 그리고 스키 크로스. 스키 크로스는 각종 지형지물(웨이브 코스, 뱅크, 여러 개의 점프대)이 있는, 총 길이 1370미터의 슬로프를 네 명의 선수가 같이 출발해 승부를 겨루는 경기였다. 고의가 아닌 범위에서 어느 정도의 몸싸움도 허용되는데 당연히 모험심이 왕성한 젊은이들에게 폭발적인 사랑을 받는 종목이었다. 이번 올림픽에서 내가 직접 본 경기는 모굴과 스키 크로스였다.

스키 크로스는 스위스가 강세를 보인다고 하는데 이 모든 얘기는 현장에 도착해 관중석에 앉은 뒤 장내 아나운서의 설명을 듣고 비로소 알게 되었다. 사실 스키 종목이 그렇게 많다는 걸

알고 깜짝 놀랐고 휴대폰으로 급하게 검색을 해보았더니 에어리얼은 거의 서커스나 다름없었다. 아나운서의 말로는 그중 스키 크로스가 가장 속도감 있는 경기라고 했다. 나는 모든 걸 조금이라도 가까이에서 보고 싶어 관중석을 떠났다. 눈이 시리게 만드는 햇살이 온 사방에서 반짝거렸다. 은빛 설원 위에 모인 세계 각국의 관중들은 마치 잔칫집에라도 온 듯 즐거운 표정들이었다.

컬링 경기를 시작으로 이번 올림픽 기간에 꽤 여러 종목의 경기들을 관전했다. 모든 종목이 다 그렇겠지만 컬링은 짐작했던 것과 달리 대단한 섬세함이 요구되는 경기였다. 텔레비전으로 시청할 때는 느끼지 못했는데 길을 가로막고 있는 상대편 스톤을 강타하는 소리가 상상외로 커서 깜짝 놀랐다. 정신이 번쩍 들 정도였다. 대회 초반을 휩쓸었던 혹한이 한풀 꺾이자 사람들은 마치 올림픽 파크로 소풍을 나온 것처럼 즐거워 보였다. 휠체어를 타고 경기를 관전하러 온 분들도 심심찮게 볼 수 있었다. 그들의 입에서 드문드문 흘러나오는 강릉사투리를 오랜만에 들을 수 있어 반가웠다. 반면에 밤의 대관령은 여전히 추웠다. 신발 속의 발가락을 아무리 꼼지락거려도 소용이 없어 경기 관전을 잠시 포기하고 북적거리는 휴게실이나 화장실로 대피를 해야만 했다. 매점 앞은 먹을 것을 사려는 사람들의 줄이 너무 길어 그 꽁무니에 붙는다는 게 쉽지 않았다. 휴대폰의 배터리도 평소와 달리 일찍 닳아서 어디 콘센트가 없는지 기웃거린 적도 있었다. 경기가 끝나고 한꺼번에 몰려나온 관중들은 거의 피난민 행렬 같았는데 어쩔 수 없이 거기에 합류해야만 집으로 돌아갈 수 있었다. 그날 본 경기의 내용을 가만가만 떠올리며. 우리 선수가 메달을 목에 건 날은 돌아오는 길이 그나마 덜 지루하고 추위도 덜했다.

스키 크로스 선수들이 마지막 관문인 눈의 언덕을 넘어 엄청난 속력으로 내려오기 시작했다. 눈 위를 미끄러지는 게 아니라 무협영화의 협객들처럼 경공술을 펼치며 날아오는 것 같았다. 한 명, 두 명, 세 명, 네 명! 그렇게 점프를 했다가 착지한 뒤 언덕 아래로 자취를 감췄다. 일 초, 이 초, 삼 초! 스키를 신은 협객들은 다시 눈의 언덕에서 점프를 시도했다. 관중들의 입에서 와! 하는 탄성이 절로 새어나왔다. 경기장 내의 디스크자키는 핑크 플로이드의 〈Another brick in the wall〉의 볼륨을 올리며 관중들의 응원열기를 더욱 끌어올렸다. 스키 크로스는 붕붕거리는 소리만 없었지 스포츠카 경주나 다름없었다. 눈의 언덕을 하나씩 넘을 때마다 순위가 점차 가려졌는데 앞선 선수를 따라잡으려는 한 선수가 점프를 했다가 허공에서 그만 순식간에 비틀거리더니 중심을 잃고 그대로 추락하고 말았다. 아! 하는 신음이 관중들 입에서 동시에 새어나왔다. 결국 나머지 세 선수만 차례로 결승선을 통과했다. 스키 크로스는 한 조에서 1, 2등만 결선에 진출할 수 있었다. 점프를 하다 추락한 선수는 어떻게 되었을까.

“우린 교육을 필요로 하지 않아요
우린 생각의 통제를 원하지 않아요
이제 교실엔 어두운 빈정거림은 없죠
선생, 아이들을 좀 내버려둬요
이봐요, 선생, 아이들을 좀 내버려두라니까요!
모든 건 단지 벽 속의 벽돌일 뿐
당신도 결국 벽 속의 벽돌일 뿐.”

점프를 하다 추락한 선수는 다행히 큰 부상이 아니라는 방송이 흘러나왔고 관중들의 안도의 박수가 쏟아졌다. 출발선을 떠난 네 명의 선수들은 다시 눈 덮인 비탈을 내려와 급경사의 회전 구간을 돌고 점프를 하며 빠르게 내려오기 시작했다. 똑같이 출발했지만 조금씩 격차를 벌려가며. 선두로 나선 선수는 선두를 빼앗기지 않으려 하고 뒤처진 선수는 온 힘을 다해 선두를 탈환하려 애를 썼다. 관중들은 쩌렁쩌렁 울리는 핑크 플로이드의 노래를 따라 부르며 어서 빨리 육안으로 볼 수 있는 눈의 언덕으로 선수들이 모습을 드러내길 기다렸다. 프리스타일 스키가 왜 젊은이들에게 압도적인 인기를 얻고 있는지 충분히 실감할 수 있었다. 프리스타일 스키는 몸안에서 들끓는 열기를 폭발적으로 발산할 수 있는 종목 중의 하나라는 생각이 들었다.

마침내 눈의 언덕 꼭대기에서 선수들이 하나둘씩 솟아올랐다.

마치 사막의 캥거루가 뛰어오르는 것 같았다.

솟아올랐다가 차례차례로 착지를 한 뒤 숨바꼭질을 하듯 눈의 언덕 너머로 숨었다가 마지막 언덕의 꼭대기로 불쑥 치솟았다.

그런데……

이제 결승선을 얼마 남겨놓지 않은 지점에서 앞 선수를 거의 따라잡았던 세번째 선수가 그만 균형을 잃고 넘어지고 말았다. 그 선수의 발에서 떨어져나간 스키 한 짝만 먼저 결승선을 통과했다. 그렇게 예선전이 끝났다.

동계올림픽 종목 중 나를 가장 조마조마하게 만들었던 것은 쇼트트랙이었다. 정말이지 눈 깜짝할 사이에 달리던 선수가 쓰러져 펜스로 미끄러졌다. 가장 많이 넘어지는 장소는 회전 구간이었다. 경기가 시작되기 전 그곳에 왜 물을 붓는지 이해할 수 없었다. 스케이트에 얼음이 많이 손상되기 때문에? 물을 부으면 금방 얼까? 어느 경기에선 세 명이 동시에 미끄러져 넘어진 적도 있었다.

대관령과 봉평의 경기장을 오갈 때 만나게 되는 우울한 풍경도 아마 잊히지 않을 것이다. 이번 동계올림픽은 기존의 스키장을 경기장으로 사용했는데 그렇기 때문에 올림픽 기간에 일반인들은 스키를 탈 수 없었다. 거기까진 이해하겠는데 문제는 다른 데에 있었다. 바로 스키장 인근에서 스키나 보드 등을 빌려주는 가게들이었다. 그 주인들은 이번 겨울에 사실상 영업을 하지 못하고 문을 닫은 거나 마찬가지였다. 그들이 내걸었던 플래카드를 볼 때마다 착잡한 심경을 감출 수가 없었다.

스키 크로스 결승전이 시작되길 기다리는 동안 이번엔 선수들이 아니라 관중들 구경을 본격적으로 했다. 자기 나라의 국기를 어깨에 걸치거나 아예 옷으로 만들어 입은 관중들. 모자와 옷에 다닥다닥 배지(badge)를 꽂은 사람. 오, 한 관중은 춥지도 않은지 반바지 차림으로 돌아다녔다! 검은색 바탕에 나뭇잎을 그려넣은 독특한 깃발을 긴 장대에 매달고 있는 뉴질랜드 응원단. 눈 위에 반쯤 누워서 맥주를 마시는 사람. 압도적으로 많은 스위스의 국기가 펄럭이면 반대편에서 '고, 캐나다!'를 외치는 캐나다 응원단.

남자 스키 크로스 스몰파이널(5~8위 결정전)이 끝나고 빅파이널(1~4위 결정전)이 시작됐는데 경기 초반 두 선수가 충돌하는 사고가 벌어졌다. 나머지 두 선수 중 결승선을 가장 먼저 통과한 선수는 캐나다의 브래디 리먼이었다. 그 뒤를 이은 선수는 월드컵 랭킹 1위인 스위스의 마르크 비쇼프베르거, 3위는 넘어졌다가 다시 일어나 끝까지 질주한 러시아의 세르게이 리드지크였다.

그렇게 경기가 끝났다. 흰 눈의 언덕은 혈기왕성한 청년들이 다시 돌아오길 기다리며 고요에 잠겼다.

탑,
그 위에 뜬 달

— 다시 얼굴 없는 희망의 선생님께

얼굴 없는 희망의 선생님.

지난 일요일 저녁에는 평창 동계올림픽의 폐회식장에 갔습니다. 일찌감치 저녁을 먹고 가방에 빵과 뜨끈한 커피를 담아 가지고 진부역에서 셔틀버스를 기다렸지요. 이번 올림픽 기간에 전국의 관광버스는 모두 평창과 강릉, 정선에 집결된 것이 아닐까 싶을 정도였습니다. 그 버스를 타고 각각의 경기장을 찾아가는 세계 여러 나라의 사람들을 구경하는 것도 저에게는 하나의 일이었습니다. 아마도 이 마을이 생긴 이래 가장 많은 사람들이 평창을 찾아왔을 것입니다. 그러하니 휠체어를 타고 자식들을 따라 올림픽 스타디움을 찾아온 강원도 할머니의 입에서 이런 감탄이 자연스럽게 튀어나왔던 것이지요.

"난리 났다, 난리 났어!"

진짜 난리가 난 것은 아니지만 문득 그 할머니가 꺼내놓은 '난리'라는 낱말이 인파 속에 묻혀 폐회식장으로 걸어가는 내내 제 마음속에서 사라지지 않았습니다. 아마도 할머니의 기억 속에 들어 있는 가장 큰 난리는 6 · 25전쟁 때의 피난민 행렬이겠지요. 그렇지요. 우리들의 조부모와 부모님 세대는 전쟁의 포화를 피해 피난민 행렬을 따라나서며 마주친 수많은 인파가 바로 난리였겠지요. 그 참혹했던 난리를 후손들에게 물려주지 않으려 애쓰며 지금껏 살아오셨겠지요. 덕분에 우리는 올림픽 스타디움으로 가는 즐거운 난리를 경험하고 있는 것이겠고요.

얼굴 없는 희망의 선생님.

얼마 전 선생님의 건강이 안 좋으시다는 소식을 들었습니다. 찾아뵙지도 못하고 늘 이렇게 먼 곳에서 걱정하는 척만 하는 저는 제자 같지도 않은 제자네요. 어서 빨리 훌훌 털고 일어나시길 바란다는 말씀밖에는 드릴 말씀이 없습니다. 지난 시절 저에게 선생님의 글은 멀리 있어 보였지만, 늘 아주 가까이에서 저를 위로해주는 희망 같은 글이었습니다. 머리맡에 떠다놓은 물이 자고 나면 얼어붙어 있던 춘천의 주물공장에 다니던 시절, 리어카에 벽돌을 싣고 공사중인 아파트를 오르내렸던 중

계동 시절, 수원 화성의 미로 같은 골목을 매일 밤 취해 비틀거리며 걷던 시절, 그리고 폭설이 길을 지워버린 대관령 산골짜기 외딴집에서 돌배 술을 마시며 깊고 깊은 겨울밤을 건너가던 시절까지 선생님의 얼굴 없는 희망은 화두처럼 제게서 떨어지지 않고 있었지요. 보일 듯 보일 듯하면서도 보이지 않는, 잡힐 듯 잡힐 듯하면서도 잡히지 않는 그 모호한 희망. 역설적이게도 그 희망이 쓰러지려 하는 저를 늘 붙잡아주었던 것입니다. 그렇지요. 희망이란 로또에 당첨되는 게 아니라는 걸 알게 되기까지의 그 먼 길을 걷는 동안 선생님의 글이 있어 얼어붙었던 마음을 조금이나마 덥힐 수 있었지요.

선생님, 올림픽 스타디움의 허공에 거대한 탑 하나가 떠올랐습니다.

칠층탑입니다.

아름답네요.

저 탑은 어떤 기원을 담은 탑일까요.

자세히 보니 탑신(塔身)의 옥신(屋身)은 없고 옥개(屋蓋)만 있는 칠층탑입니다.

무슨 까닭일까요……

성화는 아직 타오르고 밤하늘엔 매일같이 조금씩 차오르는 달이 떠 있네요.

얼굴 없는 희망의 선생님.

올림픽 폐회식에도 개회식 때처럼 북한과 미국에서 온 정치인들이 참석했지요. 멀리 있어서 얼굴은 보이지 않았지만 가끔씩 그들이 앉아 있는 오륜마크 위쪽으로 눈길이 가는 걸 참을 수는 없었습니다. 오전에 야당 의원들이 통일로에 태극기를 펼쳐놓은 채 농성을 하고 있는 걸 보았는데 무사히 도착을 한 모양입니다. 이번에 저 사람들은 또 어떤 이야기를 나눌까요? 나누기는 할까요? 멀뚱히 앉아 씨엘과 엑소의 노래만 듣다가 돌아가는 건 아니겠지요? 올림픽이 이 땅에 선사한 잔치에 어렵게 왔으면 즐거운 난리쯤은 선물로 남겨야 하지 않을까요? 전쟁에서 평화로 가는 그 길을. 그래야만 남북으로 갈라진 강원도 할머니의 기억 속에 아직도 도사리고 있는 참혹했던 난리를 지워드릴 수 있을 테니까요.

선생님, 평창올림픽에 참가한 나라들의 깃발이 스타디움으로 들어왔습니다. 뒤이어 한결 가벼워진 발걸음으로 선수들이 입장하기 시작했습니다. 마지막으로 입장한 남과 북의 선수들은 개회식 때처럼 한반도기를 들고 공동입장을 하지는 않았지만 붉은색 유니폼을 입은 북이 먼저 들어오고 흰색 유니폼을 입은 남이 그 뒤를 이었습니다. 얼마 걷지도 않았는데 금방 섞여버리데요. 가슴 뭉클한 섞임이었습니다. 붉은색과 흰색이 섞이면 어떤 색이 나올까요. 소리꾼들은 현대판 판소리인 '토끼와 거북이', '빙상 선수들', '설상 선수들', '평창 이야기'를 노래하고 뒤이어 꽹과리를 두드리며 '쾌지나 칭칭 나네'를 부르며 선수들과 관중들의 흥을 돋웠습니다. 밤하늘에서 반짝이던 수호랑마저 하트 모양으로 모습을 바꿔 축하를 보내왔지요.

폐회식에서 특이했던 것 가운데 하나는 크로스컨트리 스키 여자 30킬로미터 단체출발 클래식과 남자 50킬로미터 단체출발 클래식의 메달 수여식이었습니다. 스키를 신고 30, 50킬로미터를 숨가쁘게 달려와 도착한 그 자리는 정말 기분좋은 자리일 것 같았어요. 스타디움을 가득 메운 3만 5천여 명의 관중들 앞에서 메달을 목에 거는 선수들의 표정이 그걸 말해주었으니까요. 아마 그들에겐 평생토록 잊지 못할 평창의 밤이 되었겠지요. 박수를 치는 관중들도 덩달아 즐거운 평화의 밤이 그렇게 깊어가고 있었습니다.

얼굴 없는 희망의 선생님.

평창 올림픽 스타디움에 과거의 시간은 사라지고 새로운 시간의 탄생을 알리는 시간의 축이 세워졌습니다. 흑과 백의 대립에서 벗어나 평화와 화합의 도래를 예고하는 공연이라고 하는데 현장에 앉아 있는 제게는 그 의미가 잘 와닿지는 않았습니다. 현장은 원래 더러 어수선하고 정신없이 돌아가서 어디를 언제 보아야 할지 몰라 자주 중요한 순간들을 놓치기도 하니까요. 하지만 그래도 즐거웠습니다. 가수 씨엘과 엑소의 공연이 있을 때 그들이 누군지 몰라 옆 사람에게 물어보았는데 그것 역시 창피하지 않고 흥겹기만 했습니다. 올림픽 노래와 함께 깃발이 내려오고, 다음 개최국인 중국으로 깃발이 전해지고, 중국을 알리는 공연이 이어지고…… 그러다 문득 뒤를 돌아보았는데 어느새 성화대의 불이 꺼져 있더군요.

선생님, 폐회식이 이어지는 내내 저는 개회식 때 뗏목을 타고 떠났던 다섯 명의 아이들이 어떻게 되었는지 궁금했습니다. 떼를 엮어 그 위에 타고 가는 일은 험난하기 그지없는 여행이지요. 언제 여울의 암초에 뗏목이 걸려 풍비박산이 날지 모르니까요. 그 아이들은 무사한 걸까요. 여행을 잘 마쳤다면 이제 도착할 때가 되었는데…… 이런 생각에 빠져 있는데 저 멀리서 올림픽의 마스코트인 수호랑과 함께 다섯 명의 아이들이 건강한 모습으로 얼굴을 드러냈습니다. 그래, 건강해 보이니 다행이다. 아이들이 가져온 커다란 상자 안에 무엇이 들어 있을까 궁금했지만 서둘러 자리에서 일어나 짐을 챙겼지요. 저 역시 집으로 돌아갈 길이 멀고멀었으니까요.

얼굴 없는 희망의 선생님, 성화대의 불은 꺼졌고 서둘러 스타디움을 나왔지만 집으로 가는 길은 만만치 않았습니다. 셔틀버스를 기다리는 길고 긴 줄은 끝이 보이지 않을 정도로 구불구불 이어져 있었지요. 그 줄의 끝을 찾아 2킬로미터쯤 걸어가니 횡계 버스터미널이 나오더군요. 한 시간은 서 있어야 셔틀버스를 탈 수 있다는 계산이 서자 주저하지 않고 닭 굽는 연기가 무럭무럭 올라오는 근처의 인도식당으로 들어갔습니다. 올림픽을 겨냥해 임시로 생긴 듯한 인도식당의 자욱한 연기 속에서 탄두리치킨을 안주로 맥주를 마시고 있는데 트럼프와 김정은이 웃으며 들어왔지요. 벌써 술에 취한 건가 싶어 눈을 비비고 바라봐도 변함없이 김정은과 트럼프였습니다. 배가 고픈지 사이좋게 음식을 시켜 먹는 그들을 뒤로하고 식당을 나왔지요. 자정이 가까워지는 시간이었습니다.

얼굴 없는 희망의 선생님.

짝퉁 평화의 시대는 언제 끝이 날까요?

점점 커져가는 달을 보며 묵묵히 밤길을 걷는 내내 든 생각은 그것이었습니다.

선생님, 부디 쾌차하시길 빌겠습니다.

●● ●

열일곱 장의
티켓을 둘러싼 단상들

겨울비가 내리고 있다. 다시 일상으로 돌아왔다. 진부도서관에 앉아 올림픽 티켓들과 신문, 경기일정표, 메모를 했던 수첩들을 들여다본다. 내가 저 경기장들을 정말 찾아갔던 것일까. 멍하다. 믿기지 않는다. 마치 꿈속의 일이었던 것만 같다. 그런데 문득 이상한 느낌이 들어 버티컬 블라인드를 열고 창밖을 보니 비가 눈으로 모습을 바꿨다. 하늘에서 아기 주먹만한 눈송이들이 뚝뚝 떨어진다. 아, 왜 이제 내리는 거야! 진작 좀 내리지! 도서관 밖으로 뛰쳐나가 눈송이들이 펼치는 군무를 바라본다. 장엄하다. 눈송이들은 도서관 건너편의 산 하나를 간단하게 지워버린다. 그 눈송이를 헤치고 몇 마리의 새들이 날개를 파닥이며 허겁지겁 날아가는 게 보인다. 새들의 목소리가 내 귀에 들리는 듯하다.

"에이, 예고도 없이 갑자기 내리면 어떡해!"

나는 새들에게 이렇게 말해주고 도서관으로 들어갔다.

"조금 불편하겠지만, 그래도 아직 겨울인데 한 번쯤은 눈다운 눈이 내려야지."

나는 눈을 무척 좋아한다.

어린 시절, 밤새 눈이 내린 날엔 넉가래나 삽을 들고 무조건 눈을 치우는 게 일이었다. 아침밥을 먹기 전에 먼저 변소 가는 길, 장독대나 김칫독 가는 길, 샘 가는 길, 낟가리 가는 길의 눈을 가족들이 서로 나눠서 치웠다. 복사뼈 정도를 덮는 눈은 눈 취급도 해주지 않았다. 그런 눈은 입으로 후! 불어도 날아갔기에. 최소한 종아리의 반을 덮거나 무릎까지 차올라야 비로소 눈 같은 눈이었다. 우선 일상생활에 긴요한 곳으로 통하는 길을 먼저 치운 뒤 아침을 먹었는데 그다음이 눈 치우는 일의 진짜 하이라이트였다.

집에서 마을로 나가는 길, 차들이 다니는 신작로까지 눈을 치워 길을 내려면 든든하게 배를 채워야 했다. 신작로에서 집이 외따로 멀리 떨어져 있으면 그만큼 힘들었다. 배를 채우고 산을 넘어온 햇살이 눈 위에서 반짝거리기 시작하면 빵모자를 쓰고 장갑을 끼고 털신이나 장화를 신은 뒤 집을 나섰다. 장화나 털신 속으로 눈이 들어가지 않게 발 토시까지 단단히 하고서. 허리까지 눈이 쌓이면 더 힘들었다. 처음에야 신이 나서 눈을 치우지만 차츰차츰 게을러지기 마련이다. 시작과 달리 눈길의 폭은 점점 좁아진다. 사람 하나가 겨우 지나갈 수 있을 정도다.

그렇게 눈을 치워 길을 내다보면 똑같이 눈을 치우는 이웃집(이웃집이라 해도 이백여 미터는 떨어져 있는 이웃집이다) 가족들을 만나게 된다. 두 집에서 나온 길이 만나는 지점이다. 그때부턴 조금 수월해진다. 각자 구역을 나눈 뒤 눈을 치우면 되니까. 조금 더 가다보면 다른 이웃과 만난다. 그리고 또다른 이웃을 만나다보면 어느새 신작로까지 눈길이 뚫리게 되는 것이다. 간혹 나 몰라라 하고 눈을 치우지 않는 집도 있는데 그런 집은 다음 눈이 내릴 때까지 마을 사람들에게 욕을 먹곤 했다. 눈을 다 치운 다음에는 우리들 세상이었다. 하얗게 변한 신작로에서 눈싸움을 하며 우리들은 이웃 마을로 놀러가곤 했다. 생각해보니 아주 옛날의 일이다.

올림픽이 열리기 전 이 마을에 처음 나타난 KTX 열차를 타고 서울로 향했다. 터널, 터널, 또 터널…… 터널을 통과한 기차는 붉은 노을을 향해 달려갔다. 저녁 기차의 고요. 졸고 있는 승객들. 어느덧 캄캄해지자 멀리서 반짝이는 가로등 불빛. 열차는 한 시간 만에 상봉역을 지나 서울역으로 향했다. 용산쯤 지날 때 남산 위에 뜬 붉은 슈퍼문을 보았다. 아주 큰 달이었다. 며칠 전 보름달이 밤하늘에서 감쪽같이 사라졌다가 거짓말처럼 다시 나타나는 걸 보았는데…… 다음날 다시 열차를 타려고 서울역에 갔다가 새로운 사실을 알았다. 출발시간을 놓친 티켓은 아예 환불이 되지 않는다는 것을. 말도 안 돼! 소리질러 보았지만 티켓을 다시 끊어야만 했다.

계속되는 한파에 고향집의 온수가 얼어붙었다. 화장실의 좌변기도. 얼고, 터지고, 녹고, 교체하고, 다시 얼고 녹기를 반복하는 게 우리들 인생인 모양이다. 그 사이사이 툴툴거리고, 한숨을 내뱉고, 안도의 숨도 쉬고…… 그렇게 인생의 겨울을 통과하는 거겠지. 참고 참은 뒤 도착한 진부도서관 화장실에서 볼일을 해결했다. 비데는 뜨뜻했고 볼일을 마치자 따스한 물까지 올라왔다. 도서관은 천국이었다.

컬링 경기를 보려고 내 차를 타고 강릉으로 갔는데 이상했다. 내비게이션은 강릉종합운동장 뒤편 야산에 나를 데려다주고는 다 왔다고 이제 그만 내리라는 것이었다. 처음엔 그래도 강원도 사람이라고 지름길을 알려준 거 같아 고마운 마음이 들었는데 내려서 보니 길도 없는 소나무 숲 너머 저 아래에 모여 있는 경기장들이 보였다. 차를 돌려 내려간 뒤 운동장 근처 주택가 골목에 겨우 주차하고 컬링 경기장으로 뛰어갔지만 경기는 이미 반 넘게 지나 있었다.

스키를 타고 설원을 내려오던 선수가 넘어지는 모습을 경기장의 대형화면을 통해 보던 할머니가 이렇게 말했다.

"아이고, 야야, 안됐다야!"

저녁에 경기장에 가야 하는데 자동차가 퍼졌다. 계기판에 배터리 모양의 빨간 등이 들어온 다음날이었다. 진부 장날이어서 들기름을 짜야 하는 엄마를 태우고 가는데 아무래도 이상했다. 간신히 기름집 앞에 엄마를 내려드리고 빌빌거리는 차를 몰아 카센터를 찾아가는데 그래도 그동안 쌓은 정이 있었던 모양이다. 카센터 입구에서 멈춰 섰으니. 기사는 무거운 배터리를 들고 나와 조수석에 올려놓고 전선을 내 차의 배터리와 연결한 다음에야 작업장으로 이동시켰다. 제네레다(발전기)의 수명이 다했다는 것이다. 언젠가 아는 자동차 정비기사가 내게 말했다. 차는 잘 나왔는데 주인을 잘못 만났다고. 맞는 말이었다. 다행히 동일한 부품이 강릉에 있어 교체를 했고 저녁에 진부역으로 이동해 알펜시아 스키점프대로 갈 수 있었다.

주인을 잘 만난 스키가 새처럼 날아가는 밤이었다.

설 연휴. 나는 정선 알파인스키장으로 가고 누나 가족들은 부모님을 모시고 강릉의 아이스하키 경기장으로 갔다. 강풍으로 순연된 일정 때문에 경기를 못 보고 대신에 정선 몰운대로 가서 오후를 벼랑 끝에서 놀았다. 강릉에 간 가족들은 어두워져서야 돌아왔다. 우리나라 경기인 줄 알고 갔는데 들어가보니 외국팀들 간의 경기였단다. 그래서 도중에 나왔다고. 허허, 그래도 그렇지……

다음날 나는 다시 정선으로 가서 남자 알파인 슈퍼대회전을 보았다. 같은 날 예정돼 있던 휘닉스 스키장의 여자 스노보드 크로스는 시간이 겹쳐 포기했다. 인생이란 요리조리 꼬일 때도 있는 모양이다.

먹을 것을 파는 매점의 줄은 길다.

기념품을 파는 가게의 줄도 길다.

추위를 달래려고 들어간 휴게실은 사람들로 가득하다.

늦은 밤 집으로 돌아가는 줄 역시 길다.

길다. 길고 긴 세상 착하게 살기로 마음먹었다.

진부도서관 책상에 얼굴을 파묻고 잠들었다. 선수들보다 내가 더 피곤한 것 같다. 결국 피로누적으로 강릉에서 벌어지는 컬링 경기 관람을 포기했다. 우리나라 경기가 아니니까!

이번 동계올림픽의 경기 중 용평 알파인스키장에서 벌어지는 경기와는 인연이 없었다. 그래도 우리나라 스키의 역사는 용평스키장인데 아쉽다. 나는 용평스키장이 있는 발왕산을 건너편 산인 강릉 왕산면 안반데기에서 바라보는 걸 좋아한다. 특히 해가 질 때의 풍경을. 휘닉스 스키장에서 망신을 당한 뒤 나는 현대식 스키를 조금씩 배웠고 어느 날 용기를 내어 용평스키장 레인보우코스로 올라갔다. 그 코스는 당시까지 우리나라에서 가장 긴 슬로프였다. 과연 달랐다. 눈은 자연설이어서 솜이불처럼 푹신푹신했고 주변의 풍광 역시 남달랐다. 한 번도 넘어지지 않았다. 용평스키장엔 고향 친구까지 근무하는데 경기관람 일정이 없어서 많이 아쉬웠다. 다음 올림픽까지 기다려야 하나. 그럴 수 있을까……

폐회식이 끝나고 자정 가까운 시간에 셔틀버스를 탔는데 옆자리에 남자분이 앉았다. 묻지도 않았는데 그가 말했다. 지난 세월 동안 교도소에 열 번을 드나들었다고. 올림픽을 그토록 보고 싶었는데 88올림픽이 열릴 때도 교도소에 있느라 무산되었다고. 사정이 생겨 텔레비전으로도 못 봤다고. 그래서 이번 평창 동계올림픽은 교도소에 가지 않고 현장에서 직접 관전하는 것을 목표로 세웠었다고. 그는 계속 말했다. 교도소에 가지 않겠다는 소원은 이뤘는데 돈이 없어서 티켓을 구입할 수 없었다고. 서울에서 진부역으로 가는 기차 역시 마찬가지였다고. 결국 나는 그에게 묻고 말았다.

"그럼 어떻게 경기장에 들어가셨어요?"

그는 씩 웃더니 소곤거렸다.

"산을 넘고 넘어 숨어 있다가 몰래 철책을 타넘었어요."
"……그게 가능했어요?"
"그럼요! 세상 어딜 가도 개구멍은 있는 법이죠. 아, 아주 훌륭한 폐회식이었어요!"

그의 말을 믿어야 되나, 말아야 되나…… 그는 내게 새 목표가 생겼다고 말했다. 나는 또 묻지 않을 수가 없었다. 그는 곧바로 자신의 목표를 들려줬다.

"지금부터 돈 열심히 벌어서 일본에서 열리는 하계올림픽과 중국에서 열리는 동계올림픽 구경을 꼭 갈 생각입니다!"

그와 나는 진부역 앞에서 헤어졌다. 그가 2년 뒤에는 일본에 그리고 4년 뒤엔 중국에 꼭 갔으면 좋겠다.
나의 올림픽은 이렇게 끝이 났다. 문득 따스한 서귀포에 가고 싶다는 생각이 든다. 도서관 창밖의 눈은 그치지 않는다. 오늘밤 폭설이 내릴 모양이다.

강릉 바다

초판 1쇄 발행 2018년 9월 7일
초판 2쇄 발행 2019년 3월 13일

지은이 김도연 | 펴낸이 염현숙 | 편집인 신정민

편집 최연희 | 디자인 신선아 | 저작권 한문숙 김지영
마케팅 정민호 정현민 김도윤 | 홍보 김희숙 김상만 이천희
모니터링 이희연 | 제작 강신은 김동욱 임현식 | 제작처 한영문화사

펴낸곳 (주)문학동네
출판등록 1993년 10월 22일 제406-2003-000045호
임프린트 교유서가

주소 10881 경기도 파주시 회동길 210
문의전화 031) 955-8891(마케팅), 031) 955-2692(편집)
팩스 031) 955-8855
전자우편 gyoyuseoga@naver.com

ISBN 978-89-546-5292-6 03810

* 이 도서의 국립중앙도서관 출판예정도서목록(CIP)은 서지정보유통지원시스템 홈페이지(http://seoji.nl.go.kr)와 국가자료공동목록시스템(http://www.nl.go.kr/kolisnet)에서 이용하실 수 있습니다. (CIP제어번호: CIP2018028230)

www.munhak.com